Enterrar a los muertos

Seix Barral Biblioteca Breve

Ignacio Martínez de Pisón
Enterrar a los muertos

Primera edición: febrero 2005

© Ignacio Martínez de Pisón, 2005

Derechos exclusivos de edición
en castellano reservados
para todo el mundo:
© EDITORIAL SEIX BARRAL, S. A., 2005
Avda. Diagonal, 662-664 - 08034 Barcelona
www.seix-barral.es

Foto John Dos Passos-Liston Oak (pág. 117):
© Agustí Centelles/VEGAP,
facilitada por *La Vanguardia*

ISBN: 84-322-1205-9
Depósito legal: M. 858 - 2005
Impreso en España

2005. – Talleres Brosmac, S. L.
Pol. Ind. Arroyomolinos, 1
Calle C, 31 - 28932 Móstoles (Madrid)

Supe de la existencia de José Robles Pazos por un libro de finales de los setenta titulado *John Dos Passos: Rocinante pierde el camino*. Partiendo sobre todo de los escritos del propio novelista, su autor, el argentino Héctor Baggio, recreaba en él la relación de Dos Passos con España hasta llegar a la guerra civil, que tan determinante sería en su vida y su obra. El personaje de Robles era en ese libro una figura algo borrosa y secundaria, y sólo su desdichado final acababa otorgando al relato de su amistad con Dos Passos una trascendencia inesperada.  La curiosidad me llevó a rastrear esa amistad en otras lecturas. Buscaba nuevos testimonios y noticias, que a su vez conducían a más testimonios y más noticias, y en algún momento tuve la sensación de que eran ellas las que acudían a mí, las que me buscaban. Para entonces esa curiosidad inicial se había convertido ya en una obsesión, y un buen día me descubrí a mí mismo tratando de reconstruir la historia desde el principio, desde que Dos Passos y Robles se encontraron por primera vez en el invierno de 1916.

1

Por esas fechas, Pepe Robles tenía diecinueve años y estudiaba Filosofía y Letras en la Universidad de Madrid. Aunque nacido en Santiago de Compostela, se había criado en la capital, donde su padre, traductor ocasional de poesía gallega, trabajaba como archivero. Su economía de estudiante debía de ser bastante frágil, pero de vez en cuando se permitía un breve viaje a alguna de las ciudades de los alrededores. En una excursión a Toledo en un vagón de tercera clase entabló conversación con un norteamericano apenas un año mayor que él. Hablaron de pintura y de poesía, y luego fueron juntos a admirar

El entierro del conde de Orgaz. Que entre ellos surgiera la amistad era cuestión de tiempo. Compartían la afición a los viajes y las inquietudes culturales y, si Robles estaba tratando de mejorar su inglés, lo mismo intentaba Dos Passos con su español. También los aproximaban los ambientes académicos en los que ambos se movían. La Residencia de Estudiantes y el Centro de Estudios Históricos, que no tardarían en ser importantes en la vida de Robles Pazos, lo eran ya en la de Dos Passos, quien, a la espera de una vacante en la primera, se alojaba en una pensión cercana a la Puerta del Sol y, mientras tanto, asistía en el segundo a unos cursos que sobre lengua y literatura españolas impartía Tomás Navarro Tomás.

Sólo la muerte de Robles interrumpiría esa amistad. En *The Theme Is Freedom*, Dos Passos diría de él que era «un hombre vigoroso, escéptico, de espíritu inquisitivo». En *Años inolvidables (The Best Times)*, libro de memorias escrito medio siglo después de aquel primer encuentro, lo describiría como un hombre irónico y hasta mordaz, dispuesto a reírse de cualquier cosa, un excelente conversador cuyo desenfado lo hacía más afín al espíritu de las novelas de Baroja que al de sus amigos de la Institución Libre de Enseñanza. Así, mientras para éstos las corridas eran tabú, Dos Passos recuerda lo mucho que Robles disfrutaba yendo a la plaza y haciendo dibujos de los toreros. Era Robles, además, un buen compañero de viaje. Dos Passos y él tuvieron tiempo de hacer más excursiones juntos antes de que, a finales del siguiente mes de enero, el norteamericano recibiera en la Residencia de Estudiantes un telegrama comunicándole la muerte de su padre y tuviera que hacer las maletas para volver a los Estados Unidos. Partió Dos Passos tan precipitadamente que ni siquiera pudo despedirse personalmente de su amigo, y acabaría haciéndolo por carta a bordo del *Touraine*. En esa carta, primera de

las muchas que escribiría a Robles y la única de todas redactada en francés, anunciaba ya su deseo de volver cuanto antes a España, un país por el que se confesaba «*vraiment fasciné*».

En 1918, tras licenciarse con un trabajo de fin de carrera sobre la presencia del refranero en el *Persiles* de Cervantes, José Robles empezó a trabajar como profesor de literatura española en el Instituto-Escuela, dependiente de la Residencia. Durante los dos cursos siguientes compaginó la docencia con la condición de colaborador del Centro de Estudios Históricos. Las satisfacciones

personales que le reportaban ambas actividades debieron de ser superiores a las económicas. Buena prueba de sus estrecheces de aquellos años nos la proporciona el hecho de que, cuando, a finales de la primavera de 1920, fue admitido como profesor por la Universidad Johns Hopkins, ni siquiera tenía dinero para costearse el viaje. Recurrió para ello a la Junta para la Ampliación de Estudios, a la que el 12 de junio, «atendiendo a que no posee medios suficientes», solicitó una ayuda de dos mil pesetas. Su instancia venía avalada por la firma de Ramón Menéndez Pidal, director del centro, y la subvención le fue concedida el día 5 del mes siguiente.

José Robles se había casado el año anterior con Márgara Villegas, alumna de la Escuela de Bellas Artes de San Fernando que procedía de la Institución Libre de Enseñanza. Hacían buena pareja: alto, moreno, bien parecido él, más menuda ella, morena también, de cara redonda y expresión dulce. Márgara era hermana de Amparo Villegas, una célebre actriz de la época, y el joven matrimonio aprovechaba las invitaciones que ésta les facilitaba para entrar gratis al teatro. Con ellos iba algunas veces su buen

amigo Maurice Coindreau, que por entonces estudiaba en la Universidad de Madrid y pocos años después traduciría al francés *Divinas palabras* y *Manhattan Transfer*. Fue a través de Pepe Robles como Coindreau conoció tanto a Valle-Inclán como a Dos Passos. Su primer encuentro con éste lo recordaría el francés en unas entrevistas para France-Culture publicadas con el título *Mémoires d'un traducteur*. Tuvo lugar en la biblioteca del Ateneo. Robles le mostró a un «desgarbado mocetón que no tenía nada de madrileño» y le dijo que era un hombre que siempre estaba de aquí para allá. Según Coindreau, si Robles solicitó la plaza de profesor en la Johns Hopkins «no fue tanto por ganar más dinero como por conocer América y reencontrarse con su amigo Dos Passos».

En marzo de 1920, mientras esperaban la respuesta de la Universidad Johns Hopkins, Márgara y Pepe tuvieron su primer hijo, Francisco (Coco). A finales de aquel verano se instalaron en Baltimore. Contratado en principio como profesor auxiliar *(instructor)* de lengua española, Robles ascendería en 1922 a la categoría de profesor asociado. Durante aquellos primeros años en los Estados Unidos fue abundante la correspondencia entre Robles y Dos Passos, con el que había reanudado la amistad en España a finales de 1919 y comienzos de 1920. En una de esas cartas, Dos Passos acogía con alegría la noticia del traslado de los Robles y se ofrecía a enseñarles «el nuevo Babylon». En otra, describía Baltimore como «una población muy provincial [sic], muy típica, muy aburrida», cuyos habitantes tenían fama de hospitalarios.

En febrero de 1924 nació en la muy provinciana, muy típica y muy aburrida Baltimore la segunda hija de la pareja, cuyo padrino no sería otro que Maurice Coindreau, que había empezado a dar clases en la Universidad de Princeton. Pusieron a la niña el nombre de Margarita, aunque desde el principio la llamaron Miggie, como una

cantante de ópera a la que habían conocido en uno de sus viajes en barco. Vivían entonces en una modesta casa de la calle Maryland pero, en cuanto su situación económica se lo permitió, se mudaron a un piso algo mejor en la calle 25. Entre la educación de los niños y las obligaciones académicas, los primeros años en Norteamérica pasaron con aparente placidez, y Pepe dedicaba su tiempo libre a tocar el piano y estudiar ruso, ya que se había propuesto leer a los clásicos rusos en su propio idioma.

A juzgar por la correspondencia de Dos, que era como familiarmente se conocía a John Dos Passos, el Pepe Robles de los años veinte no carecía de ambiciones literarias. Hacía tiempo que trabajaba en la redacción de una novela («mi interminable novela»), y tenía escritos varios poemas y una obra de teatro que soñaba con estrenar algún día en Madrid. En sus cartas, Dos comentaba elogiosamente los fragmentos que Pepe le daba a leer, y le hablaba de sus apuros económicos y su mala salud, de sus viajes y sus dificultades para encontrar vivienda en Nueva York, de sus propios progresos como escritor. También de sus lecturas, y Dos demostraba que su interés por la actualidad cultural española no decaía: en una carta de 1924 preguntó por el destierro de Unamuno a Fuerteventura, en otra de 1926 expresaba su entusiasmo por *Los cuernos de Don Friolera* de Valle-Inclán, un autor cuyas obras anteriores le «habían gustado poco»... Acaso lo más sorprendente sea que, en fecha tan temprana como 1924, había leído «un libro de poesías de un argentino, Jorge Luis Borges, que me parecen bien, aunque tal vez pesadas y metafísicas». Las cartas de Dos Passos informan asimismo de las novedades domésticas de los Robles, como el delicado estado de salud de Márgara poco antes del nacimiento de Miggie o la operación de apendicitis a que fue sometido Coco en 1926. Con respecto a esta operación bromeó: «Tendrás que ponerte a escribir comedias como los Quintero y hacerte rico si tus hijos siguen la moda en operaciones. Este año son las úlceras en el estómago lo más chic.»

Entre abril de 1927 y enero de 1928, Pepe Robles colaboró con *La Gaceta Literaria*, que por entonces era el principal medio de expresión de los jóvenes escritores españoles (y de algunos hispanófilos extranjeros, como el mismo Coindreau). En la revista de Ernesto Giménez Caballero, Robles era el responsable de una sección titulada «Libros yankis», en la que, a menudo con ilustraciones propias, informaba de la actualidad literaria estadounidense. Sus primeras reseñas, de abril y junio

de 1927, están dedicadas a *Manhattan Transfer* de Dos Passos y *Fiesta (The Sun Also Rises)* de Hemingway, y casi con toda seguridad se puede afirmar que fueron ésas las primeras noticias que en España se publicaron sobre la obra de ambos escritores.

Los Robles tenían por costumbre pasar en Madrid

las largas vacaciones universitarias. Viajaban de Baltimore a Nueva York, donde se alojaban en el apartamento de Dos, y allí embarcaban en un transatlántico que les llevaba a los puertos de Vigo o El Havre. También en el viaje de regreso pasaban por el apartamento de Dos. En ese apartamento coincidían a veces con Maurice Coindreau, que al poco de la publicación de *Manhattan Transfer* estaba ya trabajando en su traducción y se acercaba con frecuencia a Nueva York para consultar sus dudas con el autor. No es aventurado suponer que fue durante alguno de esos encuentros cuando Pepe y Márgara concibieron la idea de traducir sus libros al español. A finales de la década consagraron parte de su tiempo a esa labor. Mientras Pepe trabajaba en la versión de *Manhattan Transfer*, su novela más emblemática, Márgara lo hacía en la de *Rocinante vuelve al camino*, recopilación de textos en los que el norteamericano recreaba sus primeros viajes por España.

Ambas obras serían publicadas por la recién creada editorial Cenit, de marcado carácter izquierdista. Esa misma editorial acogió en su catálogo las otras traducciones que el matrimonio realizó por esa época: las que Márgara hizo de tres novelas hoy olvidadas de Michael Gold, Julia Peterkin y Edwin Seaver, y la que Pepe firmó de *Babbitt* de Sinclair Lewis. De *Manhattan Transfer*, que tanto acabaría influyendo en la novelística española, se hizo pronto una segunda edición, que incorporaba un prólogo del traductor. En él Robles Pazos, además de demostrar un profundo conocimiento de la obra literaria de Dos Passos, retrataba a su amigo como un hombre de «seis pies de talla, desgarbado, miope», un viajero curioso e infatigable, un «radical hasta la médula de los huesos» que simpatizaba con las causas de la izquierda.

También Robles, aunque nunca se afilió a organización política alguna, era un hombre de izquierdas. Su ferviente republicanismo, de hecho, le había distanciado de parte de su familia, monárquica y conservadora. La salida de España de Alfonso XIII y la consiguiente proclamación de la Segunda República fueron sin duda acogidas con auténtico alborozo en el hogar de los Robles en Baltimore. Viajó ese verano a la nueva España republicana, y debió de ser entonces cuando, por medio de un judío apellidado Estrugo al que había conocido en los Estados Unidos, entabló amistad con el escritor Francisco Ayala, que había publicado una reseña de *Manhattan Transfer* en *Revista de Occidente*. Con él, con su propia familia y con la de José Estrugo hizo Robles una nueva visita a Toledo. En sus memorias, Ayala evoca su «risa pronta y abierta y una mirada donde se reflejaba su inocente bondad».

Durante el siguiente curso, el de 1931-1932, Robles Pazos disfrutó de un año sabático, que por supuesto pasó en Madrid con su familia. Vivieron ese año en un piso alquilado junto a la plaza de toros de la Carretera de Aragón, en la que, todavía y hasta su cierre en 1934,

se celebraban corridas: de hecho, podían verlas desde la ventana. Pepe Robles, hombre hablador y vitalista, buen amigo de sus amigos, disfrutaba con las tertulias de café. «No hay nada tan fecundo como perder el tiempo, y para perder el tiempo ningún sitio como el café», escribiría años después. Su teoría sobre las tertulias va más allá: «El café es el refugio de la sinceridad. Las convenciones sociales nos obligan a hacer una vida más o menos ficticia durante todo el día, pero llega la hora de la tertulia, siempre esperada con impaciencia, y entonces podemos soltar todas las verdades que se nos ocurran.»

A los cafés solía Pepe acudir solo, aunque a veces le acompañaba Márgara, y en esas ocasiones dejaban a Coco y a Miggie al cuidado de una niñera. De las diferentes tertulias, la que Pepe más frecuentaba era la de La Granja del Henar, en la calle de Alcalá. Allí nació su amistad con escritores como Valle-Inclán, León Felipe o Ramón J. Sender, con los que, cuando el tiempo lo permitía, compartía velador en la terraza del café. Con frecuencia la conversación se prolongaba en el piso de los Robles. En su salón no era raro encontrar a Valle-Inclán (al que más de una vez tuvo Robles que socorrer económicamente) y a León Felipe (que aspiraba a ocupar una plaza de profesor en alguna universidad norteamericana y que más tarde se cartearía con Pepe en busca de consejo), pero tampoco a poetas como Rafael Alberti, traductores como Wenceslao Roces o editores como Rafael Giménez Siles. Para calibrar la importancia que esas reuniones tenían en la vida cultural de la época no está de más recordar que a Giménez Siles, fundador y responsable de Cenit, suele atribuírsele la

autoría del prólogo que, firmado por Valle-Inclán, figura al comienzo del libro de Sender *El problema religioso en Méjico*, lo que sin duda le asegura un pequeño hueco en la historia de la edición española.

Por aquellos años, Dos Passos mantenía sus ya conocidos hábitos de viajero impenitente. Aunque en 1930 había establecido su residencia en Provincetown, Massachussetts, no desperdiciaba ninguna ocasión de embarcarse con su mujer hacia Europa o Centroamérica. Otro de sus destinos favoritos era Key West, Florida, donde solía encontrarse con uno de sus mejores amigos de entonces, Ernest Hemingway. En Key West, gracias a Hemingway, había conocido en 1928 a Katy Smith, que sería su compañera de fatigas hasta que encontrara la muerte en un accidente de circulación casi veinte años después.

De vuelta a Norteamérica, los Robles alquilaron en

Provincetown una casita en la que pasar las vacaciones. Tenía un pequeño jardín y estaba cerca de la playa y de la vivienda del propio Dos Passos. Como no podía ser de otro modo tratándose de alguien como Pepe Robles, fue aquél un verano de largas tertulias nocturnas con Dos Passos y Katy, alrededor de los cuales solía congregarse la pequeña colonia de escritores y artistas. Entre ellos estaba el más ilustre crítico literario de la época, Edmund Wilson, que pasaba temporadas en una vieja casa frente al puerto. Además de a esas tertulias, Wilson dedicó el verano a la redacción de la obra de teatro *Beppo and Beth* y a una aventura extraconyugal en la que se embarcó aprovechando la ausencia de Margaret, su segunda mujer (quien, por cierto, moriría en un estúpido accidente en septiembre de ese mismo año). Las anotaciones de Wilson en sus diarios permiten imaginar cómo pasaron los Robles aquellas vacaciones: paseos junto al faro de Long Point, picnics en la playa, salidas al mar con los pescadores de Truro, asistencia quizás al torneo local de tenis... Si en esos diarios no se menciona el nombre de Robles, sí aparece algunas veces en su epistolario: en una carta de enero de 1940 le describiría como un hombre claramente de izquierdas y dotado de un carácter excelente. La amistad con Dos seguía pues estrechándose y, cuando visitaba la casa de los Robles, lo que más divertía a los niños eran sus continuos despistes: en alguna ocasión llegó a dejarse olvidada una loncha de queso entre las páginas de un libro.

La constante movilidad de Dos hacía que su relación con Robles quedara con frecuencia limitada al intercambio epistolar, y casi todas las cartas que se conservan de la época anuncian precisamente futuros encuentros en Baltimore o Nueva York. Por razones económicas, esa movilidad se vio sin embargo restringida a comienzos de 1933. Mientras planeaba nuevos viajes fuera de los Estados Unidos, Dos Passos visitó a los Robles en Baltimore a finales de enero. Volvieron a verse dos meses después, cuando el novelista acompañó a Katy a Baltimore, donde debían extirparle las amígdalas. En la decisión de elegir Baltimore para realizar la intervención influyó el hecho de que el doctor Horsley Gantt, viejo amigo de Dos, se hubiera incorporado a la Universidad Johns Hopkins como profesor. La operación se llevó a cabo sin problemas, pero la recuperación de Katy coincidió con una de las habituales crisis de fiebre reumática de Dos Passos, que le obligó a ocupar la cama de hospital que aquélla acababa de dejar libre. Permaneció ingresado durante varias semanas, en las que se dedicó a leer *En busca del tiempo perdido* y a cultivar algunas de sus amistades. Entre ellas estaba Robles pero también Edmund Wilson y Francis Scott Fitzgerald, cuya mujer, Zelda, estaba siendo sometida a tratamiento por Adolph Meyer, con el que Gantt colaboraba. A Hemingway lo trataría Pepe muy poco después, durante el verano, que tanto ellos como Dos y Katy pasaron en España.

Ahora los Robles vivían en el segundo de los tres pisos del 3221 de la avenida Guilford, muy cerca de la universidad. Su gran ilusión seguía siendo el regreso a Madrid para las vacaciones. El verano de 1934 hicieron una excepción, porque una universidad mexicana contrató a Pepe para impartir un curso sobre literatura española. Viajó la familia a bordo del *Morro Castle*, que unía el puerto de Nueva York con los de La Habana y Veracruz. Concluido el curso, debían regresar a Baltimore en el mismo barco, pero en el último momento decidieron hacer el viaje por tierra para disfrutar del paisaje. Es posible que eso les salvara la vida. Llegaron a la frontera en tren y allí cogieron un autobús de la Greyhound que realizaba múltiples paradas. En una de ellas Pepe bajó a estirar las piernas y comprar cigarrillos. Al cabo de un rato, su mujer y sus hijos le vieron volver con el rostro demudado. Acababa de enterarse de que en la madrugada de ese mismo día, 8 de septiembre, el *Morro Castle* se había incendiado frente a la costa de Nueva Jersey. El balance final de víctimas mortales alcanzaría las ciento treinta y cuatro.

A finales de ese año y principios del siguiente, Dos Passos, aquejado nuevamente de fiebre reumática, pasó una temporada con Katy en Key West. Desde allí escribió varias cartas a Pepe Robles en las que le hablaba de su reciente experiencia como guionista para *The Devil Is a Woman* de Josef von Sternberg («no vale la pena pasar los días elaborando idioteces de españoladas para Marlene Dietrich») y le animaba a visitarles con su familia. No parece que tal visita llegara a producirse, debido acaso a los compromisos universitarios de Robles, que por entonces compaginaba la docencia con la investigación académica.

Su faceta de erudito le había llevado a especializarse en el teatro clásico español. De 1935 son su recopilación del *Cancionero teatral de Lope de Vega*, publicado por la editorial de la propia Johns Hopkins, y un artículo de la revista *Modern Languages Notes* en torno a la fecha de redacción de *Fuenteovejuna*. En enero del mismo año había aparecido una obrita suya de carácter menos ambicioso pero también más entretenido. Se trata de *Cartilla española*, una colección de textos en castellano, con ejercicios y un vocabulario, dirigida a los estudiantes norteamericanos de español. El volumen proponía un simpático recorrido por las costumbres, la historia y la cultura españolas, y sus ilustraciones, obra del propio Robles, acreditaban esa facilidad para el trazo ágil y desenfadado que ya Dos Passos había podido comprobar veinte años antes.

La acogida de *Cartilla española* fue lo bastante favorable para que Pepe se animara a preparar un nuevo volumen de características similares. Su título, levemente nostálgico, iba a ser *Tertulias españolas*. Para la primavera de 1936 el texto y los dibujos estaban ya terminados, pero José Robles nunca llegaría a ver editado ese libro. A comienzos de junio, como en años anteriores, cerró su casa de la avenida Guilford y viajó a España con su familia para disfrutar de las vacaciones. Tenía por costumbre alquilar un piso en Madrid para los meses de verano, pero aquel año un buen amigo que estaba fuera de la ciudad le cedió el suyo de la calle Menéndez y Pelayo. En su equipaje llevaba el texto y los dibujos originales, a los que se proponía añadir las obligadas secciones de vocabulario y ejercicios. El estallido de la guerra civil le impidió hacerlo. Tras su detención, en diciembre de ese mismo año, Márgara Villegas conservaba intacto el manuscrito. Recuperado por un profesor de la Universidad de Cincinnati y completado por otro de la de Princeton, fue publicado como un «homenaje al valeroso y apreciado autor de *Cartilla española*». Acaso no sea casualidad que el prólogo del volumen, firmado por F. Courtney Tarr, lleve la fecha del 14 de abril de 1938, aniversario de la proclamación de la Segunda República, un detalle que sin duda habría gustado al autor del libro.

¿Qué había sido de Robles Pazos? Al producirse el levantamiento, consiguió un permiso temporal de la Universidad Johns Hopkins para permanecer en España y ponerse al servicio del gobierno legítimo. Éste, necesitado de ayuda exterior y abandonado casi desde los primeros días por las potencias europeas, acogió durante el mes de agosto a los primeros consejeros militares soviéticos. Su máxima autoridad era Yan Berzin, que hasta entonces había dirigido el servicio de inteligencia militar (GRU), y entre ellos destacaba la figura del general Vladimir Gorev, agregado militar y principal agente del GRU en Madrid. Con los consejeros iría llegando también un nutrido grupo de intérpretes. La ruso-argen-

tina Adelina Abramson formaba parte de ese grupo, y en su libro *Mosaico roto*, escrito en colaboración con su hermana Paulina, se cifran en doscientos cuatro los traductores enviados por Moscú. Por distintos motivos han quedado los nombres de algunos de ellos: Benjamín Abramson (padre de Paulina y Adelina), Elizaveta Parshina (autora de unas memorias tituladas *La brigadista*), Sofía Bessmertnaia (muerta en Brunete)...

El historiador Daniel Kowalsky ha puntualizado que, de los casi cuatrocientos soviéticos que había en

España a comienzos de noviembre del 36, sólo catorce pertenecían al contingente de traductores, por lo que la incomunicación entre algunos de los militares rusos y sus colegas republicanos dio lugar a más de una situación absurda. Mientras en Moscú los futuros intérpretes, muchos de ellos escasamente familiarizados con el idioma, recibían cursos intensivos y se preparaban para partir, se intentó solucionar el problema recurriendo a traductores que por entonces se encontraban en España. Entre éstos se recuerdan los nombres de la propia

Paulina Abramson, de la española de origen ruso Lydia Kúper (responsable de una de las más alabadas traducciones de *Guerra y paz*) y de José Robles, quien, como sabemos, poseía algunos conocimientos de ruso.

Vladimir Gorev hablaba inglés y francés. Durante la mayor parte de los quince meses que pasó en España, su intérprete habitual (y, según las Abramson, también su amante) fue Emma Wolf. Pero, antes de que ésta llegara, Pepe Robles hubo de servirle de intérprete, lo que le obligó a frecuentar la sede principal de los consejeros soviéticos, instalada primero en el Hotel Alfonso, en la Gran Vía, y luego en el Palace, en la plaza de las Cortes. En cuartillas con membrete de ese hotel escribió Robles a Henry Carrington Lancaster, jefe del departamento de

Lenguas Romances de la Universidad Johns Hopkins, un par de cartas en las que trataba de tranquilizarle sobre la situación de la República: «No se crea las exageraciones de la propaganda fascista. Estamos bien y la cosa se va a arreglar.»

Hombre despreocupado y calmoso, impenitente fumador de pipa, Vladimir Gorev gozaba de la simpatía de los madrileños y de un indiscutible prestigio militar: con apenas cuarenta años era el general más joven del Ejército Rojo. El escritor Arturo Barea lo describió en *La forja de un rebelde* como un hombre «rubio, alto y fuerte, con pómulos salientes, los ojos frígidos», correcto en su trato con los oficiales españoles pero rudo y frío en la discusión de los asuntos militares. Aunque la actividad de los consejeros soviéticos se desarrollaba principalmente en el Palace, Gorev disponía también de un despacho en el palacio de Buenavista, sede del Ministerio de la Guerra situada en el cruce entre Alcalá y la Castellana, y estaba en comunicación constante con el comandante Manuel Estrada, jefe del alto Estado Mayor. Entre los documentos secretos que fueron desclasificados tras el desmoronamiento de la Unión Soviética hay un informe de André Marty, el organizador de las Brigadas Internacionales, que describe el ambiente del ministerio, en el que cualquiera podía entrar «sin ser detenido ni registrado». Para disgusto de Marty, la recepción registraba un continuado trasiego de oficiales que estaban de visita, trabajadores sindicales que trataban alegremente asuntos confidenciales y funcionarios que dictaban en cualquier sitio a las mecanógrafas, y le escandalizó comprobar que las mujeres del Socorro Rojo entraban en la oficina del ministro, Largo Caballero, sin pedir permiso.

La opinión que los militares republicanos merecían a los consejeros soviéticos no podía ser peor. Los consideraban incapaces de ganar por sí mismos la guerra, y el desbarajuste y la indisciplina que percibían en el propio ministerio no eran sino síntomas de la improvisación y el desorden que reinaban en las milicias populares. Gorev no constituía una excepción. En los informes que, firmados con su nombre de guerra (Sancho), enviaba a Moscú, hablaba a las claras de los recelos que le inspiraban Estrada y, sobre todo, el general Asensio, subsecretario del ministerio y comandante en jefe del frente central. De éste, protegido por Largo Caballero, sospechaba que recibía instrucciones de Franco y pensaba que, en el caso de que algún día consiguiera desplazar a aquél de la jefatura del alto Estado Mayor, las cosas sólo podrían empeorar. En todo caso, las constantes disputas entre Estrada y Asensio no beneficiaban a la República, y los militares soviéticos, ansiosos por recortar el poder de Largo Caballero, iniciaron bien pronto el asedio contra su hombre de confianza.

Las pequeñas conspiraciones y las obligaciones propias de su cargo mantenían tan ocupado a Gorev que sus jornadas de trabajo se prolongaban desde el mediodía hasta bien entrada la madrugada, lo que muy a menudo le impedía acercarse al frente. Algunos asuntos de rutina los delegaba en Yosif Ratner, agregado militar que trabajaba a media jornada en el Estado Mayor y al que sus colegas conocían como Juan. Para otros confiaba en Robles Pazos, quien llegó a atender en su nombre al agregado militar norteamericano cuando éste le visitó para pedirle información. Tenía Robles el grado de teniente coronel, pero su mentalidad civil le inducía a vestir siempre de paisano, detalle que sólo podía disgustar a quienes, como André Marty, consideraban bochornoso que la secretaria del ministro de la Guerra no fuera una militar sino una trabajadora sindical. En torno a su persona levantaba asimismo suspicacias el hecho de que su hermano Ramón, oficial del ejército que en los años sesenta llegaría a ser Capitán General de la 9.ª Región Militar, se hubiera negado a colaborar con las milicias pese a encontrarse en Madrid cuando se produjo la rebelión.

A principios de noviembre, las tropas de Franco habían alcanzado las riberas del Manzanares, y la caída de Madrid, que era objeto de ininterrumpidos bombardeos, parecía inminente. El día 4 el consejo de ministros decidió trasladar el gobierno a Valencia. Cuatro días después, los ministros estaban ya en la nueva capital de la República y sus colaboradores más inmediatos preparaban a toda prisa el desalojo de sus despachos madrileños. El socialista Julián Zugazagoitia dejó escrito en qué condiciones se efectuó la evacuación del Ministerio de la Guerra, con ordenanzas que, temiendo que el enemigo les sorprendiese en su trabajo, «vaciaban archivos, cargaban cajones, movían mesas y asustaban con las noticias, malas y peores, que llegaban del frente». Sin duda, en medio de todo ese tráfago se encontraba José Robles. Sus amigos le habían aconsejado desde el principio que regresara con su familia a los Estados Unidos, donde no correría ningún peligro y sería más útil a la causa republicana, pero él creía que su sitio estaba en España y, acompañado de su hijo, siguió a sus superiores hasta Valencia.

De camino hacia la nueva capital de la República, José y Coco Robles se desviaron hacia Alicante para recoger a Márgara y Miggie. Por razones de seguridad eran numerosos los madrileños que habían enviado a sus familias a la entonces tranquila ciudad levantina. La mujer y la hija de Pepe permanecían en Alicante desde finales de agosto, y en el mismo hotel en el que estaban instaladas, el Hotel Samper, coincidieron con los hijos del torero Belmonte y con un hijo del ministro Negrín llamado Rómulo. Cuando por fin Pepe y los suyos llegaron a Valencia, el aluvión de evacuados y funcionarios que acompañaba al gobierno era tal que, según algunas fuentes, la población de la ciudad se había triplicado. No había viviendas suficientes para tanta gente, y los recién llegados debían conformarse con encontrar acomodo en pueblos situados a más de veinte kilómetros del centro o hacinarse en pisos abandonados por sus propietarios. En aquel primer momento, los Robles fueron acogidos por una familia de la ciudad.

En Valencia, José Robles prestaba sus servicios como traductor en el Ministerio de la Guerra y en la embajada soviética, que se había instalado en el edificio del Hotel Metropol, justo enfrente de la plaza de toros. Después de comer tenía por costumbre acudir al Ideal Room, en la esquina de las populares calles de la Paz y Comedias, cerca del antiguo Hotel Palace, convertido en Casa de la Cultura. Max Aub nos dejó una breve descripción del café: «Los veladores de mármol lechoso, el piso de baldosines blancos y negros, los espejos que recubren las paredes, los ventiladores que cuelgan del techo.» Y Esteban Salazar Chapela escribió: «Entrar por la tarde en el Ideal Room no era como entrar en La Granja, en el Lyon o en el Regina, cafés literarios y artísticos madrileños; era como entrar en esos tres cafés a la vez, pues en el Ideal Room se encontraban siempre elementos de las peñas de todos ellos.» Las principales tertulias madrileñas reunidas en un mismo lugar: ¿con qué otra cosa podía soñar alguien como Pepe Robles? En el Ideal Room se daban cita muchos de los intelectuales y artistas locales, pero sobre todo muchos de los que estaban de paso por la ciudad. Entre los primeros se puede citar al conocido cartelista José Renau y a su mujer, Manuela Ballester (colaboradora de la editorial Cenit y autora, por ejemplo, de la cubierta de *Babbitt*); entre los segundos, a Corpus Barga, Rosa Chacel, David Alfaro Siqueiros... Algunos de los asiduos eran viejos amigos de Robles: León Felipe, al que Salazar Chapela se encontraba una y otra vez por la calle de la Paz, Francisco Ayala, que estaba en Valencia debido a su cargo en la secretaría del ministro Álvarez del Vayo, o Rafael Alberti, que viajaba con frecuencia a la ciudad y había cambiado su chalina y su sombrero de poeta por el mono y las alpargatas de los milicianos. También en el Ideal Room solían encontrarse corresponsales extranjeros y miembros de legaciones diplomáticas, y parece ser que Pepe Robles mantenía cierta amistad, entre otros, con Herbert L. Matthews, de *The New York Times*, y con el agregado cultural de la embajada norteamericana. En sus memorias, Ayala recuerda que, una tarde de principios de diciembre, Robles faltó a su tertulia y nunca más se le volvió a ver. La imagen que le quedó grabada al escritor granadino fue la de una angustiada Márgara Villegas que, de la mano de sus dos hijos, iba «de un sitio para otro, preguntando, averiguando, inquiriendo siempre sin el menor resultado».

La desaparición, de hecho, se había producido la noche anterior. Los Robles acababan de cenar con sus anfitriones, y Pepe se disponía a leer un libro de relatos de Edgar Allan Poe cuando llamaron a la puerta de la vivienda. Un grupo de hombres de paisano entró en el salón. Sin dar explicaciones ni atender a sus ruegos, le ordenaron que se arreglara y les acompañara.

Al día siguiente, tal como recuerda Ayala, su mujer y sus dos hijos recorrieron la ciudad en busca de información sobre su suerte. La angustia de Márgara estaba más que justificada: enseguida supo que había sido acusado de traición a la República y encarcelado. Las circunstancias, por otro lado, parecían haberse aliado en su contra: esa misma mañana, la familia valenciana en cuya casa vivían los echó a la calle sin contemplaciones.

Pese a la ya citada escasez de viviendas, consiguieron instalarse en un apartamento de un moderno edificio con ascensor. Para obtener dinero con el que pagar el elevado alquiler, Coco no tardaría en ponerse a trabajar en la Oficina de Prensa Extranjera. Márgara, mientras tanto, seguía con sus averiguaciones, que acabaron conduciéndola a la Cárcel de Extranjeros, en la que Pepe había sido encerrado. Le visitó en dos ocasiones antes de su desaparición definitiva, y de ambas visitas volvió con mensajes tranquilizadores: todo era producto de un simple error, había que dejar que la investigación siguiera su curso, las cosas acabarían arreglándose. La prisión estaba situada junto al cauce del Turia, y Márgara insistía a Miggie para que paseara por una de las calles próximas al río, de forma que su padre pudiera verla por la ventana de su celda.

Fue aquél un triste fin de año para los Robles. Aunque la mayoría de sus conocidos les manifestaba una y otra vez su incredulidad y su apoyo, hubo también algunos que les volvieron la espalda. Entre éstos estaban los dos amigos de Pepe que más influencia tenían en aquel momento. Uno de ellos era Wenceslao Roces, a la sazón subsecretario del Ministerio de Instrucción Pública, y el otro, Rafael Alberti. En un artículo de 1977, el escritor y pintor surrealista Eugenio Fernández Granell reprocharía al poeta gaditano su silencio ante los innumerables asesinatos del estalinismo, entre ellos el «del profesor José Robles, poeta y dibujante, ordenado por los generales rusos». Sólo en un posterior libro de conversaciones hablaría Alberti del caso Robles, pero sus declaraciones no resultan especialmente reveladoras. Según Alberti, José Bergamín y él fueron a interceder por Robles ante «las autoridades». Les hablaron de su relación con Dos Passos y de la importancia de éste como escritor y como luchador por la libertad, «pero no hubo manera: decían que estaba probado que José Robles era un espía y lo fusilaron».

Más constancia tenemos de las gestiones que desde el otro lado del Atlántico se iniciaron para liberar a Robles. A principios de año, Henry Carrington Lancaster pidió para ello ayuda al Departamento de Estado norteamericano, que le contestó diciendo que, como el profesor Robles era ciudadano español, lamentaban «no poder hacer nada para conseguir su puesta en libertad». Para esas fechas, sin embargo, la posibilidad de que fuera ejecutado parecía todavía impensable, y entre las preocupaciones de la familia, que se había visto privada de su principal fuente de ingresos, estaba la de la simple subsistencia, por lo que nuevamente recurrieron a Lancaster para obtener ayuda financiera. La Oficina de Prensa dependía entonces del Ministerio de Propaganda, instalado en el que había sido el edificio central de la Caja de Ahorros y Monte de Piedad. A finales de enero se recibió en ese ministerio un cheque por trescientos dólares a nombre de Margarita Robles Villegas, la única de la familia que poseía la nacionalidad estadounidense.

En una de las cartas dirigidas a los colegas de su padre en la Johns Hopkins escribía Coco: «Nadie, ni en el Ministerio de Estado ni en la embajada rusa, ha encontrado razones concretas para este ridículo arresto.» La inquietud de la familia, sin embargo, crecía con el paso del tiempo, y para cuando llegó el cheque la alarma era absoluta. José Robles no se encontraba ya en la Cárcel de Extranjeros. De acuerdo con lo que él mismo le había dicho a Márgara en la segunda visita de ésta a la prisión, habría sido trasladado a Madrid, pero lo cierto era que su nuevo paradero permanecía en secreto. ¿Qué garantías podían esperarse de una situación así? Por Valencia empezaron a circular rumores sobre la desaparición de Robles. Algunos sugerían la posibilidad de que hubiera sido llevado a Rusia o enviado al frente; otros hablaban directamente de su asesinato. El 11 de febrero, Maurice Coindreau escribió a Lancaster para informarle de que acababa de recibir una carta de Márgara en la que le manifestaba su preocupación por el seguro de vida de su marido, «que, por supuesto, es más importante que nunca para ellos»: eso indica que los temores por la suerte de Robles se habían acrecentado repentinamente. La confirmación, todavía oficiosa, de su muerte la recibió Coco de Luis Rubio Hidalgo, su jefe en la Oficina de Prensa. Debía de ser un día de finales de febrero o principios de marzo, y esa misma tarde Coco se lo dijo a su madre y su hermana en el ascensor de su casa.

2

Cuando llegó a Madrid a finales de octubre de 1916, John Dos Passos era un joven que quería conocer mundo y escribir. Aquél era su primer contacto con España y, aunque la estancia se interrumpiría al cabo de tres meses, tuvo tiempo de recorrer buena parte del país. Solía dedicar los domingos a hacer excursiones por los alrededores de la capital: Aranjuez, El Pardo, la Sierra de Guadarrama y, por supuesto, Toledo eran algunos de sus destinos habituales. En varias de estas visitas le hizo de guía su amigo José Giner, quien, consecuente con los ideales de la Institución Libre de Enseñanza en la que se había educado (no en vano era sobrino de su fundador), sentía un amor sincero por los pueblos y las tierras de España. Más tarde estuvo también en La Mancha, cuyo paisaje tantas veces había entrevisto en las páginas del *Quijote*, y cruzó de sur a norte las provincias levantinas hasta llegar a Tarragona. Viajaba en vagones de tercera o simplemente a pie, y siempre había quien le recogía en su carro o tartana y compartía con él su bota de vino.

Los itinerarios de Dos en aquella época son fáciles de reconstruir gracias a sus cartas y diarios, recopilados por su biógrafo, Townsend Ludington. También de sus impresiones de entonces podemos formarnos una idea cabal a través de esos textos. «Me vuelve loco España», escribió en referencia a la dulzura y la nobleza de sus gentes. Dos Passos era, en efecto, un entusiasta de España y lo español. Le encantaban el chocolate, las campanadas de las iglesias, las bufandas de diversos colores con que los madrileños se abrigaban, su costumbre de apurar el tiempo en los cafés, incluso la constante algarabía de la Puerta del Sol, «la mayor y más ruidosa plaza de la ciudad». Le encantaban también su historia y su cultura, y no tardó en decorar la habitación de su pensión con reproducciones de Velázquez y El Greco. Para Dos Passos, España era un «templo de anacronismos», y en la manera de vestir de los españoles, en su música y sus ritos, en su alfarería y su gastronomía percibía indicios de un país que era a la vez romano, griego, fenicio, semítico, árabe. Los poemas que entonces escribió (y que más tarde recogería en su único volumen de poesía) celebraban la belleza y la dignidad de esa España eterna, que él contraponía al pragmático materialismo de los países más avanzados. Por ese lado venían, sin duda, las discrepancias que mantenía con sus amigos de la Institución Libre de Enseñanza, partidaria de europeizar España.

No volvería a España hasta dos años y medio después. Para entonces era ya un escritor, aunque todavía inédito. De hecho, aquel día de agosto de 1919 procedía de Londres, donde había firmado el contrato de edición de *Primer encuentro (One Man's Initiation: 1917)*, novela inspirada en sus experiencias como conductor de ambulancias durante la Primera Guerra Mundial. En compañía de un amigo norteamericano recorrió la cornisa cantábrica. Desde Motrico, en la provincia de Guipúzcoa, escribió a Robles para anunciar su llegada a la capital de España y cantar las excelencias de la costa vasca: «Hay en todas partes bailes, cohetes, fiestas, sidrerías.» Tras escalar los Picos de Europa, pasó por Madrid en dirección a Jaén, Málaga y Granada, ciudad en la que se instaló a mediados de septiembre. Allí observó que, en verano, la gente de esos lugares alquilaba una higuera para ir con sus cerdos, sus cabras, sus gatos y sus pollos a comerse los higos y disfrutar de la sombra: «En esas condiciones la vida no plantea problemas.»

Dos seguía teniendo una visión idílica de España. Cruzar la frontera equivalía para él a salir de la «fétida nube» europea y respirar por fin aire puro: «El Bidasoa se ha convertido en un Rubicón, y los Pirineos, gracias a Dios, son maravillosamente altos.» Su recién estrenada condición de corresponsal de un periódico laborista británico le llevó a pasar ocho días del mes de octubre en Lisboa. De vuelta a Granada, hubo de permanecer un mes entero en cama aquejado de fiebre reumática. Aprovechó ese tiempo para leer y trabajar en el que sería su primer gran éxito literario, la novela *Tres soldados*. Entre mediados de noviembre y principios de marzo del año siguiente vivió en Madrid. Durante esos cuatro meses, además de frecuentar a sus amigos madrileños y visitar con ellos algunos de sus destinos favoritos (Aranjuez, Yepes, Toledo), trató de concentrarse en la redacción de su novela, que, como la anterior, recreaba los horrores de la guerra de los que había sido testigo. Escribía en la biblioteca del Ateneo, para la que José Giner le había facilitado un pase. Fue allí donde Pepe Robles le presentó a quien más tarde traduciría algunos de sus libros al francés, Maurice Coindreau. Dos consideraba esa biblioteca el lugar más apropiado para trabajar, y en una carta la describió como «anormalmente llena de caballeros con aire de literatos, que se rodean de pilas de libros y con sus gargantas hacen tristes ruidos de erudito cada vez que pasan una página».

En marzo viajó a Barcelona, desde donde escribió a Robles para felicitarle por el nacimiento de Coco e informarle de sus progresos en el estudio de la poesía catalana: por lo que había leído de él, Joan Maragall le parecía «un gran poeta», y en todos los poetas catalanes percibía «un lirismo puro y humilde, con un olor de tierra que me gusta mucho». De Barcelona, tras una breve estancia en Palma de Mallorca, saldría para Francia y Estados Unidos a mediados de abril.

Justo un año después estaba de vuelta en la Península. En esa ocasión viajaba con el poeta E. E. Cummings, que deseaba tanto como él huir de la vida literaria neoyorquina. Desembarcaron en Lisboa, desde donde Dos Passos escribió una carta a Pepe Robles en la que le anunciaba su propósito de pasar por Madrid y, en su vacilante español, comentaba: «¡Sería gracioso si llegaba en Madrid a tiempo de ver el estreno de la sua comedia!» Robles nunca estrenó la obra en la que estaba trabajando. No mucho antes, en 1920, había publicado en la colección Universal su traducción de un drama de Alfred de Vigny: su afán por ganarse al público teatral no pasó de ahí. De todos modos, su amigo Dos tampoco habría podido asistir al improbable estreno madrileño. Debido a una dolorosa infección en un diente, Cummings no estaba en la disposición ideal para interesarse por el arte y la cultura locales, como Dos pretendía. Éste y Cummings abandonaron la capital portuguesa para, tras visitar brevemente Salamanca y Plasencia, viajar a Sevilla, donde un dentista sajó por fin el absceso de Cummings. Los días siguientes los dedicaron a ir a los toros y a disfrutar de la sensualidad de la ciudad andaluza, incluida la de sus prostitutas, y luego, al parecer sin tiempo para detenerse en Madrid, partieron para Francia.

Las andanzas de Dos Passos por España inspiraron, total o parcialmente, sus dos libros siguientes, ambos publicados en 1922. *Rocinante vuelve al camino* refleja con nitidez la España que Dos quiso encontrar y encontró: un refugio frente a la materialista sociedad norteamericana que tanto había criticado. Es la suya una España de virtudes antiguas como la hospitalidad o el apego a la tierra y las tradiciones, una España de hombres pobres que sin embargo prolongaban sus horas de alegría hasta la madrugada: el triunfo de la vida y del ser humano en un mundo de mugre y harapos. Aunando metafísica y realismo, recurriendo por igual a la alegoría y el relato de viaje, combinando la España leída con la España vivida, Dos Passos propuso en *Rocinante vuelve al camino* una interpretación de la historia y el carácter españoles que no se alejaba demasiado de la visión noventayochista entonces imperante. No sólo los autores sino también los temas preferidos de esa generación nos asaltan una y otra vez desde las páginas del libro, y no por casualidad cierto individualismo inmutable, rasgo que previamente habían definido los escritores del 98, está también para Dos Passos en la esencia de lo español. Basándose en la «fuerte confianza anarquista en el individuo», llega a afirmar que «España es la patria clásica del anarquista».

También en bastantes de los poemas de *A Pushcart at the Curb* canta a esa España individualista y no contaminada. De las seis secciones que integran el volumen, dos («Winter in Castile» y «Vagones de tercera», de la que Pepe Robles hizo una traducción parcial) están dedicadas a España e ilustran sus ya conocidos vagabundeos: hay poemas dedicados a Madrid, pero también a Toledo, Aranjuez, Cercedilla, Navacerrada, Alcázar de San Juan, Getafe, Denia, Villajoyosa, Granada, Lanjarón... La profesora Catalina Montes analizó estas composiciones en un estudio de 1980 y llegó a la conclusión de que Dos Passos admiraba la dignidad con que los españoles aceptaban su atraso económico: mejor ser pobres que ser esclavos «de la industrialización, del ansia de dinero».

Su rechazo del capitalismo se radicalizaría con motivo de la condena a muerte de Sacco y Vanzetti, en cuya inocencia creía a pie juntillas. «Sacco y Vanzetti me interesaban porque eran anarquistas y yo simpatizaba mucho con sus ingenuas convicciones», escribiría mucho tiempo después en *Años inolvidables.* Dos asumió su defensa como un asunto personal: escribió un panfleto denunciando el caso, se entrevistó con ellos, formó parte del comité creado para defenderles. Durante el ve-

rano de 1927, en un nuevo esfuerzo por evitar su ejecución, publicó un artículo en varios periódicos, y fue detenido en Boston junto a otros manifestantes. La campaña no sirvió de nada. Sacco y Vanzetti fueron ejecutados el 23 de agosto, y Dos Passos, decepcionado por el sistema capitalista norteamericano, al que consideraba culpable del asesinato de los dos anarquistas, volvió la mirada hacia el socialismo. En mayo del año siguiente viajó a Rusia para examinar la nueva sociedad soviética. Producto de ese viaje es «El visado ruso», un texto que expresa sus simpatías por el pueblo ruso y su revolución, pero también algunos reparos hacia el clima de miedo y persecución que percibió.

En febrero de 1930, Dos Passos, ya con Katy y en viaje de placer, cruzó España de norte a sur. En marzo llegaron a Cádiz, donde embarcaron en el *Antonio López* hacia las Islas Canarias y Cuba. Más significativo sería su siguiente viaje, en el verano de 1933. Para entonces, merced a su participación en el asunto de Sacco y Vanzetti y también a su campaña de denuncia de las condiciones de trabajo de los mineros de Harlan County, Kentucky, se había convertido en uno de los más influyentes intelectuales de izquierdas, y su propósito era escribir un largo reportaje sobre la joven República española, en la que tantas esperanzas había depositado. De hecho, acababa de firmar el contrato de edición de «La república de los hombres honrados», que finalmente, en abril del año siguiente, aparecería publicado junto a «El visado ruso» y otros relatos de viajes dentro del volumen titulado *En todos los países*. En una de las cartas que escribió a Hemingway bromeaba sobre su proyecto de reportaje, que sería «quemado por Hitler, cubierto de orines en el Kremlin, usado como papel higiénico por los anarcosindicalistas, deplorado por *The Nation*, señalado por *The New York Times*, ridiculizado por el *Daily Worker* y no leído por el Gran Público Americano».

El matrimonio Dos Passos había previsto viajar a España en compañía de Hemingway, que debía buscar localizaciones para el rodaje de la adaptación cinematográfica de *Muerte en la tarde*. Sin embargo, uno de los ya mencionados ataques de fiebre reumática de Dos alteró los planes. Katy y él llegaron en julio, y lo primero que hicieron fue comprar un pequeño Fiat de segunda mano, al que llamaron *Cockroach* (Cucaracha) y en el que recorrieron la península de sur a norte. En Pontevedra presenciaron un espectáculo pirotécnico en el que los fuegos artificiales exhibían los colores de la bandera republicana, y en Santander asistieron a un mitin del diputado socialista Fernando de los Ríos, primo de José Giner. El acto tuvo lugar en la plaza de toros, y alguien soltó dos palomas que debían simbolizar la paz y que, sin duda mareadas por el calor, no llegaron a alzar el vuelo. En ese detalle vio Dos un mal presagio para la frágil República, y acaso un indicio de que los buenos tiempos estaban también acabando para él. De hecho, cuando, más de treinta años después, redacte sus memorias, concluirán precisamente con este viaje a España. Edmund Wilson no dejaría entonces de reprochárselo de forma amistosa, y Townsend Ludington, aludiendo al título original del libro *(The Best Times)*, señalaría más tarde que la breve vida de la República marcó para el escritor «los últimos momentos de los mejores tiempos».

En agosto, Katy y Dos se instalaron en Madrid en el Hotel Alfonso, que hasta 1931 se había llamado Alfonso XII. Hemingway llegó unos días después y cogió habitación en el Biarritz, pero, demasiado ocupado en sus propios asuntos, sólo de vez en cuando se reunía con ellos para almorzar en Casa Botín. En sus viajes a España, Dos Passos había conocido a varios de los más relevantes intelectuales: en el primero fue recibido por Juan Ramón Jiménez, cuya familiaridad con la poesía norteamericana le deslumbró, y en el segundo, acompañado de Robles, visitó en Segovia a Antonio Machado, al que tenía intención de traducir al inglés. En este nuevo viaje entrevistó para su trabajo a Manuel Azaña y Miguel de Unamuno. De ambas entrevistas salió también Dos Passos con malos presagios para el régimen republicano: si, mientras esperaba a ser recibido por el presidente del gobierno, se sintió «oprimido por la atmósfera de oficina gubernamental, por la sensación de aislamiento con respecto al mundo real», cuando se reunió con Unamuno (quien «con su piel apergaminada y su frente estrecha y abombada cada vez se parecía más a don Quijote»), el único comentario sobre la República que consiguió extraerle fue: «¿Dónde están los grandes hombres?»

Fiel a su gente, Dos Passos visitó asimismo a sus amigos españoles. Pepe Giner le mostró el Palacio Real (ahora llamado Nacional), del que había sido nombrado conservador, y lo que más le llamó la atención fue que, mientras hacía el inventario de los bienes reales, hubiera encontrado la corona de España «escondida en un viejo armario ropero». Al otro Pepe, a Robles Pazos, que estaba de vacaciones en Madrid, lo veía sobre todo en las tertulias de café. Debió de ser en La Granja del Henar donde José Robles le presentó a Ramón J. Sender, que acababa de llegar de un viaje a la URSS. La amistad entre Sender y Dos Passos se reanudaría bastantes años después en Norteamérica, y de ella habla el aragonés en *Álbum de radiografías secretas*. Sus trayectorias vitales e ideológicas discurrirían en paralelo: activistas de las causas de izquierdas en su juventud, la guerra civil les convertiría en feroces anticomunistas, y sólo gracias a su común e «irreprimible independencia de criterio» se enfrentaron al «sistema de calumnias» que les aguardaba. Pero aquel encuentro del verano del 33 fue significativo porque unos meses antes se había producido la matanza de campesinos por guardias de asalto en la localidad gaditana de Casas Viejas, un episodio que no constituía ya un mal presagio para el nuevo régimen republicano sino un serio descalabro de su credibilidad, y Sender, como afirma el propio Dos Passos en «La república de los hombres honrados», fue el único que desde las páginas de un periódico luchó para evitar que el escándalo fuera silenciado. Las crónicas de Sender en *La Libertad*, que pronto serían recogidas en un volumen, constituyeron de hecho una de las principales fuentes de información del escritor norteamericano.

El gobierno de Azaña, que inicialmente negó los hechos, tuvo que acceder a que se creara una comisión de investigación cuando la prensa desveló lo ocurrido. Para Sender, la posterior pugna parlamentaria no fue sino «un pleito entre verdugos, donde se trataba de ventilar si las ejecuciones habían sido realizadas correctamente o no». Para Dos Passos, el espíritu de Casas Viejas acabó provocando la derrota del gobierno de hombres honrados, y al final de su reportaje censuraba la impotencia con que los demócratas bien intencionados contemplaban «el colapso de la vida civilizada que tan altamente estiman». Sus antiguas simpatías hacia ese individualismo y ese anarquismo tan genuinamente españoles habían alimentado una desconfianza visceral hacia los políticos que habían consentido su aplastamiento.

A esa quiebra en la confianza en la República se sumaba además la aversión que le inspiraba la naciente burocracia. Katy y él la sufrieron en carne propia a finales de septiembre, cuando, en vísperas de salir de España, pusieron en venta su automóvil. Un joven oficial les pidió permiso para probar el motor y desapareció. La policía recuperó bien pronto el *Cockroach*, y Dos acudió a la Puerta del Sol y vio el pequeño Fiat rodeado de una tela metálica en el patio de Gobernación. Allí estaba y allí, retenido como prueba, seguiría estando cuando el matrimonio Dos Passos embarcara en el *Exchorda* en el puerto de Gibraltar. «No hay remedio. Es la ley», les había dicho el funcionario de policía, por mucho que ellos le habían insistido en su urgencia por venderlo. El episodio del *Cockroach*, unido a las secuelas que todavía arrastraba Dos Passos de su enfermedad, hizo que su estancia en España fuera también un fracaso en el plano personal.

Eso, sin embargo, no impidió que su interés por la inestable actualidad española se mantuviera firme, y el antiguo activista volvió a ponerse en movimiento cuando un amigo suyo, el artista santanderino Luis Quintanilla, fue detenido con motivo del movimiento insurreccional de Asturias de octubre de 1934 por formar parte del comité revolucionario de Madrid. Quintanilla era también (y sobre todo) amigo de Hemingway, al que había conocido en una borrachera en un bar de Montparnasse en 1922. Hombre de agitada biografía que en su juventud había sido marino y boxeador y que desde 1927 militaba en el PSOE, iba a ser juzgado por un tribunal militar, y la condena amenazaba con ser particularmente severa: el fiscal pedía para él dieciséis años de cárcel.

Para dar publicidad al caso y forzar al gobierno español a ser clemente, Hem y Dos organizaron una exposición de sus aguafuertes en la galería neoyorquina Pierre Matisse y, al igual que se estaba haciendo en Inglaterra y Francia (en este país, a iniciativa de André Malraux), promovieron una campaña de recogida de firmas entre personalidades como Henri Matisse, Thomas Mann, Sinclair Lewis o Theodor Dreiser, con el que Dos Passos había colaborado en la defensa de Sacco y Vanzetti. La exposición debía asimismo servir para recaudar fondos para los encarcelados, y los dos escritores recurrieron para ello a sus contactos con liberales de la alta sociedad. Entre ellos estaban, por ejemplo, los adinerados y elegantes Sara y Gerald Murphy, buenos amigos de Hemingway y Dos Passos desde principios de la década anterior. En su biografía de los Murphy, Amanda Vaill reproduce un telegrama de Gerald en el que se alude a la excelente acogida de la exposición: «CUATRO VENDIDOS PRIMER DÍA.»

El catálogo incluía sendos textos de Hemingway y Dos Passos. El de éste señalaba que «Quintanilla ha expresado su disgusto por medio de sus aguafuertes y de su actividad revolucionaria. Es natural que los burócratas civiles y religiosos, los latifundistas y los explotadores industriales que han recurrido al ejército, los políticos aprovechados y especialmente los guardias civiles, esos fieles perros guardianes de los propietarios, le hayan metido en la cárcel para devolver el poder en España a la propiedad». Los dos novelistas no se conformaban con ayudar a su amigo, sino que además buscaban denunciar la forma en que el gobierno había aplastado la rebelión. «No es bonito usar tropas moras, bombarderos y artillería pesada sobre tus propias gentes y ciudades», escribió Dos Passos a Malcolm Cowley, director del *New Republic*. Una de las cartas que por entonces envió a Robles revela, no obstante, el escepticismo que le inspiraban campañas de ese tipo. Aunque en ella dice haber firmado «varias protestas de Barbusse» y «una *petition* en el caso de Quintanilla», no cree que eso pueda influir en Gil-Robles o Lerroux, al que en otra carta llama «hijo de perra».

Para su sorpresa, las cosas salieron mejor de lo esperado. En febrero del 35, Dos informó a Edmund Wilson de que Quintanilla había «sido trasladado a una fantástica celda que Juan March había arreglado para sí mismo, y los rumores apuntan a que dentro de seis meses estará en libertad». A finales de mayo Quintanilla estaba ya en libertad provisonal, y escribió al novelista una larga carta en la que le informaba de su nueva situación y le expresaba su agradecimiento: «Vd. no podrá imaginarse lo que es leer a la caída de una tarde de invierno, en la celda de una cárcel, donde todo son humillaciones y violencias, el prólogo que para el catálogo de mi exposición escribieron Vds.» El fiscal había rebajado su petición a cuatro años de cárcel, y lo más probable era que Quintanilla no tuviera que reingresar en prisión.

La inquietud de Dos Passos por el pintor santanderino se reavivaría en el verano del año siguiente, cuando a los Estados Unidos llegaron noticias de que había sido asesinado por pistoleros fascistas. Luego se supo que Quintanilla, que había participado en el asalto al madrileño Cuartel de la Montaña, estaba vivo. La guerra civil española acababa de estallar.

3

La preocupación de Dos Passos por el destino de la República española le llevó, en el otoño de 1936, a proponer la creación de un servicio de noticias que informara de un modo independiente y veraz sobre el desarrollo de los acontecimientos. Dos pensaba que, presentando a los norteamericanos la auténtica situación española, la administración Roosevelt se vería forzada a permitir la venta de armas al gobierno. Por entonces no eran pocos los que consideraban trotskista a Dos Passos, cuyo nombre figuraba entre los de los miembros del Comité Americano para la Defensa de Trotski. En su biografía del escritor, Virginia Spencer Carr ha demostrado que esa inclusión se realizó sin su consentimiento, pero el compromiso de Dos Passos con las causas de la izquierda seguía en pie. Una vez que se hubo frustrado el proyecto del servicio de noticias, el novelista concibió la idea de rodar un documental que mostrara la precariedad de las condiciones de vida del pueblo español durante la guerra. Con tal motivo se asoció con Lillian Hellman, Archibald MacLeish y Ernest Hemingway para constituir la empresa Contemporary Historians, que debía producir la película. Para dirigirla hablaron con el holandés Joris Ivens, que se encontraba en los Estados Unidos invitado por la Film Alliance y había empezado a trabajar en un proyecto para la Fundación Rockefeller. El responsable de la fotografía sería John Ferno, colaborador habitual de Ivens.

Tanto Ivens como Ferno eran militantes comunistas. Según contaría el propio Dos Passos en *The Theme Is Freedom*, poco antes de embarcar con Katy en el transatlántico que les llevaría a Europa, estuvo cenando en Nueva York con el anarquista Carlo Tresca, que le advirtió de que le iban a poner en ridículo: «*John, they goin' make a monkey outa you..., a beeg monkey*.» Cuando Dos replicó que Hemingway y él tenían el control sobre lo que se iba a filmar, Tresca se echó a reír y señaló que Ivens era miembro del Partido Comunista. Según él, todo lo que vieran o hicieran sería aprovechado por el partido para sus propios intereses. «Si en España a los comunistas no les gusta alguien, le pegan un tiro», añadió.

Las advertencias de Tresca no alteraron los planes. Ivens se haría cargo de la realización, y Hemingway, ayudado por Dos Passos, del guión. Surgieron entonces las primeras discrepancias entre los dos viejos amigos: mientras Dos quería que *Tierra española* se centrara en los problemas cotidianos de la gente, a Hem le interesaba reflejar la evolución de la campaña militar. Como sugiere Townsend Ludington, tales diferencias podían encubrir otras de naturaleza bien distinta: Hemingway acababa de iniciar su relación con Martha Gellhorn, y es probable que sus sentimientos de culpa con respecto a su mujer, Pauline, se intensificaran ante la presencia de Dos Passos y Katy, dos de los mejores amigos de ésta.

En esta ocasión, Dos no viajaba a España para escribir artículos o reportajes sino para colaborar en una película de propaganda de la causa republicana. A pesar de todo, buena parte del viaje puede reconstruirse gracias, en primer lugar, a los textos que durante esas semanas escribió para los medios de comunicación y que al año siguiente recogería en *Journeys Between Wars* y, en segundo lugar aunque con las lógicas reservas, a la recreación novelística que al final de su vida haría en *Century's Ebb*. Katy y él se detuvieron primero en París, donde Dos constató que la sociedad francesa estaba dividida entre los conservadores temerosos del socialismo y los izquierdistas temerosos del fascismo. Asistió al funeral por unos jóvenes muertos por miembros de la organización filofascista Croix de Feu del coronel Casimir de la Rocque, habló con ultraderechistas que acusaban a los gobernantes del Frente Popular de ser lacayos de Moscú y acudió al Quai de Bourbon a entrevistar a Léon Blum, «un conversador claro e inteligente, que se adelanta a hablar de otra cosa en cuanto tus labios empiezan a formar la palabra España». La cuestión de la ayuda militar a la República no pudo, por lo tanto, ser planteada.

Siguiendo un consejo que les había dado Carlo Tresca, Katy no acompañaría a su marido a España. A comienzos de abril, Dos se despidió de ella y tomó un tren para Perpiñán. En el café de la antigua Bolsa se encontró con grupos de hombres con boinas polvorientas que hablaban en catalán, y anotó: «Más españoles, una numerosa población de refugiados andrajosos.» Buscó el Café Continental y preguntó por el dueño. Éste le presentó a un individuo que le hizo pasar a un cuarto. En la pared había un mapa de España con las líneas del frente señaladas con banderitas. «Los nuestros», dijo el hombre, indicando la zona republicana. Del Continental salió para montar en el camión que debía llevarle a Valencia. Su conductor era un comunista francés que hasta la pérdida de dos dedos en un accidente laboral había trabajado como tapicero. El camión transportaba un cargamento de armas y teléfonos de campaña y, para conseguir introducirlo en territorio español, tuvieron que burlar un par de controles policiales.

Una vez cruzada la frontera, realizaron frecuentes paradas para encontrar a las personas encargadas de proporcionarles los vales de combustible. En Gerona, Dos se fijó en que «las paredes estaban cubiertas de proclamas de guerra» y «los cristales de los negocios habían sido reforzados con delgadas cintas de papel engomado». Tras pasar la noche en un hotel que estaba bajo control de la CNT, salieron para Barcelona. Lo primero que hicieron fue tomar un café en las Ramblas, donde los locales exhibían unos rótulos que anunciaban su incautación por la CNT o la Generalitat. Después dieron bastantes vueltas hasta encontrar una escuela transformada en depósito central de maquinaria: era allí donde debían dejar su «carga de máquinas mortíferas». Reanudaron el viaje, y al pasar por Sitges se detuvieron en el bar de un amigo del conductor que «apoyaba decididamente al gobierno de Valencia y estaba en contra del de Barcelona y de todos los comités y sindicatos locales». De camino hacia Tarragona, «a la luz de los faros, proyectándose sobre las paredes pintadas de blanco», vieron a cinco jóvenes que cruzaban el camino por delante del camión. «Había algo extraño en su forma de andar. A todos ellos les faltaba una pierna», escribió Dos Passos. Más tarde recogieron en una gasolinera a un miliciano que se iba de permiso a su casa. Se enteraron de que había habido bombardeos en Tortosa y el miliciano exclamó: «¡Magnífico! Iremos a Tortosa y dormiremos tranquilamente.» Eso fue, en efecto, lo que hicieron, y a la mañana siguiente se despidieron del miliciano en Castellón.

Cuando llegaron a Valencia, Dos observó que la ciudad no ofrecía un aspecto muy distinto del de las otras veces que había estado allí: «Los vendedores callejeros y los anuncios eran semejantes a los de la época de la feria anual, y la única diferencia residía en el abigarramiento de los uniformes militares y los rifles y las cartucheras y las gorras con borlas de los milicianos. En vez de corridas de toros, los carteles anunciaban la guerra civil.» Frente al «heroico Madrid» se hablaba entonces del «Levante festivo», y la percepción de Dos Passos coincide en líneas generales con la de Salazar Chapela, quien dejó escrito que «únicamente identificábamos entonces la guerra por la profusión en los hombres de zamarras de cuero, por la construcción de refugios públicos aquí y allá, por algunos sacos terreros colocados protectivamente delante de algunas puertas y ventanas y por el paso de algún que otro camión, casi siempre a noventa por hora, cargado de milicianos barbudos y armígeros».

Dos Passos y el conductor pararon ante el Hotel Internacional, próximo a la estación y ocupado en gran parte por miembros de las Brigadas Internacionales. Allí el novelista se despidió de su compañero de viaje, que debía entregar el camión y regresar a París en tren. Acto seguido, acudió a la Oficina de Prensa Extranjera a presentar sus credenciales.

La oficina tenía su sede en el último piso de una antigua y destartalada mansión a la que, en palabras de Arturo Barea, se accedía por una «suntuosa y sucia» escalera que, a través de un vestíbulo «con las paredes tapizadas de brocado, descolorido por los años», conducía a un laberinto de pasillos y habitaciones «llenas de máquinas de escribir, de multicopistas, de sellos de caucho, de montañas de papel». No muy distinta es la descripción que en sus memorias hace Constancia de la Mora, entonces subdirectora y poco después directora de la oficina: máquinas de escribir, desordenadas pilas de papel carbón, sucias cuartillas aquí y allá, paredes desconchadas, mesas rebosantes de carteles de propaganda y periódicos de todos los países del mundo... En medio de ese desbarajuste, los empleados preparaban paquetes, corregían artículos y buscaban direcciones en los ficheros, mientras los corresponsales extranjeros esperaban en una salita contigua, sentados en un sofá de alto respaldo que hacía juego con las dos butacas de la estancia.

A Dos Passos la oficina le pareció «agradable pero un poco molesta: como un club. Uno se encuentra con viejos amigos, lee las hojas mimeografiadas que informan sobre lo que el gobierno quiere que uno sepa. Se recogen rumores. En el interior, después de una sala de mecanógrafos, en una alcoba de pesados cortinajes, se encuentra el censor en persona, que tiene aspecto de lechuza con sus grandes gafas, sentado detrás de un pequeño escritorio, bajo una luz azul.» Por la descripción que Dos Passos hace de él sabemos que quien le recibió fue el director de la oficina, Luis Rubio Hidalgo, del que tanto Barea como Constancia de la Mora hablan en sus respectivos libros autobiográficos. Si el retrato que Arturo Barea nos dejó de Rubio Hidalgo resulta poco seductor («un cráneo lívido y calvo provisto de gafas ahumadas con montura de concha»), tampoco el que le hizo Constancia de la Mora lo mejora demasiado: un hombre de calvicie incipiente, bigote pequeño y gafas azules, cuyo color malsano no hacía sino delatar la oscuridad casi constante del despacho en el que trabajaba.

No es la primera vez que el nombre de Luis Rubio Hidalgo aparece en esta historia: había sido él quien, un mes antes, había dado oficiosamente a Coco Robles la noticia de la más que probable ejecución de su padre. Aquella mañana de abril, un desconsolado Coco Robles salió al encuentro de Dos en la oficina y rápidamente le puso al corriente de lo ocurrido. La consternación del escritor norteamericano resulta fácil de imaginar: las últimas noticias que tenía de su amigo español (al que, «conociendo su saber y su sensibilidad, consideraba indispensable para el documental») eran anteriores a su desaparición. Esa consternación, por otro lado, no estaba exenta de un punto de incredulidad. También de esperanza: si la muerte de Pepe Robles no había sido confirmada oficialmente, cabía la posibilidad de considerarla uno más de los muchos «rumores» que se recogían en sitios como aquél. De su entrevista con Rubio Hidalgo salió Dos Passos con la promesa de que, al día siguiente, en el curso de un almuerzo con periodistas, podría tratar personalmente el asunto con el ministro Álvarez del Vayo.

Esa misma tarde acudió a visitar a Márgara. La vivienda de los Robles en Valencia no estaba ya en el edificio en cuyo ascensor Coco había dado a su madre y su hermana la trágica noticia. Hacía un par de semanas que, por razones económicas, se habían mudado a un modesto piso de barrio. Dos consiguió encontrarlo no sin dificultades, y el aire desesperado de Márgara y la precariedad de sus condiciones de vida le convencieron de la gravedad de la situación. Más tarde comentaría a Maurice Coindreau que hasta le pareció que estaba «muy enferma, probablemente con tuberculosis en un pulmón». La inopinada aparición de Dos Passos fue para Márgara una última esperanza a la que agarrarse. Siendo él quien era, las autoridades tendrían que proporcionarle todas esas informaciones que a ella le habían sido negadas una y otra vez: por qué había sido detenido su marido, qué cargos había contra él, si era cierto o no que había sido ejecutado. No es difícil imaginar la conversación que ambos sostuvieron, y el propio Dos Passos proporciona algunas pistas en *Century's Ebb*, en la que José, Márgara, Coco y Miggie Robles aparecen respectivamente como Ramón, Amparo, Paco y Lou Echevarría. «¿Puede ser que se hubiera hecho enemigos? Estaba acostumbrado a hablar con libertad», pregunta a Amparo el *alter ego* del escritor, Jay Pignatelli, y ella contesta: «No últimamente. No le habrías reconocido. Se había vuelto muy cuidadoso con lo que decía.»

Sin dar nombres e incluyendo, acaso de forma deliberada, alguna leve imprecisión, Dos Passos escribió sobre la tragedia de los Robles en un texto de *Journeys Between Wars* en el que evocaba a una «mujer con su hijo que dispone apenas de lo necesario para pagar una habitación barata, sin aire, mientras aguarda a su esposo. No le dijeron nada, se lo llevaron para interrogarlo, algunas cositas que debían aclararse, tiempos de guerra, no hay que alarmarse. Pero pasaron días y meses sin noticias. Las colas en las comisarías, la apelación a los amigos influyentes, el terror creciendo lentamente que destroza a la mujer». Un poco más adelante, da rienda suelta a los peores augurios sobre la suerte de Pepe Robles y habla de «las mil maneras en que puede declararse culpable a un hombre, la observación que uno formuló de pasada en un café y que alguien anotó, la carta que había escrito el año anterior, la frase garabateada en una libreta de apuntes, el hecho de que un primo se encuentre en las filas enemigas, y el extraño sonido que las propias palabras causan en los oídos cuando las citan en la acusación». Y añade: «Le ponen a uno un cigarrillo en la mano y se camina hacia el patio a enfrentar a seis hombres a los que jamás se ha visto. Apuntan. Esperan la orden. Disparan.»

Se alojaba Dos Passos en la Casa de la Cultura, un hotel (el Palace) que el gobierno había puesto a disposición de algunos profesores y escritores republicanos y que popularmente era conocido como la Casa de los Sabios. El estado de ánimo del novelista le impediría guardar un buen recuerdo de ella: «La entrada es triste; la cena, una melancólica función. Es como estar en cuarentena. Nos sentimos como baúles colocados en el desván de alguien.»

Al día siguiente acudió al almuerzo con el que Álvarez del Vayo agasajaba a los periodistas extranjeros en el Grao, «el grande y viejo restaurante de la playa donde hace años... ¡la paella era tan buena!». Dos Passos tomó nota de la «curiosa dicción sibilante» con la que, producto sin duda de su acentuado prognatismo, pronunció el ministro su discurso en español y francés, y dejó constancia de su malestar cuando escribió: «El vino es bueno. La vieja y famosa paella. Pero en los al-

muerzos oficiales los alimentos no se digieren.» Dos Passos había coincidido en el Ateneo con Álvarez del Vayo en los tiempos en que éste era un prestigioso periodista de izquierdas, pero nunca le había resultado demasiado simpático. Consiguió abordarle al final de la comida, y el ministro insistió en hablar de *Tierra española*, a cuyo equipo de rodaje estaba dispuesto a dar toda clase de facilidades. Pero de lo que Dos Passos quería hablarle era del asunto de Robles. Álvarez del Vayo le dejó hablar unos instantes. Luego declaró sentir «ignorancia y disgusto», prometió averiguar más cosas y se despidió con precipitación. El escritor le miró marchar, rodeado de su séquito de colaboradores.

¿Ignorancia sobre el caso Robles, que había sido uno de los temas habituales de conversación entre los intelectuales desplazados a Valencia? ¿Ignorancia cuando es más que probable que Márgara hubiera acudido a él en petición de auxilio? La alusión de Dos Passos a la mala digestión de la paella podría encubrir no sólo una sensación de malestar sino también un razonable escepticismo ante los buenos deseos expresados por el ministro. ¿Cumpliría éste su promesa de averiguar más cosas? Fuera como fuese, Dos Passos decidió seguir con sus propias indagaciones en Madrid.

Debió de ser esa tarde cuando concedió al corresponsal de *Última Hora* unas declaraciones que el día 19 aparecerían publicadas con el titular: «Els espanyols destruiran el feixisme a Europa i, per conseqüent, al món.» En la entrevista hablaba de su viaje a España («me ha resultado muy agradable no ver por los caminos los tricornios de los guardias civiles, que eran muy pintorescos pero tenían un aire demasiado siniestro») y de las simpatías que por la causa republicana habían manifestado artistas como Charles Chaplin, Clark Gable o James Cagney. Después Dos Passos paseó por el puerto en compañía de unos periodistas franceses y contempló algunos de los barcos rusos que transportaban armas para la República, «buques de carga con los nombres tachados con pintura que se deslizan sin luces a través del bloqueo, los "mexicanos", como se los llama».

En algún momento se produjo su encuentro con «un viejo amigo que me lleva a ver el sitio donde están depositados los cuadros del Prado». ¿Quién era ese viejo amigo cuyo nombre omite Dos Passos? Según todos los indicios, no era sino Luis Quintanilla, el artista santanderino a cuya excarcelación habían contribuido Hemingway y Dos Passos tras la fracasada insurrección de Asturias. En abril de 1937, Quintanilla era miembro de la Junta de Incautación y Protección del Tesoro Artístico, creada por el gobierno republicano con el propósito de poner a buen recaudo las principales obras del patrimonio artístico nacional: eso explica su fácil acceso a los almacenes en los que estaban depositados los cuadros del Museo del Prado. Pero en abril de 1937 Quintanilla era también un espía. Debido a su estrecha amistad con Luis Araquistáin, embajador de la República en París, hacía unos meses que Quintanilla se dedicaba a recabar información entre los núcleos de refugiados españoles en el sur de Francia (principalmente, en Biarritz y Bayona) y a transmitirla al gobierno a través de una red de contactos de la que formaba parte el cineasta Luis Buñuel. Sus visitas a Valencia eran habituales. Allí se encontraba cuando Dos Passos llegó a la ciudad y, aunque éste da a entender que el encuentro tuvo lugar por la tarde, no se puede descartar la posibilidad de que se hubiera producido en el curso del almuerzo con Álvarez del Vayo, viejo amigo de Quintanilla. ¿De qué hablaron el pintor y el novelista mientras paseaban entre los cuadros protegidos por lonas y bastidores? Indudablemente, de Robles, y Quintanilla recomendó al angustiado Dos Passos que, cuando fuera a Madrid, hablara con su hermano Pepe. Éste, que en *Century's Ebb* aparece como Juanito Posada, trabajaba en los servicios de contraespionaje republicano como miembro de la Brigada de Policía de la Agrupación Socialista Madrileña (y, a partir de agosto, del Servicio de Investigación Militar o SIM). Sin duda, Pepe Quintanilla podría ayudarle a averiguar lo ocurrido con Robles.

Tras su encuentro con el santanderino, el norteamericano pasó nuevamente la noche en la Casa de la Cultura, y por la mañana acudió al Hotel Victoria: «Ese nido de corresponsales, agentes gubernamentales, espías, traficantes de municiones y mujeres misteriosas se halla ahora vacío y silencioso.» Ante el hotel le esperaba el Hispano-Suiza que la Generalitat había puesto a disposición de un «famoso periodista francés» no identificado. La carretera que llevaba a Madrid presentaba un estado bastante mejor del que Dos Passos había supuesto, y los viajeros aprovecharon las paradas en los diferentes controles para bajar y estirar las piernas. No vieron movimientos de tropas hasta que llegaron a las afueras de Alcalá de Henares: «jóvenes con cascos inadecuados, camiones y hombres marchando en formación». El automóvil les dejó delante del Hotel Florida, en la plaza de Callao. Allí Dos Passos sintió por primera vez la proximidad del frente: «Mientras acomodamos los bultos en la acera, nos detenemos súbitamente. El ruido que se oyó cuando el motor se detuvo fue de ametralladoras.»

El Florida era el hotel en el que se alojaban los corresponsales y escritores extranjeros, entre ellos Hemingway, que solía pasearse con un singular uniforme caqui y unas lustrosas botas de caña alta. La primera persona conocida a la que Dos Passos vio en el hotel fue Sidney Franklin, torero de Brooklyn y buen amigo de Hemingway que había viajado desde Valencia en compañía de Martha Gellhorn. El encuentro entre los dos escritores fue brusco. Hemingway le preguntó cuánta comida les llevaba y reaccionó con indignación cuando le vio sacar cuatro tabletas de chocolate y cuatro naranjas: «*We damn near killed him.*» Persistía entre ellos la tirantez que ya en Nueva York había empezado a manifestarse, y la exaltación con que Hemingway vivía la experiencia de la guerra, tan alejada de la sensibilidad pacifista de Dos Passos, no parecía que pudiera contribuir a arreglar las cosas.

Dos Passos no tardó en reanudar sus averiguaciones sobre la suerte de Robles. Por supuesto, una de las personas con las que se entrevistó fue Pepe Quintanilla, quien, de acuerdo con lo que se dice en *Century's Ebb*, tenía su despacho en el edificio de la Telefónica en la Gran Vía madrileña. El sobrino de Pepe e hijo de Luis, Paul Quintanilla, ha escrito en la biografía de su padre: «Pepe le dijo que sí, que conocía los pormenores del caso pero que carecían de importancia, y que él, Dos Passos, no tenía que darle más vueltas.» Dos Passos no se dio por satisfecho con esta respuesta y siguió investigando, pero toda la gente con la que hablaba se limitaba a asegurarle que su amigo tendría un juicio justo. Nadie, sin embargo, sabía darle noticias precisas sobre su paradero, y Dos, que todavía albergaba la esperanza de que Robles estuviera preso y no cesaba de revisar listas, sospechaba que a su alrededor se estaba urdiendo una conspiración de silencio y mentiras. Algún tiempo después, recordaría que sus constantes indagaciones disgustaban a varias de las personas con las que colaboraba en el proyecto de documental: «¿Qué es la vida de un hombre en un momento como éste? No debemos permitir que nuestros sentimientos personales nos dominen...» Entre esas personas se encontraba, sin duda, Hemingway. La antigua amistad entre ambos estaba a punto de romperse.

No muy lejos del Hotel Florida, el rascacielos de la Telefónica («*the proud New York baroque tower of Wall Street's International Tel and Tel*, símbolo del poder colonizador del dólar») se había convertido en el emblema de la defensa de la ciudad. «Cinco meses de bombardeos le han causado en realidad muy pocos perjuicios», escribió Dos Passos. En ese edificio, además del despacho de Pepe Quintanilla, estaba la sede madrileña de la Oficina de Prensa Extranjera, en la que el novelista se encontró con «un español cadavérico y una mujer austríaca pequeña y rolliza, de voz agradable», que no eran otros que Arturo Barea y su compañera, Ilsa Kulcsar. Barea, que aún no había publicado ningún libro, había sido contratado por Luis Rubio Hidalgo en las primeras semanas de la contienda. Luego éste había seguido al gobierno republicano a Valencia, y Barea se había tenido que hacer cargo de la oficina madrileña y de los escasos cinco empleados que habían permanecido en la capital. Todavía en noviembre del 36 había aparecido Ilsa, una veterana socialista que había viajado a España para participar en la lucha contra el fascismo y que le ayudó a reorganizar el servicio de censura y prensa extranjera. El abandono en el que había quedado el departamento había dado pie a una sorda pugna por su control. Buena prueba de ello es el hecho de que el enviado de *Pravda*, Mijail Koltsov (hombre de gran autoridad pese a que Koestler lo describa como «de baja estatura, delgadito, de aspecto insignificante, de ademanes pausados y ojos descoloridos»), se hubiera presentado en la oficina y hubiera amenazado a Barea: «Esto es una vergüenza. Quienquiera que sea el responsable de esta clase de sabotaje merece que le fusilen.» Entre esas tensiones y un trabajo que le ocupaba dieciocho horas diarias, la salud física y mental de Barea se resintió gravemente: no es de extrañar que Dos Passos lo retratara como «un hombre nervioso, mal nutrido y falto de sueño».

Cuando escribió esto, no podía imaginar hasta qué punto eran atinadas sus impresiones. Un día antes, un obús había entrado en la habitación de Barea en el Hotel Gran Vía y reducido los zapatos de Ilsa a un montón de trozos de cuero retorcidos y chamuscados y, al montar él en un automóvil, había encontrado un pedazo todavía tembloroso de cerebro humano pegado al cristal. Eso, unido a dos bombardeos de los que fue testigo desde la ventana de la habitación, le provocó un colapso nervioso que durante unas semanas lo mantuvo prácticamente incapacitado para el desempeño de su misión. Aquella tarde en la Oficina de Prensa, mientras Dos Passos le regalaba un ejemplar dedicado de *El paralelo 42*, Barea estaba a punto de hundirse en lo que más adelante le sería diagnosticado como un *shell shock* o síndrome de los bombardeos, que suele incluir fiebre y vómitos pero también pesadillas, alucinaciones, ataques de pánico: «Las gentes y las cosas alrededor de mí se borraban y contorsionaban en formas fantasmales, tan pronto como perdían el contacto directo conmigo. Me aterrorizaba estar en una habitación solo y me aterrorizaba estar en la calle entre las gentes.» Su lastimoso estado, sin embargo, no le impediría recordar en *La forja de un rebelde* el encuentro suyo y de Ilsa con Dos Passos, «un huésped a quien yo quería y respetaba, que hablaba de nuestros campesinos con una comprensión gentil y profunda, mirándonos a uno y a otro con sus ojos castaños, inquisitivos».

Lo curioso es que el desmoronamiento de Barea se había gestado mientras Ilsa y él atendían a una delegación de damas británicas encabezada por la duquesa de Atholl, y que Dos Passos iba a aludir a esas mismas señoras en uno de sus escritos de esos días. Barea e Ilsa fueron los encargados de organizarles unas jornadas de «turismo de guerra» que incluían una excursión por el Madrid bombardeado, una visita al frente, una recepción oficial ofrecida por el general Miaja... Cuando el gerente del hotel les avisó del incendio que el obús había causado en su habitación, las damas subieron con ellos y manifestaron a Ilsa su consternación por el asunto de los zapatos. El episodio sobre el que escribió Dos Passos tuvo también lugar en el Hotel Gran Vía, concretamente en el comedor subterráneo en el que los corresponsales solían reunirse para dar cuenta de sus tristes menús de racionamiento. En las mesas había también milicianos, brigadistas de parranda y algunas «jovencitas de la brigada del placer», y un hombre borracho, al ver los manjares con que se agasajaba a la duquesa y las otras damas, protestó de forma tan airada que los camareros se apresuraron a servir a los demás unas raciones de pescado con espinacas.

En su libro autobiográfico dejó escrito Barea: «Convites en el bar del Gran Vía, convites en el bar Miami, convites en el bar del Hotel Florida.» Ése era el ambiente en el que se movían los periodistas y escritores extranjeros, que apenas si salían de «un círculo de ellos, con una atmósfera suya, rodeados de un coro de hombres de las Brigadas Internacionales, de españoles ansiosos de noticias y de prostitutas atraídas por el dinero abundante y fácil». Ése fue también el ambiente que Dos Passos conoció durante aquella estancia en Madrid. Sus textos de ese mes de abril incluidos en *Journeys Between Wars* reflejan sus paseos por la ciudad sitiada: la primera barricada de defensa, muy próxima al hotel; la barricada siguiente, en la que un sonriente centinela cubano le pidió el salvoconducto; las trincheras con sacos terreros de la plaza de España, en una de cuyas esquinas un grupo de las Brigadas Internacionales esperaba la comida... Después, «uno abre una puerta de cristal y se encuentra con... ¡el frente! La puerta de cristal se abre al espacio, y a nuestros pies hay una fuente llena de trozos de mampostería y muebles destrozados, luego la avenida desierta y, del otro lado, cruzando el Manzanares, una magnífica visión del campo enemigo». Es probable que fuera entonces cuando se produjo uno de los encuentros con Hemingway a los que se alude en *Century's Ebb*. Según Dos Passos, Hemingway había salido a dar un temerario paseo por el frente en compañía de un científico inglés. Estaban los dos a tiro de la artillería franquista y, cuando un cabo del ejército republicano les reprochó su imprudencia, ellos se alejaron con andares majestuosos. Muy poco después, Dos Passos se los encontró «hinchados como pavos». Si no les habían disparado fue porque era la hora de comer y, al menos en teoría, los soldados españoles esperaban a terminarse el almuerzo antes de volver a pegar tiros.

En otra de sus caminatas no pudo Dos Passos dejar de registrar que el Hotel Alfonso (en el que se había alojado con Katy en el verano de 1933) había recibido tantos impactos de obús que parecía un queso suizo. Y en otra, finalmente, se topó con «la división de El Campesino, con sus nuevos uniformes de color caqui, desfilando con las banderas, los cañones y los vehículos italianos capturados en Brihuega».

Hizo pocas salidas fuera de Madrid. La más destacada fue la visita al cuartel que las Brigadas Internacionales tenían en el antiguo castillo del duque de Tovar, en la provincia de Guadalajara. Junto a otros corresponsales, Dos Passos fue invitado a la ceremonia con que se celebraba la creación de una nueva brigada, formada sobre la antigua Brigada 15. Además de varios altos funcionarios del Ministerio de la Guerra, estuvieron presentes el general Walter, Miaja, Líster, el coronel Rojo. Se pasó revista a las tropas, se pronunciaron discursos en español, francés, alemán y ruso, y al final la bailaora Pastora Imperio y la cantaora Pastora Pavón («La Niña de los Peines»), a las que Hemingway homenajearía en *Por quién doblan las campanas*, actuaron para los soldados allí reunidos. «Fue una fiesta bastante angustiosa, con los vítores, los desfiles, el *Himno de Riego*, las arengas de los jóvenes jefes que en sus vidas privadas habían sido carpinteros o estibadores o herreros», se dice en *Century's Ebb*.

María Teresa León habla en *Memoria de la melancolía* de una foto hecha en el frente en la que aparecen ella, Dos Passos, Alberti, Hemingway y el general Walter, «aquel que luego mataron justo cuando entraba victo-

rioso en Varsovia después de besar la tierra dos veces suya». Fue ese día cuando se tomó la foto. Hacía poco que Alberti y María Teresa habían regresado de Moscú, y es probable que Dos Passos y el poeta gaditano se hubieran visto con anterioridad en Madrid. Lo que es seguro es que, dondequiera que hubiera tenido lugar ese primer encuentro, el trágico destino de Robles Pazos ocupó buena parte de su conversación.

Recordemos que, antes de la llegada de Dos Passos a España, Rafael Alberti ya había recurrido a «las autoridades» por la misma causa. Parece, de todos modos, que las simpatías mutuas eran limitadas. Ya en una carta de 1934 a Pepe Robles, Dos Passos se había referido al andaluz con cierta displicencia: «¿Te he escrito que he recibido las poesías de Alberti? Es un muchacho simpático, pero francamente ¿no te parecen un poco sosas las poesías? Si todos los muchachos sin talento se ponen revolucionarios, no tendremos revolución hasta el Juicio Final.» Ahora, convertido Alberti en una de las estrellas más rutilantes del comunismo español, las antiguas reticencias de Dos Passos debían de haberse robustecido, y a ello no podían ser ajenas las quejas de Márgara sobre el comportamiento de algunos viejos amigos de su marido que, habiendo podido ayudarla, ni siquiera se habían interesado por su situación. ¿A qué viejos amigos iban principalmente dirigidas esas quejas? A aquellos que con el creciente poder del Partido Comunista habían adquirido notoriedad e influencia: uno de ellos era el entonces subsecretario del Ministerio de Instrucción Pública, Wenceslao Roces; otro, el propio Alberti, quien, cuando Dos Passos estaba a punto de descubrir la trágica suerte que el destino había deparado a Robles, era recibido en el Kremlin. La prensa comunista dio gran relevancia a esa recepción. Al día siguiente de la fiesta de la Brigada 15, Dos Passos pudo leer las declaraciones de Alberti al diario *Ahora*, órgano de las JSU (Juventudes Socialistas Unificadas, controladas de hecho por los comunistas): «Tengo una gran fe —nos dijo el camarada Stalin— en la juventud española.» Y cuatro días después es posible que leyera también el artículo que María Teresa León publicó en ese mismo periódico sobre la calurosa acogida que a su marido y a ella les había sido dispensada en el Kremlin. De esas mismas fechas es la media página que *Mundo Obrero* les dedicó y en las que Alberti ponderaba la figura de Stalin, «tan noblemente humano», «tan sencillamente afectuoso».

La foto de la que habla María Teresa León debe de ser la última que Dos Passos y Hemingway se hicieron juntos, ya que la ruptura entre ellos prácticamente se consumó esa misma tarde. Entre los otros corresponsales que asistieron a la celebración militar estaba la escritora Josephine Herbst, que en *The Starched Blue Sky of Spain* nos dejó la más completa versión sobre lo ocurrido. Como los otros, Josie Herbst se alojaba esos días en el Florida, y Dos Passos la menciona de forma indirecta en una de sus crónicas españolas, aquella en la que relata una madrugada de bombardeos en el hotel. Por los despachos que por esas fechas mandaba Hemingway a la North American Newspaper Alliance (NANA) podemos imaginar las consecuencias de esos bombardeos, como el cadáver del hombre que yacía con la ropa rota y polvorienta junto a «un montón de escombros y un hoyo grande en la acera, de donde el gas de la tubería escapaba causando la impresión de un espejismo en el fresco aire de la mañana». Dos Passos vivió el bombardeo desde el interior del hotel: «Nuevamente ese chillido, ese estruendo, ese ruido, ese campanilleo de una bomba explotando en algún sitio. Luego, otra vez el silencio, sólo interrumpido por los débiles aullidos de un perro herido, y muy despacio desde uno de los techos de abajo asciende una mancha de humo amarillo que se espesa y desparrama en el aire sereno.» Los proyectiles siguieron cayendo y, en mitad de la confusión y de las precipitadas carreras de los huéspedes a medio vestir, «una novelista de Iowa completamente vestida» se hizo cargo del café y lo distribuyó en vasos entre las personas que la rodeaban.

Josephine Herbst había nacido en Sioux City, Iowa, en 1892. El 17 de abril, después de que las bombas despertaran intempestivamente a los huéspedes del hotel, Hemingway la invitó a tomar un trago de coñac en su habitación del cuarto piso. El novelista, aprovechando la antigua amistad de Josie con Dos Passos, quería que hablara con éste y le disuadiera de seguir indagando sobre Robles. Pero ella ya sabía que Robles estaba muerto: se lo habían dicho confidencialmente en Valencia, donde, preocupados por el celo investigador de Dos, temían que «pudiera volverse contra su causa si descubría la verdad y confiaban en evitar que hiciera ninguna averiguación mientras estuviera en España». El problema era que Josie, para proteger el anonimato de su informante, había jurado guardar el secreto. Ahora, sin embargo, le parecía injusto mantener a Dos en su «angustiada ignorancia», y se sinceró con Hemingway: «El hombre ya está muerto. Quintanilla tendría que habérselo dicho a Dos.» A Hemingway la noticia le cogió por sorpresa. ¿Qué podían hacer? Decírselo, por supuesto. Pero, como Josie había prometido no hacerlo, Hemingway decidió que se lo diría él mismo en cuanto se presentara la ocasión y que alegaría haberlo sabido por «alguien de Valencia que estaba de paso y cuyo nombre no debía ser revelado».

Ese mismo día iba a celebrarse la fiesta de la Brigada 15. De invitar a los escritores norteamericanos se habían ocupado Rafael Alberti y María Teresa León. Pese a su admiración por *Sobre los ángeles*, Josephine Herbst no pudo evitar sentirse a disgusto en presencia de la pareja, cuya animación y parloteo, «que fluían con una vivacidad de canarios alegres, no conectaban con mi estado de ánimo», y habría preferido ahorrarse la compañía del poeta, con sus «relucientes botas militares y su cámara en la mano, y con su afición a organizar fotos de grupo, para en el último momento confiar la cámara a cualquier otro y colocarse de un salto en el centro del grupo». El almuerzo tuvo lugar en un salón decorado con retratos de los antepasados del duque de Tovar. A la hora de los cafés, Hemingway había ya hablado con Dos Passos, y éste, con una taza en la mano, se aproximó a Josie Herbst y «con la voz alterada preguntó por qué no podía él ver al hombre que había llevado la noticia, por qué no podía hablar con él». Lo único que la escritora acertó a decirle fue que esperara a llegar a Valencia y allí tratara de averiguar más cosas a través de alguien como Álvarez del Vayo.

El matrimonio Alberti y los tres escritores norteamericanos volvieron a Madrid en el mismo coche. Salvo por los «gorjeos» con que María Teresa intentaba suavizar la tensión, el viaje se hizo en medio de un completo silencio. En cuanto el automóvil se detuvo delante del hotel, Hemingway y los Alberti se precipitaron a abandonarlo. Antes de retirarse a sus respectivas habitaciones, Herbst y Dos Passos dieron un paseo nocturno por la plaza Mayor.

Éste es, en síntesis, el relato de Josephine Herbst. La interpretación que, en *El fin de la inocencia (Double Lives)*, Stephen Koch hace de él es bien diferente. Koch parte nada menos que de la suposición de que «la agente soviética» Herbst fue «enviada a España para vigilar y controlar a las celebridades norteamericanas en Madrid». Según él, Josephine Herbst, que habría salido de Valencia después de una reunión de consulta con sus colegas de la policía secreta del aparato, «organizó la humillación y el descrédito públicos de su querido amigo John Dos Passos, mientras hacía circular la mentira de que el íntimo amigo de John en España era un espía fascista fusilado por ello». Con tal fin, siempre según Koch, urdió un plan que consistía en escoger el momento y el lugar adecuados para la revelación («una importante reunión de rusos y alemanes famosos»), así como el emisario ideal, Hemingway, cuyo «lado sádico» vio despertarse «con sumo interés». Todo sería pues una estudiada y eficaz puesta en escena, y el aparato, que «se había embarcado en conquistar a Hemingway y al mismo tiempo en desacreditar a un Dos Passos demasiado entrometido», debió de felicitar efusivamente a Herbst por haber sabido crear «la impresión pública de que Hemingway era una persona políticamente responsable, a diferencia de John Dos Passos».

Un simple cotejo de las versiones de Herbst y Koch demuestra la alegre irresponsabilidad con que este último deforma los datos para adaptarlos a sus prejuicios y fantasías (o simplemente a su desinformación: a Robles Pazos lo llama siempre Robles Villa). Los detalles con que adorna la historia hablan por sí mismos. Baste citar la forma en que «Hemingway se abrió paso hasta John entre la gente que se arremolinaba en torno a ellos y anunció lo más mordazmente posible» la noticia de la muerte de Robles, mientras «Herbst observaba a cierta distancia, anónima y segura, cómo su labor producía el deseado y cruel efecto». ¿Lo más mordazmente posible? ¿Cruel efecto? La tergiversación que Koch hace del relato original no se permite el menor descanso, pero su meticulosa traición a cualquier idea de objetividad nunca llega a ser tan alarmante como cuando se decide a dar rienda suelta a su inventiva y desliza aquí y allá como datos contrastados lo que no son sino meras conjeturas. Herbst y Hemingway, por ejemplo, habrían pactado que la fuente de la noticia era un supuesto «corresponsal alemán», y en la fiesta de la Brigada 15, haciendo las veces de corresponsal alemán, habría estado presente nada menos que Otto Katz, uno de los jefes de la propaganda comunista a los que Koch tantas veces alude en su libro... ¿Qué pruebas aporta éste para demostrar que Katz, «mentor, maestro y posiblemente control» de Josephine Herbst, «merodeaba por allí observando la escena»? Absolutamente ninguna, y de todos modos, aunque fuera cierto que Katz asistió a la fiesta, tampoco eso demostraría nada: ¿qué tendría de extraño, tratándose de una celebración de las Brigadas Internacionales?

La versión de Koch tendría algún fundamento si Josie Herbst hubiera sido de verdad una agente soviética. Para decepción de Koch, eso no es cierto. Aunque él mismo reconoce no haber visto «documento alguno que lo pruebe o lo niegue», sus conjeturas (otra vez las conjeturas) se basan en dos hechos. El primero es que, al parecer, el aparato comunista habría confiado en algún momento al marido de Josie, un poco conocido escritor llamado John Herrmann, alguna misión de espionaje. El segundo, que la propia Herbst, por su presunto filocomunismo, sería en 1942 despedida de una agencia de inteligencia norteamericana a la que se había incorporado tras el bombardeo japonés sobre Pearl Harbor.

Ambos hechos están perfectamente estudiados en la biografía de Josephine Herbst que Elinor Langer publicó a principios de los ochenta. Nada en esa biografía induce a creer que Herbst fuera lo que en *El fin de la inocencia* se afirma que fue, y también en este caso llaman la atención los esfuerzos de Koch por deformar la realidad de modo que acabe justificando su peculiar caza de brujas. En el caso de Herrmann (del que en la práctica Josie se había separado en 1932), Langer cuenta que entre 1934 y 1935 intervino en el «transporte de materiales entre funcionarios del partido en Washington y funcionarios del partido en Nueva York». ¿Qué materiales eran ésos? Según todos los indicios, documentos sobre los programas oficiales de desarrollo agrícola que los comunistas norteamericanos pretendían usar para sus propios intereses políticos. Eso es todo: la destacada figura del espionaje soviético que Koch cree haber identificado en Herrmann resulta no ser más que un simple correveidile del partido.

Con respecto al segundo punto, la investigación de Elinor Langer no es menos esclarecedora. A finales de diciembre de 1941, Josephine Herbst comenzó a trabajar en la Oficina del Coordinador de Información (OCI), una agencia independiente de inteligencia que, entre otras funciones, tenía la de organizar emisiones de propaganda radiofónica para los países con los que Norteamérica había entrado en guerra. Josie, que hablaba perfectamente alemán, formaba parte del equipo de guionistas para las transmisiones en ese idioma y, en efecto, el FBI abrió una investigación en torno a ella para determinar la naturaleza de sus relaciones con el Partido Comunista y con la URSS. La investigación concluiría con la exculpación oficial de Herbst (detalle que, por cierto, Koch se encarga primorosamente de ocultar), pero para entonces el director de la OCI había ya prescindido de ella. Los investigadores del FBI recabaron numerosos testimonios sobre las actividades políticas de Josie, y lo más llamativo es que entre los informantes confidenciales que la acusaron estaba otra conocida escritora de la época. En mayo de 1942, la fantasiosa Katharine Anne Porter viajó a Reno, Nevada, para obtener el divorcio de su cuarto marido, y allí, convenientemente protegida por el anonimato, testificó en contra de Josephine, que había sido su «amiga» y seguiría siéndolo algunos años más. En su libro, Elinor Langer no sólo desvela de forma incontestable la identidad de la informante sino que reproduce su declaración ante las autoridades federales, para luego certificar lo que había de verdadero y falso en sus acusaciones y desmontar la más comprometedora de ellas: la de que Josie había ejercido de correo a sueldo del gobierno soviético.

Por lo visto, las patrañas de Katharine Anne Porter, que ni siquiera merecieron credibilidad a los investigadores del FBI, sí le parecieron verosímiles a Stephen Koch, y el retrato que hace de Josephine Herbst es no sólo delirante sino también ofensivo. No es de extrañar que, al poco de aparecer *El fin de la inocencia*, la propia Elinor Langer se apresurara a refutar en *The Nation* sus afirmaciones. Como afirma en ese artículo, el libro de Koch «es un ataque a la integridad de toda una generación de intelectuales occidentales surgida después de la Revolución Rusa».

El trabajo de Langer demuestra, en todo caso, que la versión de Herbst sobre lo sucedido el 17 de abril en el antiguo castillo del duque de Tovar es fiable. Aquella noche, Josie y Dos fueron a dar un paseo por la plaza Mayor. Solitarios y tristes por el viejo Madrid bombardeado, tenían más cosas en común de las que podían imaginar. Lo que esos días habían visto y vivido en España inevitablemente condicionaría la posterior evolución ideológica de ambos. De la transformación de Dos Passos ya conocemos los primeros síntomas. Con respecto a la de Herbst, baste con citar a Langer cuando dice que, a su regreso de España, «dio por terminadas sus conexiones con el Partido Comunista. Se había enterado de demasiadas cosas. Como nunca se había afiliado, no dio carácter público a su renuncia ni realizó otros actos públicos, pero dejó de ver a la gente con la que antes había estado vinculada; en su fuero interno "rompió", y nunca más volvió a tener actividades políticas.»

Dos años después, Dos Passos escribiría a Herbst para, en referencia a la madrugada del bombardeo, decirle: «Siempre recordaré lo humana que parecías y actuabas aquella mañana en el viejo Florida; en medio de muchas circunstancias deprimentes fue lo único que me hizo sentir bien.» Entre esas circunstancias estaba, por supuesto, la muerte de Robles, que Dos Passos había terminado dando por cierta antes de que Hemingway creyera estar revelándosela. Si nos guiáramos por lo que se cuenta en *Century's Ebb*, habría sido Pepe Quintanilla quien se lo habría dicho. «Lo han fusilado», le dice Juanito Posada (Pepe Quintanilla) mientras beben whisky, y luego añade: «Me ocuparé de que nadie importune a su mujer y a sus hijos... Lo prometo... Pero de ahora en adelante... silencio.» Del mismo modo, en una carta al director publicada en el *New Republic* en 1939, Dos Passos dejó escrito que la ejecución de Robles no le había sido confirmada por Hemingway sino por un tal Carlos Posada (curiosa coincidencia), al que había conocido en 1916 y que en 1937 era uno de los responsables del contraespionaje en Madrid (como Posada-Quintanilla).

Así pues, parece razonable pensar que, antes de asistir a la fiesta de la Brigada 15, Dos Passos conocía ya lo ocurrido, por lo que su ruptura con Hemingway no tendría que ver con el hecho de que éste le hubiera dado la trágica noticia. Su ruptura tuvo que ver con la escasa sensibilidad que Hemingway demostró hacia el dolor humano: aquello era una guerra, ¿qué importaba la vida de un hombre? En palabras de Josephine Herbst: «Dos odiaba la guerra en todas sus formas y sufrió en Madrid no sólo por el destino de su amigo sino también por la actitud de cierta gente que se tomaba la guerra como un deporte.» ¿Cabe una alusión más transparente a Hemingway, al que la guerra había proporcionado la ocasión perfecta para el exhibicionismo y la jactancia?

Dos Passos salió de Madrid poco después de la fiesta de la Brigada 15. Aunque otros testimonios contradicen tales acusaciones, Hemingway pondría más tarde en entredicho el valor de su ex amigo: «En cuanto el hotel fue bombardeado, Dos hizo sus maletas y salió huyendo hacia Francia.» Sin embargo, como Hemingway sabía, la abrupta marcha de Dos Passos no se debió a la cobardía sino a la consternación causada por todo lo que había descubierto. En una carta de julio de 1939 lo explicaría así: «En cuanto mis amigos americanos empezaron a ladrar, decidí que permanecer por más tiempo en España no sólo era inútil sino que podría ser peligroso para algunas personas próximas a mí.»

Quienes habían callado sobre el asesinato de Robles lo habían hecho por dos motivos: en primer lugar, porque querían evitar su utilización propagandística en contra de la República; en segundo lugar, por miedo, porque confiar a Dos Passos la verdad habría podido ponerles en peligro. El novelista norteamericano no había conseguido averiguar gran cosa sobre su amigo español, pero sus indagaciones le habían llevado a asomarse a una de las fuentes de ese miedo: el amplio sistema parapolicial y penitenciario en manos de la NKVD, la policía secreta soviética.

Pasados los primeros momentos de la contienda, en los que habían sido varias las organizaciones de izquierdas que habían dispuesto de cárceles provisionales, la NKVD había desarrollado una red de prisiones para disciplinar (o directamente liquidar) a miembros de las Brigadas Internacionales. Acogida por este motivo a una suerte de extraterritorialidad (y al margen de todo control y toda apariencia de respeto a la legalidad), su creador había sido el jefe de la NKVD en España, Alexander Orlov. La red no estaba formada únicamente por checas y prisiones sino que contaba incluso con un crematorio propio en el que deshacerse de los cadáveres y, según Stanley G. Payne, «un creciente número de españoles disidentes» fue encerrado y ejecutado en esos locales junto a ciudadanos de otras nacionalidades. ¿Formaba parte de este siniestro sistema penitenciario la Cárcel de Extranjeros en la que Márgara había visitado en dos ocasiones a su marido? De acuerdo con el testimonio de Miggie Robles, la cárcel estaba situada junto al cauce del Turia. También cerca del Turia, donde actualmente se encuentra el Museo Fallero, estaba el penal de Monteolivete, que en la posguerra se convertiría en Prisión Militar. Cabe, pues, la posibilidad de que esa cárcel para brigadistas se hubiera habilitado en las dependencias de Monteolivete, pero eso no cambia las cosas: el letrero, a la vista de Miggie y de todos los que pasaban por delante, apuntala la hipótesis de la extraterritorialidad penitenciaria.

La última crónica madrileña de *Journeys Between Wars* recrea la salida de Dos Passos de la ciudad. Al pasar junto a la fuente de la Cibeles, dos bombas estallaron en algún lugar de la Castellana. El automóvil siguió hacia la Puerta de Alcalá y pasó junto a un «café ahora

cerrado, frente al edi-
ficio de Correos y bajo
los árboles, donde la
última vez que estuve
en Madrid me sentaba
las tardes de verano a
charlar con amigos,
algunos de los cuales
acaban de morir». El
café, por supuesto, era
La Granja del Henar, y
el plural de «amigos» sólo a medias ocultaba la alusión
a Robles Pazos, con el que tantas tertulias había compartido en los veladores de la calle de Alcalá. Con esa referencia cifrada, Dos Passos se despedía a la vez de Madrid y del amigo muerto.

Quizás sea éste el momento de preguntarnos por
qué asesinaron a José Robles. Esa misma pregunta siguió
haciéndose durante mucho tiempo Dos Passos, quien a
comienzos de noviembre escribió una carta a Henry Carrington Lancaster en la que daba por «seguro que Robles fue fusilado por alguna razón por los comunistas de
la GPU [la NKVD], y nadie se atreve a abrir la boca al
respecto. ¿Por qué fue fusilado? Todavía tengo esperanzas de averiguarlo». Unos meses antes, en julio, Márgara
había escrito también a Lancaster para decirle que «una
fatal equivocación o tal vez una venganza personal» le
parecían las únicas explicaciones posibles de la muerte
de su marido.

Probablemente, las razones últimas nunca llegarán
a conocerse, pero sí podemos desmontar algunos de los
bulos con que se quiso alimentar las acusaciones de
traición contra Robles. Entre ellos estaba el de la ayuda

que, supuestamente, éste habría prestado a su hermano Ramón para que pasara a la llamada zona nacional y se incorporara al ejército rebelde. Un simple vistazo a su hoja de servicios basta para desmentirlo. Cuando se produjo la rebelión militar, Ramón Robles Pazos, dos años más joven que Pepe y veterano de la guerra de África, tenía el empleo de capitán en el arma de infantería y se encontraba de vacaciones en Madrid. Buena prueba de su orientación ideológica la proporciona el hecho de que, el 21 de ese mismo mes de julio, intentara llegar a Toledo para contribuir a la defensa del Alcázar, que tanta carga simbólica acabaría teniendo para el bando franquista. No lo consiguió. Fue detenido en Getafe y conducido a una checa madrileña, la del paseo de las Delicias, de la que salió esa misma noche. ¿Intervino su hermano mayor en la rápida puesta en libertad? Es posible. Lo que sí parece seguro es que Pepe trató de convencerle de que se pusiera al servicio de la República, en esos momentos tan necesitada de oficiales.

Fuera cual fuese el compromiso adquirido por Ramón, éste logró pasar inadvertido durante casi tres meses en el Madrid asediado, y el 16 de octubre fue nuevamente detenido «por no prestar servicio de ninguna clase». Trasladado a la comisaría de Buenavista, en la calle Hermosilla, persistió en su oposición a «servir en las filas del Ejército Rojo», y cuatro días después fue recluido en la Cárcel Modelo, de la que saldría el 17 de noviembre para ser llevado a la de Ventas. Allí permanecería encerrado hasta que, el 26 de enero siguiente, tras reiterar su negativa y ser procesado por desafección al régimen, se le concedió la libertad provisional. Las fechas no admiten discusión: a esas alturas, hacía algo más de dos meses y medio que Pepe Robles había dejado Madrid y aproximadamente un mes y medio que había desaparecido del piso de Valencia. Era difícil, por tanto, que hubiera ayudado a su hermano en una fuga que ni siquiera se había producido.

La fuga, de hecho, no se produciría hasta mucho más tarde. El 28 de enero, sólo dos días después de su excarcelación, Ramón buscó refugio en la Embajada de Chile, en la que coincidió con el escritor falangista Rafael Sánchez Mazas. El 19 del mes siguiente logró ser transferido a la Embajada de Francia, en la que permaneció durante once meses. El 18 de enero del 38, «siempre bajo la protección de Francia», varios jóvenes en edad militar fueron sacados de la embajada y conducidos en coche a la estación de ferrocarril de Tembleque, en la provincia de Cuenca, donde emprendieron viaje hacia la localidad costera de Caldetas, cerca de Barcelona. Dos meses después, Ramón consiguió embarcar en un destructor francés que estaba fondeado a una milla de la playa y llegar a Port-Vendres, primer puerto al otro lado de la frontera. Pasarían otros dos meses antes de que, por Hendaya, lograra llegar a la España de Franco. El 20 de mayo se presentó en Burgos. A partir de ese momento, todo fue más deprisa: el 21 de junio fue ascendido a comandante y el 26 se incorporó al combate al mando de un Tabor de Regulares. Para entonces hacía un año y cuatro meses que su hermano Pepe había sido asesinado en Valencia.

Hubo otro bulo aún más zafio y disparatado. En junio de 1986, Stephen Koch entrevistó a un anciano Joris Ivens, que, convencido todavía de que las acusaciones contra Robles eran ciertas, le dijo que éste «había estado enviando por las noches mensajes luminosos a las líneas fascistas». La versión de Ivens cae por su propio peso: difícilmente podía alguien comunicarse con el enemigo por medio de señales luminosas en un momento como aquél, en el que el frente más cercano, tal como proclamaba un enorme cartel instalado en la céntrica plaza de Castelar, estaba a ciento cuarenta kilómetros de Valencia.

De acuerdo con un documento anónimo encontrado en uno de los pisos de la familia por Cristina Allott, sobrina nieta de Robles, la caída en desgracia de éste fue debida, según «opina su hijo», a que era demasiado franco e indiscreto en las tertulias y «a que no tenía antecedentes políticos y nunca se adhirió a ningún grupo político». Esta versión coincide con la ofrecida por Francisco Ayala, para quien, «según se decía, algún comentario hecho por él al descuido en la tertulia del café dejó traslucir una noticia, por lo demás anodina, que sólo a través de un cable cifrado podía haberse conocido, y eso le costó la vida.» ¿Cometió Robles alguna indiscreción así? No podemos saberlo, y sin embargo es probable que su destino hubiera sido el mismo aunque no lo hubiera hecho. José Robles era un republicano leal pero no era comunista, y su condición de intérprete de los consejeros militares soviéticos le había convertido en un «hombre que sabía demasiado».

Informes confidenciales recientemente desclasificados demuestran que los planes del Kremlin para, por un lado, controlar el Ministerio de la Guerra y, por otro, aplastar a la CNT y al POUM están documentados desde el comienzo mismo de la colaboración militar rusa con la República, y hay incluso un informe del propio Gorev en el que se dice que «una lucha contra los anarquistas resulta absolutamente inevitable». Robles tenía por fuerza que conocer esos planes. Robles sabía demasiado sobre el creciente poder soviético dentro del gobierno español y sobre la encarnizada represión que se avecinaba, y eso bastaba para hacerle sospechoso a ojos de la inteligencia militar soviética, porque, como escribió Stanley Weintraub, «en su calidad de no comunista no era lo suficientemente de confianza como para que "olvidara" la información adquirida a través de Miaja y Gorev».

Pero es probable que a Robles lo asesinaran no porque hubiera hablado sino para que no hablara, y para Dos Passos, que nunca dio crédito a la tesis de la supuesta indiscreción, su muerte «tuvo el efecto deseado de hacer que la gente se volviera muy cautelosa cuando hablaba» de los rusos. Se trataba por tanto de una advertencia: quienes no quisieran correr la suerte de Robles tendrían que callar sobre todo aquello que vieran y no les gustara, incorporarse a esa inmensa conspiración de silencio con la que el propio Dos se había topado mientras investigaba lo ocurrido con su amigo.

4

Pero para que haya un asesinato hace falta un asesino, y en algún momento de esta historia había que preguntarse quién mató a Robles. Si en el archivo de la NKVD, depositado en el Archivo Central de los Servicios de Seguridad de la Federación, existe documentación sobre el caso, es seguro que en ella figuran los nombres del autor material y sus colaboradores. Ésa era, sin duda, la vía más directa para desentrañar el enigma, pero no se presentaba sencilla. Daniel Kowalsky, en *La Unión Soviética y la guerra civil española*, afirma que tal archivo «sigue siendo prácticamente inaccesible»: la única visita realizada por el propio Kowalsky «fue recibida entre risas socarronas y el rechazo más absoluto». Pedí, por si acaso, consejo a especialistas, y sus respuestas tampoco animaban al optimismo. Stanley G. Payne me informó de que esos archivos estaban «totalmente cerrados a extranjeros (y a casi todos los rusos)» y de que, si hace unos años algunos investigadores se las arreglaron para consultarlos, en la actualidad «la ventana se ha cerrado». Descartada por tanto esa vía, ¿qué debía hacer? ¿Esperar una improbable apertura de la ventana antes de dar por terminadas mis indagaciones? ¿Publicar unas conclusiones provisionales y confiar en que alguien llegara a completarlas en el futuro? De la forma más inesperada, mientras trataba de resolver el dilema, se abrió ante mí una nueva vía, si bien indirecta.

Las cosas ocurrieron del siguiente modo. A principios de noviembre de 2003, el escritor Andrés Trapiello me habló de una exposición de un amigo suyo, Carlos García-Alix, que por fuerza tenía que interesarme. Se titulaba *Madrid-Moscú* y permanecería en una galería de la madrileña calle del Barquillo hasta mediados de diciembre. Por esas fechas tenía previsto pasar unos días en Madrid consultando los fondos de la Hemeroteca Municipal, y lo primero que hice en cuanto llegué fue acudir a la galería de arte. La calidad de los cuadros me pareció excepcional, con una soberbia recreación de atmósferas y una evidente fascinación por la arquitectura racionalista, pero lo que más llamó mi atención fue la rara familiaridad del pintor con los paisajes urbanos que habían frecuentado los enviados soviéticos. En una

de las pinturas aparecía la fachada del Hotel Gaylord's, que había sido uno de sus principales centros de operaciones. En otra, la del Cine Europa, cuyos sótanos habían albergado una checa. En una tercera reconocí a Mijail Koltsov entre los misteriosos personajes retratados delante del Bar María Cristina...

Llamé a Andrés Trapiello para comentarle mis impresiones y quedamos en cenar juntos al día siguiente. Acudí a la cita y Andrés me presentó a la persona que tenía a su izquierda. Era Carlos García-Alix. Por supuesto, la conversación no tardó en orientarse hacia las actividades de los agentes soviéticos durante la guerra. Esa familiaridad suya que los cuadros permitían intuir era, en realidad, muy superior a la que cualquiera habría podido imaginar. Los nombres de Gorev, Berzin o Koltsov, junto a otros que yo jamás había oído mencionar, eran evocados por Carlos con la naturalidad de quien alude a allegados o parientes fallecidos no hace demasiado tiempo. Cuando le pregunté por sus fuentes de información, me reconoció que había manejado bibliografía en muy diversos idiomas y que incluso había encargado para su uso personal la traducción de algunas obras que sólo se habían publicado en ruso. En un momento dado, me soltó la siguiente pregunta: «¿Quieres saber quién mató a Robles?» Al notar mi desconcierto, puntualizó: «No te puedo asegurar que fuera él quien lo matara. Lo que sí te aseguro es que tuvo una relación directa con su muerte. Es más sencillo de lo que parece. Sólo tienes que saber quién era por esas fechas el hombre de Orlov en Valencia. ¿Quieres saber quién era?» Acto seguido, pronunció lentamente un nombre y un apellido, y me indicó la primera de una serie de pistas que tenía que seguir para llegar por mí mismo a esa conclusión. Esa pista era un libro y se titulaba *Nosotros, los asesinos*.

El autor de *Nosotros, los asesinos*, el periodista Eduardo de Guzmán, habría podido aparecer en esta historia como uno de esos personajes menores en los que no se repara demasiado. Aunque Dos Passos, en «La república de los hombres honrados», afirmó que Ramón J. Sender había sido el único que había levantado la voz contra la matanza de Casas Viejas, lo cierto es que Sender no estaba solo. Tres días después de los hechos, Eduardo de Guzmán y el novelista aragonés viajaron juntos a la localidad gaditana (primero en avión de Getafe a Sevilla, después en autobús de Jerez a Medina Sidonia, finalmente en coche hasta Casas Viejas) y, si Sender denunció lo ocurrido desde las páginas de *La Libertad*, Guzmán hizo lo mismo desde las de *La Tierra*. Mientras redactaba ese capítulo de mi historia, no me había parecido necesario corregir la imprecisión de Dos Passos, y el nombre del periodista no habría figurado en este libro si Carlos García-Alix no me hubiera señalado otro de sus trabajos como la primera de las pistas que debían conducirme hasta el asesino de Robles.

Guzmán, redactor jefe de *La Tierra* hasta 1935 y director entre 1937 y 1939 del periódico anarquista *Castilla Libre*, reconstruye en *Nosotros, los asesinos* su vía crucis carcelario desde que fue apresado por las tropas de Franco en Alicante hasta que, en mayo del 41, le fue conmutada la pena de muerte. No oculta el autor las identidades de algunas de las personas con las que compartió cautiverio (los poetas Miguel Hernández y Pedro Luis de Gálvez, el dramaturgo Joaquín Dicenta), pero los que no aparecen por ningún lado son el nombre y el apellido que Carlos me había mencionado. Entre los episodios más escalofriantes del libro está el de la muerte de Felipe Sandoval, por el que Guzmán no sentía muchas simpatías: «Lo poco que sabía de él antes de que la guerra terminara no decía nada en su favor.» Felipe Sandoval, «un estafador vulgar, un delincuente común» que circunstancialmente había abrazado la lucha obrera, fue sometido a durísimos interrogatorios por la policía franquista en una cárcel madrileña, y los otros presos, para evitar que hablara, se confabularon para inducirle al suicidio. «¿Qué esperas conseguir, canalla, traicionando a tus compañeros? ¿A qué aguardas para morir como un hombre, tirándote por la ventana?», le decían cada vez que pasaban por su lado. Finalmente consiguieron su objetivo y, al enterarse de lo ocurrido, comentó Guzmán: «Nadie es tan malo como suponemos. Al final ha resultado que hasta Sandoval tenía conciencia.»

Pero Sandoval había hablado antes de tirarse por la ventana, y su confesión se conserva en la Causa General. Es éste un archivo en el que, con fines propagandísticos, las autoridades franquistas reunieron las pruebas de lo que llamaban el «terror rojo»: se trata por tanto de una fuente que ha de manejarse con las debidas reservas. Carlos García-Alix, que había investigado la historia de Sandoval, me facilitó una copia de esa confesión, a partir de la cual puede establecerse su trayectoria vital durante los casi tres años de guerra. Cuando se produjo la rebelión militar, Sandoval se encontraba en la Cárcel Modelo de Madrid cumpliendo condena por su participación en un atraco a un banco. Puesto en libertad a los pocos días, destacó por la inmisericordia con que dirigió algunas de las principales checas madrileñas (como la del Cine Europa o la de Bellas Artes, más tarde llamada de Fomento) y una «sección especial» de los servicios de contraespionaje. Sus actividades como agente del contraespionaje le llevaron después a otras provincias, especialmente a Cuenca y a Valencia. En su confesión sobre su etapa valenciana, el apellido que andaba buscando aparece en dos ocasiones. La primera vez es mencionado como el «fatídico Apellániz, factótum entonces del SIM en Valencia a pesar de ser Sierra el jefe y Francés el secretario general». La segunda vez, tras citar de nuevo a Sierra y a Francés, alude al «ogro» Apellániz, quien, «sin ostentar oficialmente ninguna de las dos representaciones, era el amo [del SIM valenciano]».

El contacto de Sandoval con Apellániz, sin embargo, no debió de ser muy estrecho, y sus declaraciones se limitan a atribuirle en una sola operación la injustificada detención de ochenta hombres, a uno de los cuales, un comandante apellidado Molina, «ahorcaron dentro de los sótanos, y al ayudante le dejaron inútil por completo, y a un tercero lo llevaron a la cárcel y dicen que se tiró del último piso de una galería». ¿Quién era Apellániz? ¿Quién era Loreto Apellániz García, ese fatídico ogro cuyas atrocidades podían escandalizar a un hombre tan encallecido como Sandoval?

Para averiguarlo hay que acudir al libro *Chantaje a un pueblo*, de Justo Martínez Amutio. Aunque nacido en La Rioja, Martínez Amutio era en julio del 36 uno de los principales dirigentes de la Federación Socialista Valenciana y, durante el medio año de la presidencia de Largo Caballero, ocupó el cargo de gobernador civil de Albacete, principal base de operaciones de las Brigadas Internacionales. También Loreto Apellániz era un riojano que vivía en Valencia, pero ahí acaban todas las coincidencias. Hijo de un pastor protestante muy conocido en el valle del Ebro por su bondad y honradez, Apellániz había llegado a Valencia durante la dictadura de Primo de Rivera tras aprobar con excelentes calificaciones los exámenes de ingreso al cuerpo técnico de Correos. Por aquella época estaba afiliado al Sindicato de Correos de la UGT y se le conocía como republicano. Inteligente «pero de fuerte carácter, altanero e impulsivo», su conversión al comunismo se produjo antes de octubre del 34. Su intervención en las huelgas de aquellas fechas le costó dos meses de prisión. Fue a través de Apellániz como Martínez Amutio conoció a Mijail Koltsov. Éste, con fondos del Comintern, había montado en Francia una distribuidora de películas soviéticas. Apellániz, que trabajaba para la distribuidora, los presentó en 1935, y Martínez Amutio escribiría de Koltsov que «se mostraba muy simpático e interesado por las cosas de España, especialmente en todo lo referente al arte y la literatura». Sus actividades durante la guerra le merecerían, en cambio, una opinión bastante menos favorable.

Volvieron a reunirse los tres a primeros de agosto del 36, cuando Apellániz llamó a Martínez Amutio para decirle que Koltsov deseaba saludarle. El enviado especial de *Pravda* estaba en Valencia de paso para Madrid, y el encuentro, que tuvo lugar en el Ateneo Mercantil, duró apenas una hora. Para entonces, Apellániz, recién nombrado inspector de policía, había iniciado ya la serie de sus «innumerables atropellos y crueldades». Dice Martínez Amutio: «Desde el primer día supimos que recibía instrucciones de [los jefes de la NKVD] "Pedro" y Orlov y que actuaba con cierta autonomía del Comité del Partido Comunista de Valencia [...], ya que lo consideraban, además de ser de plena confianza, bien adiestrado.»

La labor de Apellániz se distinguió no sólo por su

dureza, sino también por no someterse al control de la Jefatura de Policía. Eso provocó no pocos enfrentamientos con las autoridades republicanas. Parece ser que los conflictos con el gobernador civil de Valencia, Ricardo Zabalza, fueron constantes, y el propio Martínez Amutio recuerda en su libro un serio incidente que tuvo a ambos por protagonistas. Ocurrió a finales del 36, cuando recibió en su despacho del Gobierno Civil de Albacete la visita de Apellániz, acompañado por el consejero de la embajada rusa León Gaikis, el jefe de la NKVD Erno Gerö (Pedro) y un dirigente comunista valenciano apellidado Taléns. La NKVD tenía entonces el proyecto de crear una estructura policial independiente de las fuerzas de seguridad y controlada por comunistas, las Oficinas de Seguridad del Estado, que llevarían las investigaciones «en forma secreta y al margen de toda norma establecida». El centro de la red iba a establecerse en Valencia, de donde debía extenderse hasta Albacete, Madrid, Ciudad Real, Jaén, Baeza y Cartagena, y Apellániz sería uno de sus jefes. En cuanto Gaikis hubo expuesto los planes, Martínez Amutio señaló a Apellániz y, aludiendo a algunas de sus últimas incursiones criminales, le advirtió: «No vuelvas a irrumpir en Casas Ibáñez ni ningún pueblo de esta provincia o la zona militar, ni trates de detener o molestar a nadie sin mi conocimiento y permiso [...]. Somos del mismo pueblo y nos conocemos bien, sabes que no me gustan las bromas y menos cómo estás actuando; así que lo mejor que puedes hacer es no pasar de la raya de la provincia de Valencia hacia aquí.»

Las palabras de Martínez Amutio son importantes porque sugieren que, en diciembre del 36, la NKVD actuaba en Valencia con absoluta libertad, y él mismo lo confirma un poco más adelante cuando escribe que, pese a que el gobierno de Largo Caballero rechazó el intento de crear las Oficinas de Seguridad, «quedó establecida una barrera para la actuación de la NKVD a partir de la margen derecha del Ebro para abajo». En esa Valencia en la que la NKVD de Orlov se movía a sus anchas, Loreto Apellániz era el hombre de la NKVD y de Orlov, y esto ocurría precisamente en la época en la que Robles Pazos fue detenido y ejecutado.

Por supuesto, la historia de Apellániz no acaba ahí. El proyecto de las Oficinas de Seguridad del Estado no salió adelante pero en su lugar acabó organizándose el SIM. Apellániz, «bien adiestrado por Orlov y Pedro», ingresó en la Jefatura regional de Valencia, y sus actuaciones al mando de una Brigada Especial del SIM le hicieron «tristemente célebre». En agosto de 1938, Martínez Amutio no era ya gobernador sino que trabajaba para la Subsecretaría de Armamento, que disponía de fábricas en Linares. Por esas fechas se produjo el último de sus enfrentamientos personales. La brigada de Apellániz acababa de detener a un médico empleado en la subsecretaría, así como a un perito y un especialista de una de las fábricas de armamento de Valencia, que fueron liberados tras un largo interrogatorio. En cuanto la noticia llegó a Linares, Martínez Amutio viajó a Valencia, donde se reunió con Apellániz y con el jefe regional del SIM (el comandante Atilano Sierra, «que actuaba como elemento decorativo») y les exigió que demostraran la culpabilidad del médico y los motivos del interrogatorio de los otros dos. Como ellos pretextaron que la orden había partido de la Jefatura de Barcelona, Martínez Amutio llamó al jefe superior del SIM, que le confirmó que «era cosa de los de Valencia». En medio de una atmósfera cada vez más tensa, Martínez Amutio consiguió que el detenido le fuera entregado. Más tarde, con el apoyo del entonces gobernador civil de Valencia, Molina Conejero, exigió la destitución de Sierra, que se produciría a los pocos días.

Con un historial de crímenes como el de Apellániz, su impunidad no podía ser eterna. A finales de ese mismo año, cometió el error de detener al ex alcalde socialista de Mérida, José Nieto, que con el grado de coronel mandaba una división de carabineros en el frente de Segorbe. Cesado de su cargo en el SIM, el juez militar dictó una orden de detención contra Apellániz. Éste trató de eludirla huyendo junto al resto de miembros de su Brigada Especial a la cercana población de El Saler y haciéndose fuerte con bombas de mano, fusiles ametralladores y morteros en un chalet previamente incautado. El edificio fue cercado por guardias de asalto. Apellániz sólo aceptó entregarse a una autoridad que les garantizara que no morirían. Mientras se negociaba quién podía ser esa persona, apareció una compañía de carabineros que había partido de Segorbe con la intención de poner en libertad a su coronel y escarmentar a sus captores. Viendo lo que les venía encima, los sitiados se apresuraron a rendirse a los guardias de asalto, que los encerraron en la Prisión Militar de Monteolivete (la misma en cuyas dependencias pudo haber estado encerrado Robles).

Más de dos meses duró el proceso contra Apellániz y los miembros de su brigada. Entre ellos destacaba por su crueldad un joven universitario cuyo padre, detenido por su supuesta pertenencia a la Falange, había recobrado la libertad a cambio de delatar a posibles quintacolumnistas. De acuerdo con Martínez Amutio, sólo esta delación habría costado la vida a más de cien personas, ejecutadas sumariamente por los hombres de Apellániz, quienes «bajo capa de defender a la República cometieron una infinidad de crímenes, saqueos y atropellos». La calificación sumarial únicamente eximía de la pena capital a dos de los acusados, los mecanógrafos que asistían a los interrogatorios. El final de la guerra impidió, sin embargo, que se dictara sentencia. Cuando las tropas de Franco entraron en Valencia, se encontraban todos en prisión y, según Martínez Amutio, «fueron los primeros ejecutados por los nacionales».

Otra versión, la del estudioso valenciano Francisco Agramunt, afirma que al «más cruel de los cabecillas del SIM» no le detuvieron los militares republicanos hasta que, en marzo del 39, se produjo el golpe del coronel Segismundo Casado: entonces fue «encerrado en la Cárcel Modelo de Valencia, cuyo director, Tomás Ronda, se negó a liberarlo y lo entregó a los nacionales en un intento de reconciliarse con ellos y conseguir su perdón». Sin embargo, la decisión de mantenerlo en prisión mientras las autoridades evacuaban Valencia pudo tomarla el socialista Wenceslao Carrillo, máximo responsable de seguridad en el consejo formado por Casado. Así se desprende del capítulo de *Campo de los almendros* en el que Max Aub presenta a Carrillo declarando su intención de liberar a todos los presos menos a unos a los que califica de «puñado de hijos de puta, asesinos, chantajistas, vendidos». Por una referencia anterior sabemos que se trata de unos hombres del SIM, y el escritor menciona directamente a Loreto Apellániz y da los alias de otros dos, el «Pataqueta» y el «Esmolaor». Alguien replica que los militares franquistas los van a fusilar, y Wenceslao Carrillo dice: «Seguramente, y de los primeros. Lo malo es que no he podido hacerlo yo [...]. Unos chulos de *carreró* [callejón] menos no le harán daño al mundo.»

En efecto, las nuevas autoridades juzgaron y ajusticiaron con prontitud a Apellániz, que fue fusilado junto a sus colaboradores el 3 de abril en el campo de tiro de Paterna. En la Causa General constan las identidades del mecanógrafo o secretario que se libró de la pena capital (frente a lo afirmado por Amutio, no eran dos sino uno), así como las de las veinte personas que fueron pasadas por las armas al mismo tiempo que Apellániz. ¿Cuál de esas identidades corresponde al «Pataqueta»? ¿Cuál al «Esmolaor»? No reproduciré los veinte nombres por si entre ellos estuviera el de algún inocente, pero sí diré que hay varios Martínez, varios Pérez, algún López y Ramírez... Ninguno de esos nombres dice nada, y sin embargo es probable que detrás de alguno de ellos se esconda la identidad de la persona que acabó con la vida de Robles. ¿Cuántos de esos hombres estaban ya en febrero del 37 a las órdenes de Apellániz? ¿Y cuáles de los que estaban con él en febrero del 37 intervinieron en el asesinato de Robles?

Las respuestas a estas preguntas difícilmente podían encontrarse en la Causa General. La tardía (y, como se verá, irregular) confirmación oficial de la muerte de Robles, su condición de republicano que trabajaba para el gobierno legítimo y el hecho mismo de que su viuda no pudiera presentar una denuncia sobre el caso son razones más que suficientes para explicar que el nombre de Robles no aparezca entre los abundantes documentos depositados en la sección valenciana de ese archivo. Su nombre, en efecto, no consta en la relación de personas «que durante la dominación roja fueron muertas violentamente o desaparecieron y se cree fueron torturadas» ni en la de «tormentos, torturas [...] cometidos en este término municipal durante la dominación roja». Su nombre tampoco figura en las listas de «recluidos en Prisión Central de San Miguel de los Reyes» y de «recluidos en Prisión Celular» o Cárcel Modelo, y eso refuerza la hipótesis de que Robles pudo inicialmente ser encerrado en la Prisión Militar de Monteolivete, la única de las otras tres cárceles valencianas que se ajusta a la descripción hecha por Miggie (las dos restantes eran la Cárcel de Mujeres y el Monasterio de El Puig, situado a unos quince kilómetros de la ciudad).

¿Qué fue de Robles tras su eventual paso por Monteolivete? La Causa General no ofrece datos concluyentes al respecto, pero sí algunas pistas que pueden ayudar a conjeturarlo. Sin embargo, para seguir esas pistas hay que saber primero cómo funcionaba la NKVD en Valencia. Según todos los indicios (incluidas sus propias declaraciones), el organizador de los servicios secretos soviéticos en España era Alexander Orlov. Nacido en Bielorrusia en 1895, su verdadero nombre era Lev Feldbine, y entre sus principales contribuciones al espionaje soviético estaba la de haber tutelado a los agentes de la famosa red de Cambridge: Kim Philby, Donald Maclean, Guy Burgess. Justo por debajo de Orlov había un reducido grupo de oficiales de la NKVD cuyo rastro no siempre es fácil seguir. El más importante de ellos era Leonid Eitingon, conocido en España como Kotov, que por esas fechas era el responsable de la preparación de unidades de guerrilleros; en julio de 1938 Eitingon sucedería a Orlov en la jefatura española de la NKVD y dos años después organizaría el asesinato de Trotski por Ramón Mercader. El primer atentado contra Trotski en México (y posteriormente un intento de asesinato del mariscal Tito) había sido organizado por otro de los subordinados de Orlov en España, Yosif Romualdovich Grigulevich, un lituano que hablaba español a la perfección porque había vivido en Argentina y otros países latinoamericanos; al parecer, las actividades de Grigulevich durante la guerra civil se centraron en la eliminación de los hombres del POUM. Junto a Eitingon y Grigulevich estaba un hombre llamado Vasily Afanasievich Belyaev, o al menos eso es lo que se desprende del testimonio aportado en *Men and Politics* por el periodista norteamericano Louis Fischer, quien no tardó en identificar a Orlov y Belyaev como agentes de la NKVD cuando el embajador Rosenberg se los presentó como secretarios de la embajada. Por Edward P. Gazur, un agente del FBI que en *Secret Assignment* reconstruyó la biografía de Orlov a partir de las numerosas entrevistas mantenidas con éste, sabemos que Eitingon, Grigulevich y Belyaev no eran los únicos colaboradores próximos a Orlov. En ese libro aparecen los nombres de otros dos: Lev Mironov, ejecutado en la URSS cuando todavía Orlov se encontraba en España, y un tal Boris Berman, del que no he hallado más información.

Daniel Kowalsky, que ha dedicado al tema algunas páginas de su libro, afirma que el número de agentes soviéticos de la NKVD en España osciló entre los veinte y los cuarenta. Por otro lado, según un informe del jefe de la sección internacional de la organización, ésta disponía a comienzos de mayo del 37 de unos doscientos agentes españoles cualificados. Un número no pequeño de ellos operaba en Valencia, y entre los lugartenientes de Apellániz destacan los nombres del comandante Justiniano García, que había sido jefe de escolta del ministro de la Gobernación Ángel Galarza y al que en los testimonios se suele aludir como Justin, del comisario Juan Cobo, que dirigía la checa de Santa Úrsula, y del capitán de milicias Alberto Vázquez, que se ocupaba de la de la calle Baylía junto a dos hermanos suyos.

Salta a la vista que estamos ante una estructura piramidal. En el punto más alto de esa pirámide se encontraría Orlov; algo más abajo, Eitingon, Grigulevich, Belyaev y los otros agentes soviéticos de confianza; en un tercer nivel, Apellániz con sus lugartenientes; y en la base, finalmente, estaría el resto de agentes de nacionalidad española, esos colaboradores de nombre opaco a los que correspondería hacer de brazo ejecutor. El reparto de funciones induce a pensar que la decisión de eliminar a Robles la tomó personalmente Orlov: tratándose de alguien que había sido intérprete de un consejero como Gorev, difícilmente podría haberla tomado otro de rango inferior. Sus colaboradores soviéticos se habrían encargado previamente de los interrogatorios, y Apellániz y sus hombres de la custodia. Al final, una vez que Orlov hubiera tomado la decisión, de nuevo los agentes españoles se habrían ocupado de llevarla a la práctica.

Vayamos ahora a las pistas que ofrece la Causa General. El relato antes citado de un socialista íntegro como Martínez Amutio otorga verosimilitud a varios de los testimonios contenidos en la causa. Entre ellos está el de un hombre llamado José María Melis Saera, que pasó por dos de las checas en las que operaba Apellániz (la de Baylía y la del antiguo convento de Santa Úrsula) y que declaró que en ellas estuvieron también «Rossembuch, intérprete del Hotel Victoria de Valencia, y el intérprete del Hotel Imperio, Polit».

La profesión que se atribuye a esos dos hombres no puede sino llamar nuestra atención: como el propio Robles, eran intérpretes. También debe llamar la atención que el primero de ellos trabaje en un hotel que ya ha aparecido en estas páginas: el Victoria. Fue a la entrada de ese hotel de la calle de las Barcas donde recogieron a Dos Passos para llevarle a Madrid en un Hispano-Suiza, y el novelista lo calificó de «nido de corresponsales, agentes gubernamentales, espías, traficantes de municiones y mujeres misteriosas». Que el Victoria era exactamente lo que Dos Passos escribió lo confirma Arthur Koestler en su *Autobiografía*, en la que habla de una reunión que mantuvo con el enviado especial de *Pravda*, Mijail Koltsov, poco antes de partir en una misión de espionaje. También Ilya Ehrenburg, corresponsal de *Izvestia*, se refiere en *Gentes, años, vida* al Hotel Victoria, en el que por esas mismas fechas solía alojarse cuando pasaba por Valencia. Dice Ehrenburg que en él «los periodistas extranjeros tomaban cócteles, jugaban por las noches al póquer y se quejaban del aburrimiento», y un poco más adelante añade escuetamente: «Un día descubrieron a un espía en el Victoria.» ¿Sería Rossembuch ese espía?

Como veremos, la vacilación ortográfica, sobre todo en la transcripción de apellidos extranjeros, es corriente en los documentos depositados en la Causa General, y de hecho el tal Rossembuch no tarda en reaparecer como Juan Rosemboom Barkhausen, que fue acusado de espionaje el 17 de enero del 37 y pasó por las checas de Baylía, Santa Úrsula y Salmerón. También Félix Politi Caresi (es decir, «el intérprete del Hotel Imperio, Polit»), acusado asimismo de espionaje, pasó por esas tres checas, y es muy probable que le perjudicara la coincidencia de su apellido con el de otro Politi que, según un informe citado por John Costello y Oleg Tsarev en su biografía de Orlov, dirigía los servicios de inteligencia italianos en Valencia desde 1930. En la Causa General se conserva la reproducción íntegra del texto del opúsculo de Félix Politi *Los antros del terror stalinista. La checa de Santa Úrsula*, fechado en octubre del 37 pero publicado un año después en Marsella por las Ediciones del POUM. Por ese escrito sabemos que los presos de Santa Úrsula que debían ser interrogados eran llamados entre las once y las doce de la noche, y que «los interrogatorios tenían lugar generalmente en un local de la avenida Nicolás Salmerón». Añade Politi: «Las acusaciones de espionaje, que no faltaban nunca, estaban combinadas hábilmente con miles de preguntas interesadas. Las afirmaciones de espionaje estaban generalmente tan fuera de lugar que resultaban ridículas [...]. Esta parte del interrogatorio, tan inconsistente como burda, era más tarde comentada en las celdas del ex convento en medio de la broma y de la ironía sarcástica de los presos.»

Las denuncias contra Rosemboom y Politi debían de carecer de todo fundamento, y al cabo de unas semanas fueron liberados. Robles no tuvo la misma suerte, y su vía crucis último puede reconstruirse por analogía con el relato que los otros dos han dejado de sus respectivas experiencias. ¿Por qué checas pasó tras su salida de Monteolivete? Podrían ser las de Baylía y Santa Úrsula, pero en tal caso no se explica por qué ni Melis ni Rosemboom ni Politi mencionan su nombre. Esas dos no eran, sin embargo, las únicas checas que dirigían los hombres de Loreto Apellániz. Estaban también la del chalet de Villa Rosa, la de las Escuelas Pías, la de la calle Sorní, de las que existen menos testimonios en la Causa General. ¿En cuál de ellas estuvo Robles? Fuera la que fuese, el trato que recibió no debió de ser muy diferente del sufrido por los otros detenidos: los largos encierros en un pequeño armario, las palizas intimidatorias, las amenazas de fusilamiento inmediato... Con tales prácticas se buscaba debilitar la voluntad y la resistencia del preso: prepararle, en suma, para el interrogatorio nocturno.

Los interrogatorios, como sabemos, se realizaban en una checa de la avenida Salmerón, y los encargados de llevarlos a cabo eran casi siempre especialistas extranjeros de la NKVD. Félix Politi cita como jefe de esos especialistas a un ruso llamado Leo Lederbaum, que en otros documentos aparece como Leverbau o simplemente como Leo. Juan Rosemboom, por su parte, habla de Peter Sonin y de su mujer, Berta, citados también en otros testimonios, y dice que «los comisarios y los agentes eran rusos y polacos». Entre ellos estaban Scheier Hochem (que aparece asimismo como Jorge Shaya), un tal Muller, una mujer llamada Nora, otro al que llamaban José el Boxeador... Se trata, desde luego, de nombres supuestos, distintos de los que esos mismos agentes habían empleado en anteriores misiones, distintos también de los que más tarde adoptarían, y establecer sus verdaderas identidades resulta poco menos que imposible.

El único nombre conocido aparece en la declaración prestada por un hombre llamado Jorge Pavloski Luboff, que fue acusado de espionaje a finales de marzo del 37 y pasó por las mismas checas que Rosemboom y Politi. En esa declaración se afirma que el jefe de la checa era «un judío polaco llamado Kinderman. Luego recuerda a un tal Belyaeff que luego también se denominaba Weiss y Blanc, individuo ruso de procedencia judía mandado por el gobierno soviético para organizar los servicios de contraespionaje». Ese Kinderman, que en otros lugares aparece como Shaja Kindemann, podría no ser sino el Scheier Hochem mencionado por Politi. Y ese Belyaeff tiene por fuerza que ser Belyaev, el supuesto secretario de la embajada soviética citado por Louis Fischer.

Que las actividades de Belyaev (que en ruso significa blanco, al igual que sus sobrenombres en alemán y francés) se desarrollaban principalmente en Valencia lo confirma el relato que el propio Orlov haría muchos años después a Edward P. Gazur. Que además Belyaev era el agente de rango más alto de la NKVD que intervenía personalmente en las actividades de la checa lo sugiere la declaración de Jorge Pavloski. Uno y otro dato deben llevarnos a concluir que muy probablemente fue él, Belyaev, quien se ocupó de dirigir los interrogatorios de José Robles en la checa de Salmerón. Los intérpretes de los hoteles valencianos podían ser un asunto para Peter Sonin y los demás; del antiguo intérprete de Gorev sólo podía encargarse él, Vasily Afanasievich Belyaev, que entonces tenía treinta y tres años (y que hasta su muerte, justo veinte años después, desempeñaría formalmente distintos empleos diplomáticos).

El asesinato de Robles habría podido decidirse en una conversación entre Belyaev y Orlov como la que debían de estar manteniendo cuando Rosenberg se los presentó a Louis Fischer. Así, al menos, habría sido si por las fechas en que Robles fue asesinado Orlov se hubiera encontrado en Valencia. Pero tal cosa no ocurrió. Por el libro de Gazur sabemos que Orlov sufrió a mediados de enero un accidente automovilístico en el que se fracturó dos vértebras. El domingo 17 fue trasladado en ambulancia a París e ingresado en la Clínica Bergère, y hasta el 21 del mes siguiente, también domingo, no recibió el alta médica que le permitió regresar a su casa de Bétera. Durante ese mes, «uno de los más aburridos de su vida», no abandonó sin embargo su trabajo. La embajada soviética en París le facilitaba diariamente los comunicados de Moscú y España, y dos veces al día dictaba las respuestas a su secretario. Además, permanecía en contacto telefónico con sus colaboradores en Valencia. Según su propio testimonio, sus interlocutores habituales eran Lev Mironov y Boris Berman. Ya he dicho que de este último no hay datos. En cambio, de Mironov sabemos por el libro de Donald Rayfield *Stalin y los verdugos* que era uno de los «secuaces acérrimos» del entonces jefe de la NKVD en la URSS, Nikolai Ivanovich Yezhov. Éste, de hecho, le enviaría en abril de ese mismo año a Novosibirsk, una de las principales ciudades de la Siberia central, para perseguir a los campesinos y trotskistas allí exiliados (o, como dice Rayfield, «para arrestar a cuantos individuos pudiera en los cuarteles del ejército y en las estaciones ferroviarias de la región») y dos meses después, cuando Mironov «estaba al límite de sus fuerzas», lo detendría para ejecutarlo. Con tales referencias, cabe pensar que, durante la ausencia de Orlov, Mironov se hizo cargo de la jefatura de la NKVD en España. ¿Consultó telefónicamente con Orlov el asunto de Robles? De no ser así, una decisión que en circunstancias normales habría correspondido a Orlov se habría tomado en Valencia, y a ella no habría sido ajeno el propio Mironov.

Fuera como fuese, esa decisión se tomó, y a partir de ese momento todo resulta más fácil de imaginar. Una fría noche de febrero del 37, Apellániz y sus hombres recibieron la orden de sus superiores soviéticos y se llevaron a Pepe Robles. ¿Adónde? Sin duda, a alguno de los campos de tiro que los soviéticos tenían en los alrededores de Valencia: al de El Saler, al de Paterna (el mismo curiosamente en el que Apellániz sería fusilado dos años después). Así debió de ser el lugar en el que Robles vivió sus últimos minutos. Luego alguien le descerrajó un par de tiros, y entre todos hicieron desaparecer el cadáver. Quién pudo ser el autor del disparo parece a estas alturas un enigma menor: acaso el propio Apellániz, acaso alguno de los otros...

Mis conversaciones con Carlos García-Alix me facilitaron, además, una nueva hipótesis sobre la verdadera razón de la muerte de Robles, una razón en todo caso que Dos Passos no habría podido intuir. Mientras permaneció en Madrid, Robles formaba parte del personal de confianza de Vladimir Gorev y gozaba, por tanto, de la protección de los militares del GRU. Sabemos que, cuando el gobierno republicano dejó la capital a principios de noviembre del 36, Robles era uno más de los muchos funcionarios que lo siguieron hasta Valencia. También Alexander Orlov y sus colaboradores de la NKVD viajaron a Valencia, y se instalaron en el Hotel Metropol. En cambio, los principales mandos militares soviéticos (Gorev entre ellos) se quedaron a defender Madrid del asedio al que la sometían las tropas de Franco. Para esas fechas, entre la inteligencia militar y los servicios secretos de ese país se estaba gestando un áspero enfrentamiento, que los informes desclasificados han acabado sacando a la luz pero que entonces nadie reconocía abiertamente. El 7 de noviembre, día de la Revolución rusa, todavía Orlov y Gorev tuvieron tiempo de reunirse a comer en compañía de otras personas en un salón del madrileño Hotel Palace, y de esa comi-

da han quedado unas fotografías en las que Gorev y Orlov aparecen presidiendo la mesa el uno al lado del otro. Pero la soterrada guerra entre ambos (es decir, entre la NKVD y el GRU) no tardaría en estallar. Así, el máximo jefe militar ruso, Yan Berzin reprochaba al organizador de la NKVD que con su excesiva injerencia comprometiera la autoridad soviética y que tratara los asuntos de España como si ésta fuera una colonia de la URSS. Orlov, por su parte, comunicó al Kremlin su desfavorable opinión sobre Berzin, que, según él, era un experto en inteligencia militar pero no estaba cualificado para afrontar los asuntos bélicos de importancia.

Para cuando estos informes se enviaron a Moscú, Pepe Robles debía de estar ya muerto. Parece razonable pensar que en algún momento había percibido la tirantez entre los hombres de Berzin y los de Orlov, pero nada induce a sospechar que fuera consciente del riesgo que corría al alejarse de los militares soviéticos y perder su protección. Aunque no están documentadas represalias sobre otros intérpretes, ¿puede ser que Robles fuera una víctima de la pugna entre la NKVD y el GRU? En todo caso sería una víctima indirecta. Está claro que Robles no era lo suficientemente importante para convertirse en objetivo de Orlov. Con su detención, Orlov pretendía atacar a Berzin y sobre todo a Gorev, cuyo prestigio no hacía sino acrecentarse con la defensa de Madrid: de hecho, bastantes historiadores le consideran el auténtico salvador de la ciudad.

Dentro de la lógica estalinista, la jugada se presentaba sencilla: acusando de traición a Robles, se acusaba también a Gorev, al que se presentaba como alguien incapaz de seleccionar a sus colaboradores más cercanos. Las posteriores trayectorias de Berzin y Gorev confirman esta suposición. El propio Carlos García-Alix ha seguido el rastro de uno y otro, y el resultado son unas semblanzas incluidas en el libro *Madrid-Moscú*. En mayo de 1937, Vladimir Gorev fue destinado al frente del Norte en una misión condenada al fracaso. Llegó a Bilbao en compañía de su ya inseparable Emma Wolf, y el incontenible avance de las fuerzas enemigas le forzó a retirarse hacia Asturias, de donde sería rescatado en una complicada operación aérea. Poco tiempo después se le vio en Valencia. En ese momento, sin embargo, era ya un general caído en desgracia, y enseguida, hacia finales del 37 o principios del 38, fue llamado a Moscú, distinguido con la orden de Lenin e inmediatamente fusilado por orden de Stalin. Pero su destino no hacía sino anticiparse al de su entonces superior, Semyon Uritski, y reproducir el del antecesor de éste, Yan Berzin, ambos obligados a volver a Moscú y fusilados.

Por la cantidad de militares que corrieron la misma suerte podría hablarse de una purga entre los miembros del GRU enviados a España. El asesinato de Robles, en tal caso, no sería sino un prólogo a esa purga, y cabe preguntarse si, una vez detenido, habría habido algún modo de evitar su muerte. ¿Importaba algo lo que Robles supiera sobre el poder soviético en el seno del gobierno? ¿Importaba algo el hecho de que hubiera podido cometer una indiscreción en un café? Que existieran pruebas contra Robles era intrascendente, porque Robles era precisamente la prueba: una prueba contra Gorev. En la estrategia de Orlov, encarcelarle para más adelante soltarle no servía de nada. Lo que la NKVD buscaba era poner en entredicho a Gorev colocando a su sombra el espectro de un traidor. La liberación de Robles estaba descartada porque habría constituido una confirmación de su lealtad a la República e, indirectamente, de la autoridad de Gorev. Es posible que su destino estuviera escrito desde el momento mismo en que fue detenido en Valencia, e incluso antes. A Robles se le detuvo para ejecutarle y, por perverso que parezca, era su ejecución la que debía convertirse en la principal prueba de su traición. No se fusiló a un traidor: se fusiló a un hombre para hacer de él un traidor.

5

En sus conversaciones con Joris Ivens, éste había aceptado la propuesta de Dos Passos: para que *Tierra española* no se centrara en el espectáculo de la sangre y las ruinas, debían «encontrar algo que fuera construido para el futuro en medio de toda la miseria y la masacre». La idea, según dejó escrito Ivens en *The Camera and I*, era encontrar un pueblo que estuviera «extendiendo el cultivo de sus campos como una contribución inmediata a la defensa de Madrid: la gente trabajando unida por el bien común». El pueblo que estaban buscando lo encontraron en Fuentidueña de Tajo, a unos cincuenta kilómetros de la capital. No era «*a typically Spanish village*» pero ofrecía dos ventajas: se hallaba en la carretera de Madrid a Valencia y los vecinos estaban construyendo una red de canales para transformar en huertas unos terrenos de secano.

Josephine Herbst visitó Fuentidueña en algún momento del rodaje y fue testigo de esas mejoras: «Las semillas ya habían sido plantadas, y las pequeñas acequias vivificadoras regaban las cebollas, los melones, las verduras que algunos de los chicos del pueblo nunca habían probado.» No es seguro que Josie coincidiera con

Dos Passos en Fuentidueña. Lo que sí sabemos por Ivens es que el novelista intervino en la elección del pueblo y que hizo de intérprete entre el alcalde y los responsables de la película. Ivens y Ferno quedaron instalados en una pequeña habitación aneja a la farmacia, y los paisanos les comentaban que hasta poco antes solían pagar en ese sitio por sus vidas: era allí donde el párroco cobraba por los bautizos, las bodas, los funerales.

A Fuentidueña se refiere Dos Passos en *Journeys Between Wars* para dejar constancia del hecho de que, desde que en julio del 36 los sindicatos locales habían colectivizado las tierras (principalmente viñedos), todos los trabajadores percibían el mismo jornal: cinco pesetas, más un litro de vino diario y cierta cantidad de leña. El alcalde le habló de otros negocios que habían sido colectivizados: la panadería, el horno de cal, la pequeña industria del mimbre. Pero, por supuesto, lo que más le enorgullecía era el sistema de riego que estaban implantando, y mostró a Dos Passos la red de canales a medio construir. El escritor tomaba nota de todos esos progresos, pero también de cómo la división entre las izquierdas había llegado hasta Fuentidueña: el propio alcalde, de la UGT, le había comentado maliciosamente que los miembros de la CNT local, «pequeños comerciantes y comisionistas pero de ningún modo trabajadores de la tierra», llevaban todos la esvástica debajo de la camisa. ¿Es que ni siquiera en los pueblos más pequeños y apartados podían los anarquistas sentirse a salvo de las calumnias?

Volvería a pasar por Fuentidueña tras su precipitada salida de Madrid, pero es probable que en esa ocasión ni siquiera llegara a detenerse. Dos Passos sabía ya que parte de la tragedia de la guerra civil era la todavía invisible represión en el bando republicano, y eso era algo que no podía reflejarse en un documental, especialmente si éste estaba a cargo de los comunistas. Su intención de colaborar en *Tierra española* se había debilitado y, aunque antes de salir de España se preocuparía todavía de buscar posibles localizaciones en la población catalana de Sant Pol, lo cierto es que su nombre ni siquiera llegaría a aparecer en los créditos de la película, que atribuyen la autoría de los comentarios a Hemingway y la del guión a Ivens. Este último, en su autobiografía, se limita a decir que «Dos Passos nos había abandonado en España».

El documental no entraba ya entre sus prioridades, y seguramente lo que Dos Passos buscaba era poner tierra de por medio entre Hemingway y él. El 25 de abril estaba ya en Valencia. Ese mismo día, irónicamente, en Madrid se pregonaba su amistad en el periódico *Ahora*, que les dedicaba una página y media con el titular «Dos camaradas de América. Hemingway [sic] y John Dos Passos». Junto a cuatro fotos (un primer plano de Dos Passos y otro de Hemingway, otra de éste con el periodista y una última de los dos novelistas con Joris Ivens y Sidney Franklin), el texto se presentaba

como una entrevista a ambos escritores, y sin embargo el único que hablaba era Hemingway, que se refería a *Tierra española* en primera persona del plural: «Pensamos llevarla a Hollywood [...]. Con el dinero que saquemos de ella enviaremos ambulancias sanitarias y víveres para los combatientes.» Parece evidente que, cuando la entrevista se realizó, Dos Passos había salido ya para Valencia.

A su llegada a la ciudad, Dos siguió recabando información sobre las circunstancias de la muerte de Robles, y muy probablemente llegó a sus oídos el mismo rumor al que alude Ayala cuando dice que «al final se dio por cosa sabida, pero sólo de boca a oreja, que los rusos lo habían ejecutado dentro de la embajada misma». Rumores, siempre rumores. ¿Cuándo conseguiría alguna noticia concreta y fidedigna sobre lo ocurrido? En cuanto se le presentó la ocasión, habló con el embajador norteamericano, Claude Bowers, para que le consiguiera una entrevista con el ministro de Estado (Asuntos Exteriores), Julio Álvarez del Vayo. Éste, aunque socialista, es considerado por los historiadores un «comunista encubierto», y en uno de sus escritos dejó constancia del fastidio que le causaba tener que dedicar una parte de los consejos de ministros a discutir las sentencias de muerte. Esa misma falta de sensibilidad hacia la vida o la muerte de un ser humano fue lo que sin duda percibió Dos Passos en su segunda entrevista con Álvarez del Vayo, y lo que le irritó de él. Ahora estaba seguro de que le había mentido cuando en su primer encuentro había alegado ignorancia: el ministro formaba parte de esa turbia conjura de silencio y mentiras que en Madrid había acabado quedando al descubierto.

Si Dos Passos pidió ser recibido por un hombre

como él, que tantas reticencias le inspiraba, fue sólo por Márgara, porque se sentía obligado a ofrecerle alguna información precisa sobre la muerte de su marido. Estaba además un asunto del que Márgara le había hablado un par de semanas antes: el seguro de vida que Pepe Robles tenía contratado en los Estados Unidos y que su viuda sólo podría cobrar cuando existiera una confirmación oficial del fallecimiento. En cuanto a lo primero, el ministro fue incapaz de aportar ninguna novedad, y Dos Passos no logró averiguar la causa de la muerte de su amigo ni si ésta se había producido en Valencia o en Madrid. En cuanto a lo segundo, Álvarez del Vayo le prometió que haría llegar a los Robles un certificado de defunción. Esta promesa fue todo lo que el escritor pudo ofrecer a Márgara cuando volvió a visitarla en su precaria vivienda de las afueras. Para entonces, si hemos de creer lo que se cuenta en *Century's Ebb*, también Márgara había perdido la esperanza de volver a ver con vida a su marido. Descorazonado por no haberle sido de más ayuda, Dos Passos se apresuró a partir de Valencia en dirección a Barcelona.

Éste es el momento en el que aparece en nuestra historia un personaje llamado Liston Oak. Para esas fechas, finales de abril de 1937, Oak llevaba cuatro meses en España, tres de ellos trabajando en Valencia para la Oficina de Prensa Extranjera. Por otra empleada de la oficina, Kate Mangan, sabemos que era un norteamericano alto, de edad mediana y aspecto distinguido, con gafas y largo pelo rizado que le asomaba por debajo de una gran boina. De carácter camaleónico, había sido actor y maestro y, aunque insistía en que quería aprender español, carecía de facilidad para los idiomas. Padecía de insomnio, reumatismo y frecuentes dolores de cabeza, se pasaba largas horas en la cama y, al igual que Rubio Hidalgo, prefería el trabajo nocturno al diurno. Kate Mangan supuso que había ido a España para olvidar su segundo fracaso matrimonial y, aunque en la oficina no conocían con precisión su orientación política, a ella le parecía que alimentaba algún tipo de simpatías por la FAI y por el POUM.

Liston Oak, quien, además de trabajar en la oficina, publicaba artículos sobre la guerra en el *Socialist Call*, fue el encargado de acompañar (y tal vez controlar) a Dos Passos en el viaje de Valencia a Barcelona. Al poco de llegar, Dos Passos y Oak visitaron la pequeña localidad costera de Sant Pol, donde les mostraron la cooperativa de pescadores y una colonia de niños refugiados. Tras dar buena cuenta de un almuerzo a base de sardinas y pollo con lechuga y patatas, volvieron a Barcelona bajo la lluvia. Una foto de Dos Passos y Oak apareció publicada en el diario *La Vanguardia* el 29 de abril. De acuerdo con el breve texto explicativo, el novelista

norteamericano, «acompañado del periodista, también yanqui, Liston Oak», había asistido el día anterior a una proyección de material inédito (sin duda, secuencias de

Tierra española) que fue también presenciada por el presidente de la Generalitat, Lluís Companys. El Comisariado [consejería] de Propaganda de la Generalitat aprovechó la estancia de Dos Passos en Barcelona para concertarle algunos encuentros con la prensa. El jueves 29 visitó la redacción de *Solidaridad Obrera*, que al día siguiente publicaría una entrevista en la que Dos Passos reiteraba sus recelos ante el socialismo de corte soviético y sus simpatías por la CNT: «Como americano que soy, y con ideas libertarias, creo que un movimiento de libertad individual tiene grandes posibilidades [en España]. El medio en que vivo me permite hablar así. Un *trust* ruso quizás sea menos demócrata que un *trust* norteamericano. Hay que tender hacia una industria que respete la libertad individual y los derechos del hombre. La verdadera democracia de los Estados Unidos se parece al ideal anarcosindicalista en muchos casos.»

No fue ésa su única cita con los medios de comunicación barceloneses. El historiador del POUM (y entonces joven periodista) Víctor Alba recuerda en su autobiográfico *Sísif i el seu temps* la entrevista que le hizo en el Hotel Majestic. La entrevista se realizó el miércoles 28, poco antes del encuentro de Dos Passos con Companys y, en realidad, Víctor Alba, colaborador de *La Batalla* y de *Última Hora*, no publicó una sino dos entrevistas con el norteamericano. En la del órgano oficial del POUM pudo deslizar una declaración que agradaría más a poumistas y anarquistas que a comunistas: «No cabe duda de que la revolución ayuda a ganar la guerra.» Por el contrario, en la de *Última Hora*, bajo control de Esquerra Republicana de Catalunya, lo único que llama la atención es la referencia, más bien forzada, al ministro Álvarez del Vayo, «que me ha dado siempre todo tipo de facilidades. Es un hombre de gran talento y de cultura, muy adecuado para el cargo que ocupa».

Es probable que Liston Oak acompañara a Dos Passos en el momento de hacer declaraciones al órgano de la CNT y al periodista del POUM. Lo que es seguro es que estuvo presente en el encuentro que el escritor mantuvo con Andreu Nin en su despacho de las Ramblas, «una oficina grande y desnuda, provista aquí y allá con los restos de algún viejo mobiliario». Dos Passos tomó asiento en un sillón cuyo tapizado se hallaba «en un estado lamentable» y, mientras tanto, el líder del POUM hablaba por teléfono desde «un desvencijado escritorio gótico expropiado de la biblioteca de alguien». En otro lugar de la estancia se encontraba «un hombre que había sido director de una editorial madrileña de izquierdas» y que no puede ser sino Juan Andrade, cofundador de Cenit ocho años antes y miembro entonces del Comité Ejecutivo del POUM.

De ese encuentro ha quedado el retrato que Dos Passos hizo de Nin en *Journeys Between Wars*: «un hombre bien formado, de aspecto saludable, con una risa infantil siempre pronta que dejaba ver una sólida dentadura blanca». Por el propio Dos Passos sabemos también que le preguntó por la decisión del gobierno republicano de asumir todo el control de los servicios policiales. «Coja usted un automóvil, recorra las afueras de Barcelona y verá que todos los pueblos están rodeados de barricadas», le dijo Nin, que luego se echó a reír y añadió: «Pero quizá sea mejor que no vaya.» Entonces Andrade intervino para decir: «No tendría ningún problema. Sienten un gran respeto por los periodistas extranjeros.»

El texto de Dos Passos no ofrece muchos datos más

sobre el verdadero contenido de la entrevista. Para conocerlo hay que acudir al artículo que, con el título «Behind Barcelona Barricades», publicaría poco después Liston Oak en el semanario *New Statesman and Nation*. El artículo se centra en la división de las fuerzas republicanas en dos grandes bandos, y llama la atención que fuera precisamente Oak quien, tras sus tres meses de trabajo en la Oficina de Prensa, declarara que las noticias sobre los enfrentamientos entre anarquistas y poumistas por un lado y comunistas por otro «con frecuencia no aparecían en los periódicos españoles y eran, por supuesto, censuradas en las crónicas de los corresponsales extranjeros». Según Oak, los anarquistas creían que existía «una trama para eliminarles de la escena española» y acusaban a los estalinistas «de haber organizado una GPU en España controlada desde Moscú». El artículo no lo aclara pero, dadas las circunstancias, parece evidente que también de las actividades de esa filial española de la policía secreta soviética se habló en la entrevista de Dos Passos y Nin. Lo que sí dijo éste fue que el PCE se había convertido en un instrumento de la política exterior soviética y que la URSS buscaba seguridad y estaba dispuesta a sacrificar la revolución española, «porque el imperialismo lo exige como precio de la posible ayuda militar a Rusia contra una agresión de Alemania, Italia y Japón». En palabras de Nin, la única esperanza de salvar la revolución consistía «en una aceptación por parte de los anarquistas de una línea de acción bolchevique».

Conviene señalar que el artículo, aparecido el 15 de mayo, es decir, justo después de los llamados sucesos de mayo, recoge opiniones de Nin anteriores a ellos. El propio texto informa de que la entrevista se celebró a finales de abril y de que Oak (y, como pronto se verá, también Dos Passos) abandonó Barcelona el 2 del siguiente mes, sólo un día antes de que se iniciaran los disturbios. Uno se pregunta qué es lo que ahora sabríamos de los sucesos de mayo si el azar no hubiera escogido como testigo de ellos a uno de los mejores escritores británicos y si éste, después, no les hubiera dedicado la parte principal de su mejor libro. ¿Habrían corrido una suerte parecida a la de esos otros enfrentamientos que no aparecían en los periódicos y que, «por supuesto», eran censurados en las crónicas de los corresponsales extranjeros?

La historia de George Orwell es conocida. Cuando llegó a Barcelona a finales de 1936, era «un tipo alto, muy delgado, cara de caballo, mal forjado» (o al menos así es como lo vio el joven periodista que le acompañó en sus primeros paseos por la ciudad, que no era otro que Víctor Alba, el mismo que unos meses más tarde entrevistaría a Dos Passos en el Majestic). De esas fechas debe de ser la fotografía en la que aparece compartien-

do mesa, entre otras personas, con los poumistas Andreu Nin y Julián Gorkin. Enseguida ingresó en las milicias del POUM y fue enviado al frente de Huesca. Su mujer, Eileen, seguiría sus pasos un mes después y trabajaría en la oficina barcelonesa del ILP (Partido Laborista Independiente), de tendencia trotskista y afín al POUM. Tras pasar diez días ingresado en un hospital del frente, Orwell obtuvo en abril un permiso para viajar a Barcelona y reunirse con Eileen. El 3 de mayo estaba todavía en Barcelona, y de lo que vio y vivió durante ese día y los siguientes dejó un testimonio impagable en *Homenaje a Cataluña*.

Que muy poco antes de esa fecha Orwell y Dos Passos se encontraran personalmente entra dentro del orden de lo probable: al fin y al cabo, la oficina en la que trabajaba Eileen estaba situada en el mismo edificio de las Ramblas en el que Nin tenía su despacho. La tarde de la entrevista entre éste y Dos Passos se encontraron dos veces. Si la primera vez, en la sede del POUM, se limitaron a estrecharse las manos, la segunda tuvieron tiempo de intercambiar unas cuantas frases. Ocurrió en el Hotel Continental, uno de los hoteles barceloneses en los que solían alojarse los hombres del POUM, el hotel asimismo en el que tenía Eileen reservada una habitación. En *The Theme Is Freedom* recordaría Dos Passos que, al ver a aquel hombre de aspecto ojeroso y enfermo, supuso «que estaba ya sufriendo de la tuberculosis que más tarde le mataría», y en él percibió «cierta majestad en la inocencia ante la muerte». No hablaron mucho, pero a Dos le alivió encontrar por fin una persona sincera con la que conversar: «Orwell hablaba sin énfasis de cosas que ambos sabíamos que eran verdad. Pasaba sobre ellas ligeramente.» De hecho, daba la sensación de haber entendido la situación desde todas las perspectivas, y Dos Passos pensó que «acaso estaba todavía un poco asustado de lo mucho que sabía». En *Century's*

Ebb recrearía de forma más elaborada el episodio, y por sus comentarios sabemos que, hasta que se encontró con Orwell, «no se había atrevido a hablar a nadie con franqueza. Al principio, tenía miedo de decir algo que pusiera en peligro las posibilidades de sacar a Ramón [Pepe Robles] del país; después, tenía miedo de que alguna palabra suya fuera mal interpretada y pudiera reducir las posibilidades de Amparo [Márgara] de marcharse con los chicos.»

No debió de ser en el Continental sino en el Majestic donde tuvo lugar una escena que no puede ser omitida. Alguien llamó a la puerta de la habitación de Dos Passos. Era Liston Oak, y parecía estar nervioso. Dos Passos le dejó hablar. Lo que Oak quería era que el novelista le ayudara a salir de España. Sus simpatías por los anarquistas y por el POUM le habían vuelto sospechoso, y hasta temía que pudiera pasarle lo mismo que a Robles: últimamente le habían hecho demasiadas preguntas.

Stephen Koch ha reconstruido el episodio a partir del testimonio que, justo diez años después, Oak prestaría ante el Comité de Actividades Antiamericanas, y la esencia del relato tiene bastantes visos de verosimilitud. Según esta versión, Oak se encontró en Barcelona con un individuo llamado George Mink al que conocía de Nueva York («un verdugo de la NKVD, un asesino con todas las de la ley», según la ya previsible caracterización de Koch), y el tal Mink, creyéndolo de fiar, le invitó a tomar unas copas y le contó que, el 1 de mayo, el aparato comunista tenía previsto provocar la rebelión de anarquistas y poumistas, algo que se aprovecharía para justificar su posterior represión: «Todo estaba listo. No podía fallar.» Esta conversación se celebró justo antes de la entrevista entre Dos Passos y Nin, y Oak no pudo dejar de advertir a este último de lo que, según Mink, se estaba preparando. Pero la hostilidad estalinista no era ninguna novedad para los dirigentes del POUM, y Nin, que efectivamente sería asesinado por hombres de la NKVD al cabo de dos meses, prestó poca atención a sus revelaciones.

El caso es que Liston Oak se sentía vigilado y perseguido y que recurrió a Dos Passos para escapar de España. Como había dicho Juan Andrade, los periodistas extranjeros eran muy respetados y, al lado de alguien de la visibilidad y el prestigio de John Dos Passos, su seguridad estaría garantizada. El escritor propuso a Oak que se hiciera pasar por algo así como su secretario personal y aceptó la compañía de un voluntario de la Brigada Lincoln que también acudió a él en busca de protección. El 2 de mayo salieron los tres de Barcelona en un coche que el POUM había puesto a su disposición, lo que no deja de ser ilustrativo de la transformación que se estaba operando en Dos Passos: éste, que había entrado en la España republicana en un camión de una organización vinculada a los comunistas, salía ahora de ella en un vehículo del partido que estaba a punto de ser exterminado por aquéllos. En *Century's Ebb* se recrea ese viaje desde dos puntos de vista, el de Pignatelli-Dos Passos y el del brigadista, que teme el momento de llegar a la frontera porque, al igual que a sus compañeros, le han retenido el pasaporte al incorporarse a las Brigadas Internacionales. Nunca sabremos si pertenece al terreno de la realidad o al de la ficción la historia de los pescadores catalanes que le ayudaron a pasar a Francia. Lo que sí sabemos es que Dos Passos y sus acompañantes lograron finalmente llegar a Cerbère, y que sólo entonces pudieron Liston Oak y el brigadista respirar tranquilos.

Unos días después, el 15 de mayo, Oak publicó su artículo en el *New Statesman and Nation*. Orwell no pudo leerlo hasta que, algo más tarde, fue ingresado con una herida de bala en el hospital de las milicias del POUM en Barcelona. Desde el Sanatori Maurín escribió el 8 de junio una carta al crítico Cyril Connolly en el que calificaba el artículo de «muy bueno e imparcial». Por esas fechas colaboraba Oak en varias publicaciones consideradas trotskistas, y una afirmación suya («hoy en día los estalinistas son los mayores revisionistas de Marx y Lenin») sería citada por el propio Trotski en un escrito del 29 de agosto.

Dos Passos, por su parte, siguió viaje hasta Antibes, donde están fechados algunos de los textos de *Journeys Between Wars*. A mediados de mayo, Katy y él estaban en París. Dos Passos no se había olvidado de los Robles. Por sus cartas a Henry Carrington Lancaster sabemos que desde la capital francesa escribió a Álvarez del Vayo recordándole su promesa de facilitar el certificado de defunción de Pepe Robles. El ministro, sin embargo, no le contestó y, en una carta al crítico trotskista Dwight Macdonald, Dos Passos expresaría de este modo su decepción: «Yo más bien subestimé la estúpida forma en que Del Vayo me mintió acerca de la muerte de Robles. Después de todo, la gente actúa en las cosas grandes del mismo modo que lo hace en las pequeñas; ciertamente, mis conversaciones con él sobre este asunto no aumentaron mi confianza en ese paladín de los obreros de la mano y el intelecto.»

Que a través de Álvarez del Vayo no conseguiría nada es algo que Dos Passos comprendió bien pronto, y una de las cartas que se conservan en la Biblioteca Milton S. Eisenhower de la Universidad Johns Hopkins revela que, para obtener el certificado, no tardó en recurrir a otras personalidades influyentes: una de ellas era el embajador estadounidense en España, Claude Bowers; otra, el embajador español en la URSS, Marcelino Pascua, quien, en un fugaz viaje a Valencia, tuvo tiempo de visitar a Márgara para interesarse por su situación. Entre esas cartas hay también una de Maurice Coindreau del 28 de mayo que confirma el escepticismo del escritor norteamericano hacia las posibles gestiones del ministro: «Dos Passos cree que no hará nada.» Unas líneas más adelante, Coindreau informa a Lancaster, su corresponsal, de que «en todas sus investigaciones, Dos Passos tuvo que ser muy cuidadoso. Según lo que me contó, la gente no se atreve a hablar y mide todas sus palabras. El Ministerio de la Guerra, en el que Robles trabajaba, está completamente dominado por los rusos y es extremadamente peligroso trabajar con ellos si no perteneces al partido.» Y, por si acaso, Coindreau pide a Lancaster máxima discreción, dado que «Dos Passos tiene muchas conexiones con el Partido Comunista y podría verse en problemas si se supiera que ha revelado lo que el gobierno español ha hecho» a Robles.

Me he permitido citar por extenso la carta de Coindreau porque arroja una luz especial sobre el último episodio de aquel desventurado viaje. Katy y Dos se disponían a salir de París en dirección a Inglaterra cuando, en el andén de la estación, se produjo el encuentro, quizás no del todo casual, con Hemingway. Éste, ceñudo, acabó encarándose con Dos Passos y preguntándole qué había decidido hacer en torno a *Tierra española* y sobre todo al caso Robles. Dos Passos, para quien, al contrario de lo que Hemingway pensaba, éste no era un incidente aislado, contestó que primero pondría en orden sus ideas y luego contaría la verdad como él la había visto. Discutieron brevemente sobre las desgracias de las guerras y el sentido que éstas tenían si a los ciudadanos se les despojaba de sus libertades. Luego Hemingway, cada vez más tenso, quiso saber si Dos Passos estaba con la República o contra ella y le advirtió: «Si escribes sobre España tal como ahora la ves, los críticos neoyorquinos acabarán contigo. Te hundirán para siempre.» «¡Nunca he oído nada tan despreciablemente oportunista!», le interrumpió entonces Katy, y ella y su marido, sin volverse a mirarle, subieron al tren. En ese instante, la determinación de Dos Passos era ya firme: haría pública su opinión sobre la guerra de España aunque eso le costara sacrificar sus conexiones con los comunistas, que tanto poder tenían en los medios culturales norteamericanos.

6

Aunque en algún momento se había contado con su asistencia, ni Dos Passos ni Hemingway estuvieron finalmente entre los sesenta y seis delegados que en julio de 1937 participaron en Valencia en el Congreso de Escritores en Defensa de la Cultura. Un mes antes se había celebrado en Nueva York un evento similar, el Second American Writers' Congress, y a él había acudido Hemingway pero no Dos Passos. En la sesión inaugural Joris Ivens presentó dos secuencias de *Tierra española*. Finalizada la proyección, Hemingway tomó la palabra para afirmar que la cobardía, la traición y el simple egoísmo eran peores que la guerra. ¿Aludía con estas palabras a su antiguo amigo y al caso Robles? Townsend Ludington ha escrito que Hemingway estaba pensando en Dos Passos cuando declaró que, aunque buscar la verdad podía acarrear riesgos, era más útil que disputar eruditamente sobre asuntos de doctrina: «Para quienes no quieren trabajar por aquello en lo que dicen creer sino sólo discutir y mantener posiciones hábilmente elegidas que no implican ningún peligro, siempre habrá nuevos cismas, nuevas bajas, doctrinas maravillosas y exóticas, románticos líderes perdidos.»

El riesgo que Dos Passos estaba dispuesto a asumir era, en todo caso, bien distinto del que Hemingway se atribuía. Por aquellas fechas Dos Passos redactó «Farewell to Europe!», el artículo que, publicado en julio en *Common Sense*, certificaría su viraje ideológico y le enfrentaría a la izquierda oficial. Todo, por supuesto, partía de su experiencia en España, donde se había declarado un violento conflicto «entre el concepto marxista de estado totalitario y el concepto anarquista de libertad individual». Pese a que Dos Passos todavía confiaba en la victoria republicana y reconocía las dotes organizativas de los comunistas, denunciaba a éstos por haber llevado sus «secretos métodos jesuíticos, su caza de brujas contra el trotskismo y toda la compleja y sangrienta maquinaria de la política del Kremlin». La desazón provocada por lo que había visto en España no era sin embargo menor que la que le inspiraba la actitud de Francia y Gran Bretaña y, si en 1919 se había despedido del deshumanizado capitalismo occidental con una referencia al alto muro de los Pirineos, en 1937 se despedía de Europa celebrando la extensión del Atlántico, «*a good wide ocean*». Dos Passos, que en su juventud había buscado refugio en España, creía ahora haberlo encontrado en su propio país, mejor preparado que cualquier otro para resolver «la oposición entre la libertad individual y la organización burocrática e industrial».

Atacado por publicaciones comunistas como el *New Masses*, que le calificó de «izquierdista cansado», su correspondencia de ese otoño refleja el intenso debate desencadenado por su artículo. A su viejo amigo John Howard Lawson le confió opiniones tales como que el Partido Comunista estaba «fundamentalmente en contra de nuestra democracia» o que «los liberales e izquierdistas extranjeros se equivocaron mucho al no protestar contra el terror ruso». Debía de tener a Lawson en el pensamiento cuando, en diciembre de ese año, publicó un nuevo texto en *Common Sense*. Se titulaba «The Communist Party and the War Spirit: A Letter to a Friend Who Is Probably a Party Member», y en él reiteraba sus acusaciones contra los comunistas, que en España se habían dedicado a eliminar «a todos los hombres con capacidad de liderazgo que no estuvieron dispuestos a acatar su autoridad». Se equivocaban, por tanto, quienes confiaban en una rectificación, y Dos Passos aceptaba arriesgarse a ser anatematizado por los mismos que durante años le habían considerado uno de sus paladines literarios.

La postura del novelista puede interpretarse como un rasgo de coherencia personal, pero también como un desafío hacia todos aquellos que contribuían a acrecentar el engaño del que ellos mismos eran víctimas. Entre ellos estaba Hemingway. Las relaciones entre ambos eran entonces más tensas que nunca. En agosto preguntaron a Dos Passos qué opinaba sobre una pelea de Hemingway con el escritor Max Eastman en el despacho del editor de Scribner, pelea que el propio Hemingway se había ocupado de publicitar, y su respuesta fue: «Un estúpido montaje de puñetazos para la prensa; dan ganas de vomitar.» Y cuando, en octubre, su agente literaria le sugirió que podían pedir a Hemingway una frase para la sobrecubierta de la reedición de *U.S.A.*, Dos Passos se limitó a contestar: «Hemingway está descartado por varias razones.»

No le faltaban motivos a Dos Passos para mostrarse

reticente. Ese verano, Arnold Gingrich, director de *Esquire*, había visitado a Hemingway en Key West para negociar la publicación de *Tener y no tener*. La discusión fue áspera porque el libro contenía largos fragmentos que Gingrich consideraba calumniosos contra tres personas, una de ellas Dos Passos. Según Gingrich, «las partes que aludían a Dos Passos eran fuertes, y Hemingway lo admitía». Éste, al final, terminó accediendo a sus pretensiones, y optó por cortar por lo sano y suprimir los episodios más comprometedores del manuscrito, lo que ayuda a explicar los defectos de construcción de la novela.

De esa versión anterior quedó en el libro un personaje secundario llamado Richard Gordon, que estaba «escribiendo una novela sobre una huelga en una fábrica de tejidos» y al que su mujer acusaba de «cambiar de opiniones políticas por seguir la moda». Aunque las alusiones a Dos Passos no van mucho más allá, es probable que la discusión entre Gingrich y Hemingway llegara a sus oídos. El enfrentamiento entre ambos novelistas a propósito de la guerra civil española se estaba desplazando a sus escritos, y puede decirse que se mantendría en ese ámbito durante el resto de sus vidas. E incluso que les sobreviviría en sus obras póstumas: si *París era una fiesta (A Moveable Feast)*, publicada tres años después del suicidio de Hemingway, incluye un despiadado retrato de Dos Passos, en *Century's Ebb*, aparecida a los cinco años de la muerte de éste, se recrean varios episodios de la guerra española que tienen a Hemingway como protagonista.

Tras el regreso de Dos Passos de España, sólo una vez se les presentó la ocasión de exponer cara a cara sus respectivas visiones de la guerra civil. Ocurrió a comienzos del otoño de 1938, unas semanas antes del cuarto y último viaje que Hemingway realizó a la España azotada por la guerra, y tuvo lugar en el apartamento neoyorquino de Sara y Gerald Murphy, que eran íntimos amigos de Dos Passos desde principios de los años veinte y seguirían siéndolo hasta el final de sus vidas. Aquel día Dos Passos y Hemingway salieron a la terraza de los Murphy a hablar y, al cabo de un rato, Dos Passos volvió a entrar y comentó a Gerald: «Durante mucho tiempo crees tener un amigo, y luego ya no lo tienes.» Aunque no hubo testigos de la discusión, nadie dudó de que nuevamente el tema había sido España. ¿Volvió Hemingway a acusar a Dos Passos de haber tenido una actitud interesada con respecto a la guerra civil? Según aquél, éste habría viajado a España para vender artículos a los medios de comunicación y asegurarse así una fuente de ingresos. Eso al menos es lo que se desprende de la carta que Hemingway le había escrito en París el 26 de marzo. En ella le reprochaba una y otra vez que se sintiera «justificado para atacar, por dinero, a la gente que todavía está luchando en esa guerra» y, con muy poco estilo, aprovechaba para reclamarle la devolución de un préstamo anterior: «Si ganas dinero y quieres pagarme lo que me debes [...], por qué no envías treinta de cada trescientos dólares, o veinte o diez o lo que sea...»

Cabe la posibilidad de que ese día Dos Passos hubiera pedido a Hemingway explicaciones por los ataques que éste le había dirigido desde las páginas de *Ken*, una revista de izquierdas recién creada por Arnold Gingrich. Lo había hecho en junio de ese año con un artículo titulado «Treachery in Aragon», y por esas mismas fechas, exactamente el 22 de septiembre, volvía a hacerlo con otro titulado «Fresh Air on an Inside Story». En él hablaba Hemingway de un corresponsal norteamericano que, procedente de Valencia, acababa de llegar al Hotel Florida. Desde el primer momento, el hombre se había mostrado convencido de que en Madrid dominaba el terror. Hemingway, conteniendo las ganas de pegarle un puñetazo, le preguntó si había visto algún cadáver o algún otro indicio de violencia, y el otro contestó: «No, no he tenido tiempo. Aunque lo sé con toda seguridad.» La discusión tenía lugar en la habitación de una periodista estadounidense que a los pocos días regresaba a su país, y el corresponsal confió a ésta un sobre cerrado con una supuesta crónica de guerra que habría sido ya revisada por la censura. Hemingway se las arregló para advertir a la periodista de los riesgos a los que aquel sobre la exponía en la aduana y del descrédito que caería sobre el resto de corresponsales si la crónica llegaba a ser publicada. Fue así como la convenció de que le dejara leer el texto, que, en efecto, comenzaba hablando de los miles de cadáveres que se amontonaban en las calles de un Madrid dominado por el terror... No sabemos si, como afirma Virginia Spencer Carr, «para la mayoría de los lectores de izquierdas no cabía duda de que el alopécico periodista era una caricatura de Dos Passos». Lo que sí sabemos es que éste tuvo por fuerza que sentirse aludido. No sólo la descripción del embustero (buena estatura, tiernos y húmedos ojos, calvicie mal disimulada) coincidía con la suya, sino que las circunstancias mismas evocaban algunos de los tensos encuentros que en abril del año anterior habían mantenido ambos en presencia de Josephine Herbst. También entonces Dos Passos había sido para Hemingway un recién llegado que hablaba por referencias, sin un conocimiento directo de la situación. También entonces su disensión había constituido un serio trastorno para el círculo de Hemingway (en ese caso, para el equipo de *Tierra española*) y para la imagen exterior de la República...

Además de los despachos de agencia, el guión de *Tierra española* y la novela *Por quién doblan las campanas*, la guerra civil inspiró a Hemingway una obra de teatro y una breve serie de cuentos. La obra de teatro, *La quinta columna*, está ambientada en el mismo lugar en el que fue escrita, el Hotel Florida, y tiene por protagonista a Philip Rawlings, un agente del servicio de contraespionaje que se siente «cansado [...] de matar hijos de puta». De los cinco relatos que entre noviembre del 38 y octubre del 39 publicó en *Esquire* y *Cosmopolitan*, tal vez el más logrado sea el primero, titulado «La denuncia».

También para nuestra historia es el más interesante. La narración trata de un fascista, antiguo cliente del madrileño bar Chicote, al que uno de los camareros reconoce y, tras muchas vacilaciones, denuncia por teléfono a las fuerzas de seguridad. Acaso esa denuncia no habría llegado a realizarse si el narrador, trasunto evidente del autor y amigo del fascista en la época anterior a la guerra, no hubiera facilitado el número de teléfono al camarero, y lo curioso es que el conflicto ético se desplaza del que sería el planteamiento razonable (¿justifican las diferencias políticas la delación de un antiguo amigo?) a otro cuando menos desconcertante (¿cómo hacer para aliviar los remordimientos del delator, que no ha hecho sino cumplir con su deber?). Por paradójico que parezca, la excelencia del relato procede de su indigencia moral. Si la historia seduce e inquieta al lector, es porque éste espera que el narrador acabe intercediendo por la vida del ex amigo. Al final, sin embargo, ocurre algo bien distinto. El narrador llama a su contacto en el servicio de contraespionaje y, tras confirmar que el fascista ha sido detenido en Chicote, le dice: «Dígale que yo lo denuncié, ¿eh?, pero nada del camarero.» «¿Por qué, si no hay la menor diferencia? Es un espía. Será fusilado», le contesta el otro, sin duda menos cansado de matar hijos de puta que Philip Rawlings. El efecto sorpresa, que redondea un relato impecable, no hace sino reflejar el simplismo ideológico de su autor, para quien sólo era bueno lo que era bueno para la causa y ante eso cualquier otro valor, incluida la amistad, retrocedía. Es seguro que a Dos Passos no se le escapó esa contradicción. Tampoco, sin duda, le pasó por alto el detalle de que el interlocutor telefónico, la persona de la «oficina de contraespionaje en los cuarteles de Seguridad» a la que el narrador remite al camarero, se llamara Pepe. Uno no puede dejar de pensar que, mientras escribía el relato, Hemingway tenía en mente a otro Pepe, a su amigo Pepe Quintanilla, el alto cargo del servicio de contraespionaje al que el propio Dos Passos había recurrido cuando trataba de averiguar el paradero de Robles. En todo caso, el mensaje que Hemingway mandaba a Dos Passos a través del relato seguía siendo el mismo que en abril del año anterior: ¿por qué darle tantas vueltas a la muerte de un antiguo amigo al que se había condenado por espía?

Al analizar la postura de Hemingway ante la guerra española no conviene, sin embargo, caer en reduccionismos. Es cierto que el escritor, que carecía de una sólida formación política, se sentía más próximo a los comunistas que a los anarquistas, a los que consideraba responsables de la desorganización militar y de no pocos desmanes. Pero ese acercamiento estaba determinado por las circunstancias, y Hemingway, que durante la guerra dio prioridad a la eficacia bélica, no tardaría en alejarse de los comunistas al término de aquélla. En octubre de 1940 publicó *Por quién doblan las campanas*, cuyo protagonista, Robert Jordan, es un trasunto de Robert Merriman, jefe del Estado Mayor de la Brigada 15 y ex profesor de la Universidad de Berkeley, pero también del propio Hemingway, quien, por boca del personaje, expresa claramente su idea de que «si no se gana esta guerra, no habrá revolución ni República». Había, por tanto, que aceptar la disciplina de los comunistas, la única que podía conducir a la victoria. Pero eso era durante la guerra; la posguerra sería otra cosa.

Por quién doblan las campanas es, como puede verse, una novela en clave, y se han identificado las personas reales en las que el escritor se inspiró para crear algunos de los personajes. Por el marido de la intérprete Paulina Abramson (Jadzhi Mamsurov, consejero soviético al que Hemingway consultó en Valencia en marzo del 37) sabemos que las figuras de los guerrilleros están basadas en los miembros de un destacamento que operaba en Extremadura: su cabecilla, el indio mexicano Miguel Julio Justo, inspiró el personaje del Sordo, del mismo modo que la cocinera Shura, el experto en minas Tsevtkov y el minero andaluz Juan Molina Bautista inspiraron respectivamente los de Pilar, Miguel y Anselmo. El de María, la protagonista femenina, retrata a una dulce enfermera del mismo nombre que había sido violada por soldados franquistas y a la que Hemingway conoció en la primavera del 38 en un hospital barcelonés. Tras la identidad de Golz se esconde por su parte el general Walter, con el que había coincidido en bastantes ocasiones (entre otras, en la fiesta de la Brigada 15) y que le había sido presentado por Mijail Koltsov. El propio corresponsal de *Pravda* aparece encarnado en el cínico e inteligente Karkov, quien, cuando Jordan le pregunta si murieron muchos hombres del POUM en la revuelta de Barcelona, responde: «Menos de los que fueron fusilados después y de los que serán fusilados todavía.» Otro de los episodios de la novela se desarrolla en el Hotel Gaylord's, donde Karkov primero estrecha la mano de su uniformada mujer y más tarde la de «una jovencita de espléndida figura que era su amante», para finalmente detenerse a conversar con un «hombre de mediana estatura, de cara pesada y grisácea, grandes ojos hinchados, belfo prominente con voz de dispéptico». Hemingway no menciona los nombres de ninguno de estos tres personajes, tras los que se ocultan las verdaderas mujer y amante de Koltsov (Lisa Ratmanova y María Osten respectivamente) y el enviado especial de *Izvestia*, Ilya Ehrenburg, de cuya candorosa credulidad se burla el novelista.

A diferencia de lo que hizo con todos estos personajes, Hemingway prefirió por algún motivo no omitir ni camuflar la identidad del jefe de las Brigadas Internacionales, André Marty, que nos es mostrado como un loco sanguinario cuya manía de fusilar a la gente pregonan hasta sus subordinados más próximos: «Ese viejo mata más que la peste bubónica. Pero no mata a los fascistas, como hacemos nosotros. ¡Qué va! Ni en broma. Mata a bichos raros. Trotskistas, desviacionistas, toda clase de bichos raros.» Hemingway, que también en el relato titulado «Bajo la colina» recreó dos casos de crueldad disciplinaria en las brigadas, había sido testigo de la sumaria ejecución de dos voluntarios anarquistas cuyo único delito había consistido en sucumbir al agotamiento nervioso, y la decisión de Marty le había repugnado. Al presentarlo con su nombre y apellido, tal vez el escritor buscó algún tipo de reparación simbólica, y el caso es que su caracterización de Marty provocó airadas cartas de protesta de antiguos brigadistas como Alvah Bessie y Milton Wolff, que le criticaron por haberlo llevado a la ficción convertido en un criminal. Eso demuestra que el maniqueísmo del escritor admitía múltiples matices.

La respuesta de Dos Passos a los primeros ataques de Hemingway se había producido en junio de 1939 con la publicación de *Aventuras de un joven*. El libro se abre con una invocación al siglo XX, «tiempo de aflicciones», en la que con tono elegíaco se denuncia la decadencia de los viejos valores del liberalismo «por los cuales fundamos lejos de los imperios, tronos y principados del globo terráqueo la república norteamericana». Mediado el relato, el autor toma nuevamente la palabra para condenar el totalitarismo soviético, que en sus sótanos ensangrentados y sus registros de la policía secreta había salvado «los instrumentos del absolutismo». Y en las últimas páginas dirige sus dardos contra el Partido Comunista americano, robustecido «a costa de la ruina de la libertad en Europa y del sacrificio de los hombres justos».

Su discurso no había hecho sino endurecerse desde «Farewell to Europe!», y se diría que la novela misma sólo aspiraba a ilustrarlo con las andanzas de su protagonista, Glenn Spotswood. Es éste un joven idealista que, tras colaborar en la construcción de un movimiento sindical revolucionario en la convulsa América de los años veinte y treinta, acaba siendo expulsado del partido por anteponer sus sentimientos a la conveniencia de éste.

Para entonces, según Glenn, la jefatura de la organización ha perdido el contacto con las masas cuyos derechos dice defender y, frente a quienes creen que el fin justifica los medios, Dos Passos afirma que «los medios son más importantes que los fines porque los medios modelan instituciones que establecen maneras de conducta, mientras los fines no se alcanzan nunca en la vida de un hombre». Novela de aprendizaje, *Aventuras de un joven* refleja la evolución política del autor, desde su entusiasta activismo juvenil hasta su posterior decepción, y no por casualidad los últimos episodios tienen como escenario la guerra civil española, a la que Glenn se incorpora para combatir por la República.

El itinerario de Glenn reproduce vagamente el que el propio Dos Passos había recorrido en abril del 37: tren desde París hasta una ciudad del sur de Francia, coche hasta la frontera, encuentro con gendarmes permisivos... Cruzados los Pirineos, no tarda en coincidir brevemente con dos antiguos compañeros de la lucha política. Uno de ellos es Frankie Pérez, que será fusilado muy poco después bajo la acusación de haber opuesto resistencia armada durante los sucesos de mayo en Barcelona. El otro es Jed Farrington, quien, convertido ahora en autoridad militar y refiriéndose a la gente como Frankie, dice: «Nuestra misión es ganar la guerra... Ellos nos estorban y no nos dejan ganarla todo lo pronto que quisiéramos. Mi deseo es que no nos obliguen a eliminarlos antes de ganarla. A los peores los hemos eliminado ya...» En el personaje de Jed, embriagado por el grandioso juego de la guerra, no es difícil reconocer un trasunto de Hemingway, y su discusión con Glenn permite imaginar cómo debió de ser la que Hemingway y Dos Passos mantuvieron en la terraza de los Murphy: «Supongo que no pretenderás hacer mártires de la clase obrera a esos cochinos incontrolables», dice Jed.

La sombra de las muertes de Pepe Robles y Andreu Nin sobrevuela todo el capítulo, y bien pronto el propio Glenn es detenido por dos miembros de la Brigada Especial. Tras permanecer un par de días en una celda, es conducido ante un simulacro de tribunal que le acusa de trotskismo y de haber participado de forma activa en «el levantamiento de Barcelona». ¿En qué se basa la acusación? En el encuentro fortuito de Glenn con Frankie Pérez, a través del cual habría establecido contacto con el «movimiento de contrarrevolucionarios, derrotistas y espías»... Las similitudes con el caso Robles saltan a la vista: un tribunal al margen de la legalidad, un proceso sin ningún tipo de garantías, una acusación descabellada cuyo único fundamento es el testimonio de una conversación casual e intrascendente. No parece aventurado suponer que, cuando Dos Passos escribió esas páginas, estaba en realidad recreando los interrogatorios que habían puesto a su amigo ante el paredón de fusilamiento. Si Glenn no corre esa misma suerte, se debe sólo a que el avance de las líneas enemigas lo impide, y al cabo de unos días es obligado a aceptar una misión suicida. La novela concluye cuando ya ha recibido el primer disparo: «Pensó que tenía que irse de allí y empezó a arrastrarse por el suelo. Entonces estalló algo, y él cayó rodando en la oscuridad. ¡Estaba muerto!»

En París, Hemingway le había dicho a Dos Passos que los críticos de Nueva York acabarían con él si daba a conocer su visión de la guerra española. Esa profecía con tintes de amenaza se había empezado a cumplir tras sus publicaciones de 1937 y 1938 (los dos artículos de *Common Sense*, la colección de escritos sobre España titulada *Journeys Between Wars*, la reunión en un solo volumen de la trilogía *U.S.A.*), y críticos que en su momento habían elogiado las tres novelas de la trilogía las releían ahora a la luz de las declaraciones políticas de su autor para concluir que donde entonces habían visto «destellos de esperanza proletaria» ahora sólo había «*merde*». Dos Passos tenía, por tanto, buenas razones para temer la acogida de *Aventuras de un joven*, con la que acabaría de cumplirse el vaticinio de Hemingway.

Valga como ejemplo la opinión de Samuel Sillen, crítico del *New Masses*, para quien el libro era «increíblemente malo» y, con su amarga y estúpida oposición a la Unión Soviética, no pasaba de ser una «tosca muestra de *agit-prop* trotskista»... *Aventuras de un joven* mereció, en palabras del propio Dos Passos, una «repugnancia universal». La expresión la empleó el novelista en una carta de ese verano a James T. Farrell, uno de los pocos que elogiaron la obra. Farrell afirmó en su reseña para el *American Mercury* que el tema del libro era el mantenimiento de la integridad en la política revolucionaria. Para él la mala acogida de la novela se había debido exclusivamente a razones políticas, opinión que por fuerza tenía que compartir el propio Dos Passos, quien en esa misma carta manifestaba ya su resentimiento hacia la crítica literaria norteamericana, sumida según él «en un lío asqueroso». «La corrupción de la izquierda parece haberlo contagiado todo», añadía Dos Passos a modo de explicación.

De las críticas que entonces recibió, la que más pareció dolerle fue la que, gráficamente titulada «Disillusionment», publicó su viejo amigo Malcolm Cowley en el *New Republic*. Para Cowley, *Aventuras de un joven* era su peor novela desde *Primer encuentro*: carente de las innovaciones técnicas de la trilogía *U.S.A.*, su protagonista no era «lo bastante fuerte o interesante para cargar con el peso de la historia». Su afirmación de que el viaje de Dos Passos a España durante la guerra (y en particular el caso Robles) había determinado un punto sin retorno en su carrera indujo al novelista a redactar una larga réplica. Esa carta al *New Republic* es importante porque en la recreación que allí hacía de la historia del asesinato de Robles se basarían muchas de las reconstrucciones posteriores. También Edmund Wilson contestaría a Cowley en una carta privada de enero de 1940. En ella, tras evocar con afecto la figura de Robles, con el que había trabado amistad el verano de 1932 en Provincetown, Wilson interpelaba al director del *New Republic*: «Prometiste nuevos datos [sobre la supuesta traición de Robles] cuando Dos escribió la carta al *N.R.*, pero nunca han llegado.» Y finalmente le acusaba: «Escribes mejor que la mayoría de la gente de la prensa estalinista, pero lo que haces no es más que simple difamación estalinista del tipo más calumnioso e irresponsable.»

En su réplica a «Disillusionment», Dos Passos renunciaba a rebatir las objeciones expresadas en la reseña. Como escribió en una carta de esas mismas fechas, «no creo que discutir con Malcolm Cowley acerca de mis procesos mentales o de lo que influyó en ellos pudiera beneficiarme en nada». Su prestigio literario había iniciado un abrupto declive, y Dos Passos se sabía impotente para detenerlo.

Parece evidente que muchas de esas críticas adversas buscaban represaliarle por su transformación ideológica, y Wilson trató de consolarle hablándole de algunas reseñas favorables aparecidas en la ecuánime Gran Bretaña: «Desde luego, para cierta gente de aquí la cuestión política ha eclipsado en alguna medida [las virtudes del libro]. Allí, en Inglaterra, no viven un debate tan encendido entre Trotski y Stalin.» No debe, sin embargo, descartarse que algunas de las objeciones de los críticos norteamericanos fueran razonables. El propio Wilson, un hombre tan poco sospechoso de sectarismo, opinaba que el tema era bueno pero «desde el punto de vista artístico no creo que sea una de tus mejores cosas», y coincidía en parte con Cowley al afirmar que «no les has hablado lo suficiente [a los lectores] acerca del alma de Glenn (o lo que quiera que sea)». Y la mujer de Arturo Barea, Ilsa Kulcsar, que fue objeto de la represión estalinista en España, dio escasas muestras de entusiasmo en la carta que le escribió el 15 de julio: «Me temo que el final es más que posible; pero es una lástima que tu joven protagonista no pueda conocer una solidaridad popular como la que yo conocí en el Madrid de los primeros meses, una experiencia que me ayudó a sobrellevar la profunda amargura que, por supuesto, sentí cuando empezaron a perseguirme.» Leída en la actualidad, puede decirse que, en efecto, la visión que *Aventuras de un joven* ofrece de la guerra civil peca de incompleta, y acaso su mayor lastre sea lo explícito de su mensaje, esa urgencia suya por convencer al lector de la veracidad y la justicia de sus planteamientos.

La literatura de Dos Passos tardaría más de dos décadas en recuperar el aprecio de la crítica estadounidense. Ocho años después, en una carta de marzo de 1947 a la sección de libros del *Times*, el novelista se decidió a hacer pública la opinión que esa crítica le merecía. Según él, en la prensa neoyorquina había existido «una censura invisible de todos los libros que de forma franca y sincera hablan de la vida en Rusia, y especialmente de los libros que no se adaptan al modelo de pensamiento que nuestros entusiastas del régimen soviético han aprendido de la diligente y sutil propaganda alentada en este país por el Partido Comunista».

Seguía sosteniendo ese mismo parecer en enero de 1953, cuando preparó una declaración para defender a su amigo Horsley Gantt ante el Comité de Actividades Antiamericanas. Gantt, eminente neurofisiólogo y uno de los principales introductores en Occidente de las teorías de Pavlov, era profesor de la Universidad Johns Hopkins. La amistad que le unía a Dos Passos había sido la razón por la que Katy había acudido en la primavera de 1933 a Baltimore a someterse a una operación de amígdalas. A esta operación siguió una inoportuna crisis reumática del propio Dos, quien en el futuro volvería a Baltimore a ser tratado de sus dolencias y que, de hecho, moriría en esa ciudad el veintiocho de septiembre de 1970. Con la caza de brujas desatada por el senador Joseph McCarthy, las antiguas vinculaciones de Gantt con científicos de la URSS le habían vuelto sospechoso de filocomunismo, algo que Dos Passos consideraba absurdo. En su declaración, el novelista recordaba cómo su antiguo interés por el experimento soviético le había llevado en 1928 a viajar a ese país, donde Gantt y él se vieron por primera vez, y para argumentar su propio viraje ideológico posterior evocaba, aunque sin citarlo de forma expresa, el caso de su amigo Robles: «Lo que vi en España me produjo una total decepción con respecto al comunismo y la Unión Soviética. El gobierno soviético dirigía en España una serie de "tribunales alegales" (para ser más exactos, bandas de asesinos), que inmisericordemente mataban a todo aquel que se interponía en el camino de los comunistas. Acto seguido, manchaban con calumnias la reputación de sus víctimas.» Sus quejas sobre la crítica literaria aparecen un poco más adelante: «A causa de mi cambio de postura he sido penalizado porque entre los principales reseñistas de libros predominan los que se encuentran próximos a la izquierda; los comentarios sobre mis libros tienen una inequívoca tendencia a ser menos entusiastas que en mi primera época, y los rasgos que antes eran ensalzados como virtudes se han convertido en defectos.»

El anticomunismo de Dos Passos se había visto reforzado diez años antes con un nuevo asesinato, en esa ocasión el de Carlo Tresca, el anarquista italoamericano que en 1937 le había alertado sobre el control del proyecto de *Tierra española* por parte de militantes comunistas. El 11 de enero de 1943, Dos Passos y Tresca comieron juntos en Nueva York. Concluido el almuerzo, el anarquista acudió a su despacho de director del periódico *Il Martello* en la Quinta Avenida, y esa misma noche, cuando salía de la redacción, fue tiroteado por un desconocido. Aunque las razones del crimen nunca llegaron a aclararse del todo (el asesino podría ser un agente de Mussolini), Dos Passos siempre culpó de su instigación a «la misma banda que mató a Trotski en México». Si seis años antes el asesinato de Pepe Robles había enfrentado a Dos Passos con la izquierda oficial, el asesinato entonces de Carlo Tresca renovaba trágicamente ese enfrentamiento, y su cada vez más fiero anticomunismo no tardó en tomar una deriva claramente conservadora. Sirva como ejemplo el hecho de que, convencido de que su país podía ser víctima de una conspiración comunista, en un principio apoyó, para disgusto de Edmund Wilson, los objetivos del senador McCarthy y el Comité de Actividades Antiamericanas, y sólo al cabo de un tiempo discrepó de sus métodos.

Fue su conservadurismo una de las razones, si no la única, que le acabaron alejando de muchos de sus viejos amigos. En su biografía de Luis Quintanilla, su hijo Paul recuerda que, a mediados de los años cuarenta, exiliado el santanderino en los Estados Unidos, el escritor Elliot Paul evitaba encontrarse con Dos Passos. En cierta ocasión, el autor de *Manhattan Transfer* había viajado a Nueva York y telefoneó al estudio de Luis Quintanilla para anunciar su visita. En el estudio estaba Elliot Paul, que dijo: «Si viene Dos, yo me voy.» Quintanilla optó aquel día por negarse a recibir a Dos Passos, y también la amistad entre ambos se rompió para siempre. Hasta tal punto fue así que, cuando, algún tiempo después, el pintor pasó por Provincetown, renunció a ver a su antiguo amigo, y para enterarse de cómo le iban las cosas hubo de preguntar al dueño de un bar que Dos Passos frecuentaba.

Al creciente aislamiento del novelista se unió, en septiembre de 1947, el dolor por la muerte de su querida y leal Katy en un accidente automovilístico en el que el propio Dos Passos perdió la visión de un ojo. El abatimiento que siguió al fatal accidente le mantuvo postrado durante bastante tiempo y, justo un año después, viajó a La Habana en un intento por escapar a su soledad y recuperar la amistad de Hemingway. Tras la muerte de Katy, éste le había enviado un telegrama de pésame, al que él había contestado con una afectuosa y triste carta. Aquel encuentro en La Habana fue el último que mantuvieron los antiguos amigos, y desde allí Dos Passos envió a Sara Murphy un recorte de la prensa local que hablaba de la larga y ruidosa despedida tributada a bordo del *Jagiello* al autor de *Tener y no tener*, que partía para Europa en compañía de su cuarta y última mujer, Mary Welsh. Si en esa carta aludía amistosamente a Hemingway como «el viejo monstruo», en la que en junio del año siguiente escribiría al propio novelista le llamaba «vieja salamandra». Algo de su antigua complicidad sobrevivía, por tanto, en su nueva relación y, sin embargo, la correspondencia de esos años entre ambos no puede calificarse de abundante. En el epistolario recogido por Townsend Ludington sólo aparecen dos cartas de Dos Passos a Hemingway, ambas llamativamente breves: una es la ya citada de junio de 1949, y la otra, de octubre de 1951, una carta de pésame por la muerte de la segunda mujer de Hemingway, Pauline Pfeiffer, que tan buena amiga había sido de Dos y de Katy.

En esa época Dos Passos seguía desde la distancia la carrera literaria de Hemingway, y el juicio que le merecían sus nuevas obras era comunicado con puntualidad a Edmund Wilson. En julio de 1950 le escribió para comentarle *Al otro lado del río y entre los árboles*, de la que pensaba que «ponía la piel de gallina». «¿Cómo puede un hombre en sus cabales meter tanta mierda en las páginas? Todo el mundo, al menos por lo que me dice mi propia experiencia, escribe toneladas de mierda, pero normalmente la gente lo tacha», añadía. Más favorable fue su opinión sobre *El viejo y el mar*, acerca de la cual escribió a Wilson en septiembre de 1952 para decir que, si bien le parecía una operación «astutamente calculada», la novela le gustaba tanto más cuanto más pensaba en ella. Sus comentarios coinciden en líneas generales con la acogida que ambos libros obtuvieron, tibia en el caso del primero, entusiasta en el del segundo, y sobre todo reflejan que el interés y la admiración por la obra del antiguo amigo permanecían intactos. No hay en su epistolario referencia alguna al premio Nobel con el que Hemingway fue galardonado en 1954, pero sí sabemos que un año antes había apoyado la concesión de una medalla de oro al autor de *El viejo y el mar*: «Es la elección lógica», afirmaba en una carta a Van Wyck Brooks.

Para entonces, sin embargo, los últimos rescoldos de esa antigua amistad habían acabado de consumirse. A finales de 1951, Dos Passos publicó la novela *Un lugar en la tierra (Chosen Country)*. En uno de sus episodios Hemingway aparecía retratado como George Elbert Warner, que sacaba provecho propagandístico de un escándalo inspirado en un hecho que había tenido lugar en Key West en el verano de 1921, cuando una cuñada de Katy había disparado accidentalmente sobre otra persona. La alusión enfureció a Hemingway, y entre esa fecha y la de su suicidio, en julio del 61, no existió ya el menor contacto entre ambos escritores.

La noticia del suicidio cogió a Dos Passos cuando estaba a punto de partir para España. Ese verano, en sus paseos por calles de Madrid que tiempo atrás habían recorrido juntos, el recuerdo del antiguo amigo le asaltó una y otra vez, y desde Bailén escribió una postal a Sara Murphy en la que afirmaba: «Hasta que supe de su desdichada muerte no me di cuenta del afecto que sentía por el viejo monstruo.» La herida que en 1937 se había abierto en su corazón se cerraba en el mismo país veinticuatro años después.

También en 1937 había quedado seriamente lastimada la pasión que Dos Passos sentía por España y lo español. El país que en sus primeras visitas se le había aparecido como la patria natural del anarquismo vivía desde el final de la guerra sometido por una dictadura militar. Las libertades individuales, cuya defensa constituía el núcleo del credo político del novelista, eran sistemáticamente atropelladas por las autoridades franquistas: la realidad española debía de resultar dolorosa para alguien como Dos Passos. Su nueva relación con España había quedado limitada al trato ocasional con algunas personalidades del exilio: con los refugiados españoles a los que a principios de los años cuarenta ayudó a través de la New World Resettlement Fund; con Julián Gorkin, para quien escribió un prólogo; con Ramón J. Sender, con el que se reencontró en Nueva York y al que visitaría en su casa de California; con Luis Quintanilla, que en 1943 le retrató disfrazado de «pintor dominical» y del que no tardaría en distanciarse; con su viejo amigo

José Giner, que le escribía con regularidad desde su exilio parisino; con Salvador de Madariaga, «un caballero al que he apreciado mucho»; con la propia viuda de Robles y sus dos hijos, con los que se reunió varias veces en los Estados Unidos y México... Parece ilustrativo de este

alejamiento el hecho de que, durante las dos primeras décadas de existencia del nuevo régimen, se negara a volver al país que tanto había frecuentado entre 1916 y 1937.

Es cierto que en octubre de 1941 había pisado suelo español, pero esa fugaz visita fue poco más que una escala técnica en un viaje de vuelta a los Estados Unidos, y sólo en el verano de 1960 se decidió a regresar por unos días a España. Volvió a hacerlo, esta vez por más tiempo, el verano siguiente, el de la muerte de Hemingway. Viajó Dos Passos en compañía de su segunda mujer, Elizabeth, con la que se había casado en 1949, y de la hija de ambos, Lucy, que entonces tenía once años. Se trataba en todo caso de un viaje de carácter privado.

Al contrario de lo que sucedía con Hemingway, cuyas estancias en España eran puntualmente jaleadas por los medios de comunicación franquistas, las visitas de Dos Passos en los años sesenta dejaron muy pocos rastros en la prensa de la época: pese a su anticomunismo, Dos Passos difícilmente habría tolerado la utilización de su nombre por la propaganda del régimen. Ludington ha reconstruido su itinerario de esas semanas del verano de 1961 a partir de sus entrevistas con Elizabeth Dos Passos: primero de Madrid a Santander, más tarde de Santander a Granada bordeando la frontera portuguesa, y finalmente de Granada a Lisboa, desde cuyo aeropuerto volaron a los Estados Unidos. En todas esas ciudades había estado Dos Passos en su juventud, y en todas había sido feliz. No es de extrañar, por eso, que el recuerdo de sus antiguos vagabundeos españoles, avivado por la reciente noticia del suicidio de Hemingway, le animara a concebir el proyecto de escribir *Años inolvidables*, su libro de memorias, que se publicaría en 1966.

La última vez que, aunque brevemente, Dos Passos estuvo en España fue en noviembre de 1967, aprovechando un viaje a Roma, donde debía recoger el premio Antonio Feltrinelli, y en esa ocasión visitó Lisboa y Madrid. A su muerte, tres años después, la necrológica del diario *Arriba* recordaba esta última estancia en España y decía: «Aquí comió cordero asado y parecía seguir teniendo su vela dispuesta para el viento. Pero no era ya sino un olvidado de otra sociedad que acababa de nacer.»

Dos Passos, en efecto, se había convertido en un escritor del pasado. Él mismo lo reconocía de algún modo en su autobiografía de 1966, en la que daba cuenta de los que habían sido sus «mejores tiempos». Su activismo político formaba parte de esos tiempos. También

Katy y España. También, por supuesto, Hemingway, del que ofreció una visión casi exclusivamente afectuosa pese a que poco antes, en 1964, se había publicado *París era una fiesta*, en la que el viejo cazador de leones le lanzaba un cruel zarpazo póstumo. El tono nostálgico aunque malicioso de *París era una fiesta*, en el que Hemingway evoca algunas de las amistades de su juventud europea (Gertrude Stein, Francis Scott Fitzgerald, Ezra Pound...), se quiebra con brusquedad en las últimas páginas, cuando el autor, rememorando sus temporadas de esquí en Austria, dice: «Fue el año en que aparecieron los ricos.» Con los ricos, que no son otros que Sara y Gerald Murphy, aparece también Dos Passos, quien en efecto visitó a Hemingway y a su primera mujer, Hadley, en la localidad austriaca de Schruns en marzo de 1926. Pero Dos Passos, al contrario que Scott y los demás, ni siquiera es mencionado por su nombre. Presentado como

el «pez piloto» que precede a los ricos «y que a veces es algo sordo y a veces algo cegato, pero que anda siempre husmeando, afable y vacilante, antes de que lleguen», el retrato que Hemingway hace de él es un prodigio de perversidad y rencor, en el que ni siquiera falta una injusta alusión al asesinato de Pepe Robles: «Se mete en política o en teatro y luego se sale, igual que se mete en los países y luego se sale de ellos, y cuando es joven se mete en las vidas ajenas y se abre en ellas una salida. Nadie le pesca, ni le pescan los ricos. No hay modo de pescarle a él, y sólo a los que confían en él se les apresa y se les mata. Tiene [...] un latente amor al dinero, inconfesado por mucho tiempo. Termina siendo rico él mismo, y cada dólar que gana le desplaza un grueso de dólar más a la derecha.»

No resulta difícil imaginar el impacto que la lectura de estos párrafos debió de causar en Dos Passos. En aquella época, éste había empezado ya a documentarse para escribir *Años inolvidables*, que, pese a los ataques de Hemingway, no deja de ser la historia de una antigua camaradería que el viejo Dos Passos siempre echó de menos. Su primer encuentro había tenido lugar en Italia en 1918, cuando ambos colaboraban como voluntarios en diferentes secciones de ambulancias de la Cruz Roja. Su amistad, sin embargo, no terminó de fraguarse hasta que coincidieron en París cinco o seis años después. A partir de entonces compartieron un sinfín de experiencias: los sanfermines en Pamplona, la práctica del esquí en Schruns («Todos éramos hermanos y hermanas cuando nos dijimos adiós»), las temporadas de retiro en Key West, incluso un accidente automovilístico que costó a Hemingway varias semanas de internamiento en un hospital... Sólo al final del libro, cuando ya los buenos tiempos están a punto de concluir, desliza Dos Passos algún reproche a la creciente egolatría de Hemingway, «el famoso autor, el gran pescador, el extraordinario cazador africano».

El penúltimo párrafo que le dedica está impregnado de nostalgia por sus almuerzos del verano de 1933 en Casa Botín: «Fue durante aquellas comidas cuando Hem y yo discutimos por última vez sobre España sin enfadarnos.» En el último párrafo, sin embargo, todo parece haber cambiado. Cuenta ahí que, un invierno, Katy y él llegaron a Key West y descubrieron un horrible busto de Hemingway presidiendo el vestíbulo de su casa. Dos Passos adquirió pronto la costumbre de intentar acertarle con el sombrero desde la puerta cada vez que entraba. Un día, Hemingway le sorprendió haciéndolo y, ofendido, retiró el sombrero de la cabeza del busto. «Nadie hizo ningún comentario, pero desde entonces las cosas no volvieron a ser como antes», escribe Dos Passos, y se diría que el anónimo autor de la escultura de escayola fue en alguna medida responsable de todo lo que vendría después.

7

Pero volvamos a la guerra civil. Volvamos a 1937.

A comienzos de ese año apareció por Valencia una treintañera inglesa llamada Kate Mangan. A diferencia de la mayoría de los jóvenes que por entonces llegaban a la España republicana, Kate no había viajado para sumarse a la lucha contra el fascismo. El motivo de su viaje era reunirse con su ex amante, Jan Kurzke, brigadista de origen alemán que se recuperaba de sus heridas de guerra en el hospital La Pasionaria, un antiguo convento de monjas a las afueras de Valencia. En junio de ese mismo año, Kate lograría marcharse con Jan para que éste terminara su recuperación en Inglaterra. Fue entonces cuando decidieron escribir juntos *The Good Comrade*, un libro sobre sus experiencias en España. El estallido de la Segunda Guerra Mundial y el internamiento de Jan en un campo de concentración acabarían separándoles, pero la hija de ambos, Charlotte, ha conservado el manuscrito inédito de su madre y obtenido el de su padre.

El testimonio de Kate Mangan resulta particularmente interesante porque, durante la mayor parte del

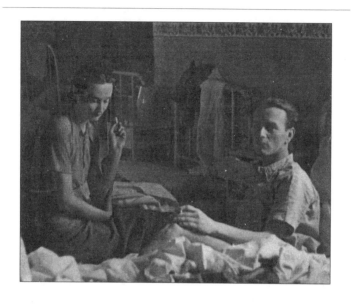

tiempo que pasó en Valencia, trabajó como secretaria en la Oficina de Prensa Extranjera. El empleo se lo había proporcionado Liston Oak, al que había sido presentada por la amiga con la que compartía habitación en el Hotel Inglés, Louise Mallory. Su español distaba mucho de ser fluido y, a pesar de eso, sus superiores recurrieron a ella en varias ocasiones para que transcribiera los discursos de las más altas autoridades de la República (Azaña entre ellas) y acompañara en calidad de intérprete a algunos corresponsales que querían visitar el frente de Teruel o de Madrid o conocer el funcionamiento de los Tribunales Populares. Pero su actividad habitual se desarrollaba en la propia oficina, y en sus memorias menciona a algunos de sus visitantes más asiduos: Ernest Hemingway, Ilya Ehrenburg, Egon Erwin Kisch. Con John Dos Passos coincidió sólo una vez. El encuentro no tuvo lugar en la sede de la oficina sino en una esquina próxima a ésta, y no parece aventurado afirmar que Dos Passos (al que sorprendentemente describe como «amarillo, pequeño, con gafas») acababa de recibir la noticia de la desaparición de su viejo amigo Robles Pazos.

El número de personas que trabajaban en la oficina llegaría a mediados del año siguiente a cincuenta y dos, pero por aquellas fechas debían de ser bastantes menos. El director era entonces Luis Rubio Hidalgo, al que, según Constancia de la Mora, le gustaba poco tener que atender a los periodistas extranjeros que se dejaban caer por su negociado para solicitar pases para el frente, alojamiento en la capital provisional de la República, plaza en algún vehículo que pudiera llevarles a Madrid o entrevistas con este o aquel miembro del gobierno. Debía el cargo a su amistad con Julio Álvarez del Vayo. Lo mismo, al parecer, le ocurría a Constancia. De acuerdo con su propio testimonio, fue la mujer del ministro quien, en enero del año 37, la invitó a incorporarse a la oficina, aunque el nombramiento oficial, tal como recuerda en *Cambio de rumbo* Ignacio Hidalgo de Cisneros, le llegó del subsecretario del Ministerio de Estado y arquitecto Manuel Sánchez Arcas.

A Constancia de la Mora la llamaban Connie porque había estudiado en Cambridge. De familia aristocrática, hija de un terrateniente y nieta por parte de madre del político conservador Antonio Maura, había conocido a Hidalgo de Cisneros cuando tenía veinticinco años y una hija de cuatro, fruto de su primer matrimonio. Su casamiento civil con Hidalgo fue uno de los primeros tras la aprobación de la ley de divorcio, y a la ceremonia asistió en calidad de testigo Juan Ramón Jiménez, cuya mujer, Zenobia Camprubí, era buena amiga de Constancia y propietaria de la tienda de artesanías en la que ésta en aquella época trabajaba. Elegante, políglota, ferviente comunista, reunía las condiciones ideales para dirigir la oficina, y hasta Barea, que hizo de ella un retrato sangrante («los modales imperiosos de una matriarca, la simplicidad de pensamiento de una pensionista de convento»), le reconocería sus dotes organizativas. Con la complicidad de Valentín, cajero, secretario y hombre de confianza de Rubio, Constancia fue liberando a éste de responsabilidades y ocupando parcelas cada vez mayores de poder, hasta acabar al cabo de unos meses asumiendo la dirección, mientras Rubio era enviado a París a dirigir la Agencia España de noticias.

Entre la gente que entonces trabajaba en la oficina predominaban las jóvenes extranjeras: estaba Kate, estaba una tal Gladys que el primer día había llamado la atención a Constancia por lo descuidado de su vestuario, estaba una mexicana llamada Carmen que acogió con disgusto la incorporación de Kate, estaba Poppy Smith, una periodista norteamericana que constantemente reñía con Carmen porque ésta se burlaba de su manera de vestir... Pero también había algunos hombres: entre ellos, dos austríacos que se llamaban Selke y Winter (y a los que jocosamente llamaban Rosencrantz y Guildenstern, como los personajes de Shakespeare), el propio Liston Oak, incluso el poeta W. H. Auden, quien, pese a las reticencias de Oak, colaboró brevemente con la oficina y fue quien tradujo al inglés el ya citado discurso de Azaña.

Entre esos hombres estaba también Coco Robles Villegas. Tímido, larguirucho, de tez morena y dientes muy blancos, con unos ojos grises de largas pestañas y un mechón de pelo negro cayéndole sobre la frente,

Coco no había cumplido aún los diecisiete años el día en que Málaga fue tomada por las tropas de Franco. Cuando la noticia llegó a Valencia, Kate había salido a tomar té en un bar cercano llamado Wodka, en la calle de la Paz. A la vuelta encontró a Coco y a Constancia de la Mora, solos en la oficina, llorando los dos. «Málaga, ¿verdad?», dijo ella, y el chico, avergonzado de sus lágrimas, asintió con la cabeza.

La desolación de Coco era sincera. Como su padre, creía en la causa republicana. También como su padre, había sacrificado la plácida seguridad de la vida norteamericana para entregarse a la defensa de esa causa. De hecho, podría haber regresado a la Universidad Johns Hopkins para iniciar los estudios de Filosofía en los que se había matriculado, pero había preferido permanecer en aquella España azotada por la guerra.

Su extraordinaria facilidad para los idiomas fue sin duda el motivo por el que le ofrecieron entrar a trabajar en la Oficina de Prensa Extranjera: hablaba a la perfección francés e inglés (éste con un acento de Baltimore muy apreciado por los visitantes y compañeros de trabajo estadounidenses), se defendía en italiano y portugués, y estaba estudiando ruso porque aspiraba a ser enviado a la Unión Soviética con algún empleo diplomático. Tal aspiración no era en absoluto descabellada. En aquel momento, el embajador español en Moscú (el primero tras el restablecimiento de relaciones) era el socialista Marcelino Pascua, buen amigo de la familia Robles desde que, en los años veinte, pasara una larga temporada en Baltimore ampliando sus estudios de medicina en la Universidad Johns Hopkins, y no es arriesgado suponer que en alguna ocasión, como Coco comentó a Kate, pudiera haberle sugerido la posibilidad de incorporarlo al personal de la embajada.

Había en la oficina varias personas encargadas de censurar las crónicas que los corresponsales extranjeros enviaban a las redacciones de sus agencias y periódicos. Censurar quería decir asegurarse de que los mensajes se atenían a la verdad de los hechos y de que esa verdad no incluía ninguna información que pudiera ser útil al enemigo. Una vez que el censor daba por bueno el texto, se pedía la conferencia. El piso disponía sólo de dos teléfonos desde los que se podían hacer llamadas internacionales, y con frecuencia estaban ocupados por comunicaciones oficiales. Cuando por fin el periodista entraba en la cabina para dictar su artículo, el censor le escuchaba por el teléfono de su mesa. Cotejaba sus palabras con las del texto finalmente aprobado y, si percibía alguna modificación, sólo tenía que accionar una pequeña palanca para interrumpir la comunicación.

Pero entre las obligaciones de Coco no estaba la de ejercer de censor. Demasiado joven para ese cometido, Luis Rubio y Constancia de la Mora preferían, además, confiárselo a empleados cuya afinidad política no ofreciera el menor atisbo de duda: los límites entre la censura y la propaganda eran, al fin y al cabo, difusos. La misión de Coco consistía, por un lado, en hacer de guía para los corresponsales que llegaban a la España republicana y, por otro, en revisar, junto a la propia Kate, todos los periódicos y revistas y seleccionar los artículos que debían ser traducidos o extractados. Con el sueldo que cobraba por ese trabajo atendía a las necesidades de su hermana y su madre.

La consternación con que Márgara Villegas vivía los acontecimientos acabó derivando en una profunda depresión que, unida a su mal estado de salud, la mantuvo durante varios meses recluida en su casa. Aunque más tarde, en Barcelona, también ella colaboraría con la oficina, Kate Mangan no recordaba haberla visto aparecer por allí. A la que sí veía era a la pequeña Margarita, Miggie. Morena como una hawaiana, de sonrisa deslumbrante, piel suave y ensortijada melena que le llegaba a los hombros, acudía Miggie de vez en cuando a almorzar con su hermano, y algunas tardes le recogía y con unos cacahuetes y unas manzanas se iban de picnic a la playa. Las circunstancias habían forzado a Coco a llenar el vacío dejado por su padre y a desarrollar un fuerte instinto de protección. En una ocasión se enteró de que Miggie había ido al Wodka con una amiga y le prohibió volver a hacerlo. En otra fueron al cine con un brigadista inglés, y Coco, por lo que pudiera pasar, insistió en sentarse entre el soldado y Miggie. Tenía ésta trece años pero aparentaba algunos más, y todos en la oficina estaban muy orgullosos de ella, tan lista y tan madura. Un dato que Kate no menciona en sus memorias pero que seguramente conocía viene a reforzar esta impresión: la pequeña Miggie, deseosa de contribuir a la maltrecha economía familiar, se había puesto a trabajar en los laboratorios del Ministerio de Propaganda a las órdenes de Lladó, uno de los fotógrafos que tomaban imágenes del frente y los bombardeos. Sólo la inquietud de Coco por la formación de su hermana persuadiría a ésta para que dejara el empleo y reanudara sus estudios en el Instituto-Escuela de la Gran Vía Ramón y Cajal.

A lo largo de la primavera, el departamento de Lenguas Romances de la Johns Hopkins seguía tratando de aclarar lo ocurrido con Robles. A solicitud de Henry Carrington Lancaster, el profesor de la Universidad de Wisconsin Antonio G. Solalinde escribió al ministro de Comunicaciones, Bernardo Giner de los Ríos, que le contestó diciendo: «Lo único seguro es que no hay rastro de él en los archivos de la policía y que no han sido capaces de encontrarle en ningún lado.» En una carta a Lancaster, Maurice Coindreau comentaría dos semanas después que Giner había sido engañado por la policía. Según Coindreau, el gobierno español no quería «la menor publicidad, y engañarían al periódico *The Sun* del mismo modo que han engañado a Giner de los Ríos».

A esas alturas, sin embargo, la muerte de Robles no era ya ningún secreto, y Lancaster designó para cubrir su vacante al poeta Pedro Salinas, que había pasado por Baltimore para dictar un ciclo de conferencias con el título «El poeta y la realidad en la literatura española» y que trabajaría en la Johns Hopkins los dos cursos siguientes. La firme determinación de Lancaster de conservar a Robles en su plaza la confirma una carta que el propio Salinas, ansioso por obtener un empleo estable en una universidad norteamericana, escribió a Germaine Cahen, mujer de Jorge Guillén. En ella, tras referirse de forma bastante desconsiderada a José Robles («un insensato que se fue a España, trabajó en el gobierno en cosas de propaganda y está ahora en la cárcel porque es un lenguaraz y pone a todo el gobierno como un trapo»), se quejaba del fracaso de sus intrigas para sustituirle: «Me ha dicho el jefe del departamento que están decididos a esperarle.» En descargo de Salinas hay que decir que la carta está fechada el 8 de marzo, cuando todavía en Baltimore se desconocía el trágico desenlace de Robles.

¿Cómo reaccionó Coco ante la muerte de su padre? Su dolor y su abatimiento eran tan intensos que se negaba a hablar del asunto, y según Kate, que sentía una tremenda lástima por él, eso le llevó a sacrificar muchos de sus proyectos e ilusiones: renunció a su sueño de instalarse como miembro del cuerpo diplomático en Rusia y, pese a sus sinceras convicciones progresistas, se dio de baja de las Juventudes Socialistas Unificadas. En lo que respecta a este último punto existen algunas dudas. De acuerdo con las declaraciones que el propio Coco realizaría en agosto del año siguiente ante el instructor de su causa en el juzgado militar franquista, su afiliación a las Juventudes Socialistas databa de octubre de 1937, ocho meses después, por tanto, de la más que probable fecha de la muerte de su padre. Sin embargo, su hermana Miggie, que sí acabaría incorporándose a las JSU, no recuerda que Coco militara en formación política alguna. En el procedimiento sumarísimo de urgencia consta asimismo que, en julio de 1938, a los cuatro meses de cumplir los dieciocho años, ingresó en el Partido Comunista, dato este que Miggie desmiente y que podría responder a una simple licencia del militar que le tomó declaración.

Lo que parece fuera de toda duda es su lealtad a la causa antifascista. Lo prueba un episodio recordado por Stanley Weintraub, según el cual una noche apareció por la Oficina de Prensa el escritor Elliot Paul, que había coincidido con John Dos Passos en París. «No sé qué le ha pasado. No quiere saber nada más de España. Anda con una historia de un amigo suyo al que mataron por espía», comentó Elliot Paul a Constancia de la Mora, y Coco, que asistía a la conversación, intervino para decir: «Espero que eso no haga perder a Dos Passos su interés por la lucha contra el fascismo en España. Ese hombre era mi padre.»

Esto debió de ocurrir a finales de mayo o principios de junio. Para entonces, nadie en la Oficina de Prensa ignoraba que José Robles Pazos había sido asesinado por agentes de la policía secreta soviética, es decir, por unos comunistas extranjeros que trabajaban en estrecha colaboración con los comunistas del gobierno republicano y que, al menos en teoría, estaban sometidos a la autoridad de éstos. Dice Kate Mangan que la única empleada de la oficina que se atrevió a protestar enérgicamente por el caso fue Poppy, la periodista norteamericana, y reveladoramente añade: «Era evidente que nuestros colegas españoles eran unos desdichados, impotentes para hacer nada al respecto.»

El testimonio de Liston Oak matiza este comentario. Según Oak, el superior directo de Coco, Luis Rubio Hidalgo, sí defendió abiertamente la inocencia de su padre, y lo mismo puede decirse del ministro de Estado, Julio Álvarez del Vayo. Las palabras de Liston Oak no hacen, sin embargo, más que confirmar la observación de Kate Mangan sobre la impotencia de sus colegas españoles: todos sabían que José Robles era inocente de las acusaciones de traición que se le imputaban, pero ni el propio ministro había sido capaz de impedir su ejecución.

El estado de ánimo de Coco no podía ser peor. A la desolación provocada por la muerte de su padre se unía el grave dilema que las circunstancias de esa muerte llevaban aparejado. La oficina estaba, en general, controlada por comunistas obedientes a las consignas del Kremlin, empezando por la propia Constancia de la Mora, que a pesar de todo tampoco se libraría de estar bajo sospecha. ¿Cómo podría Coco convivir con esa atmósfera de rigidez y sectarismo, que justificaba una persecución cuya primera víctima no había sido otra que su propio padre? Sin duda, hubo momentos en que se le pasó por la cabeza la posibilidad de dejarlo todo. Abandonar la oficina. Marcharse. Acaso regresar a América con Márgara y Miggie. Esa tentación, sin embargo, chocaba tanto con la realidad como con el deseo: con la atenazante realidad de esa madre deprimida y esa hermana pequeña de las que tenía que hacerse cargo y con el vigoroso deseo de contribuir a la defensa de la República. Para él, marcharse habría equivalido a desertar, a traicionar sus ideales, y lo que Coco quería era desmentir con su conducta a quienes habían acusado a su padre de traidor. Si siguió trabajando al servicio de la República fue, en último término, para reivindicar la memoria de su padre.

Por las cartas de Márgara sabemos que a ella sí la había tentado la posibilidad de salir de España, y sobre todo la de enviar a Miggie a algún lugar seguro. Su nacionalidad estadounidense la autorizaba a abandonar el país en cualquier momento, y tanto Maurice Coindreau como Esther Crooks, profesora del Goucher College de Baltimore, se ofrecieron para darle alojamiento. Pero Miggie era todavía una niña, y a Márgara la atemorizaba el hecho de que su hija tuviera que cruzar sola el territorio francés para embarcarse, también sola, en un transatlántico. Como siempre, existía además el problema del dinero. Si hubieran prosperado las gestiones que se estaban realizando para el cobro del seguro de vida de Pepe, es indudable que madre e hija se habrían marchado de España, y los posibles destinos, además de los Estados Unidos, habrían sido Argentina, donde entonces se encontraba una de las hermanas de Márgara, y

Francia, que era donde Dos Passos les había aconsejado que se refugiaran.

La póliza del seguro ascendía a casi cinco mil dólares, pero la Continental American Life Insurance Company insistía en que sólo estaba dispuesta a pagar si se le facilitaba un documento que certificara la muerte de Robles, y ese documento no existía, al menos de momento. En situación parecida se encontraba la cantidad (en torno a quinientos dólares) que el editor de *Cartilla española* adeudaba a Robles en concepto de derechos de autor. La pescadilla que se muerde la cola: Márgara no podía irse de España porque no tenía dinero, y no tenía dinero porque le faltaba un certificado que sólo podía conseguir en España. En el caso de la póliza ocurría además que, para mantener su vigencia, alguien tenía que encargarse de pagar las primas trimestrales. De ello se ocupó en un primer momento la propia Johns Hopkins y más tarde, pese a sus apuros financieros de entonces, un buen amigo norteamericano que no era otro que John Dos Passos.

Éste y Lancaster seguían velando por la suerte de los Robles desde el otro lado del Atlántico. El 6 de noviembre, un colaborador de Lancaster pidió ayuda al Departamento de Estado para que exigiera al gobierno español el certificado de defunción. La respuesta del Departamento de Estado, rápida y tajante, se parece mucho a la recibida con anterioridad para una petición no muy diferente: dado que Robles no tenía la nacionalidad estadounidense, ellos no podían hacer nada. El dinero, por tanto, debía esperar.

Ese mismo mes, la oficina se trasladó a Barcelona y ocupó unos despachos en la sede del Ministerio de Estado, del que dependía la Subsecretaría de Propaganda desde la desaparición, en el mes de mayo, del efímero Ministerio de Propaganda. La mudanza coincidió con el relevo de Luis Rubio por Constancia de la Mora en la dirección del negociado. El Ministerio de Estado se había instalado en la avenida Diagonal, entonces llamada avenida del 14 de Abril. La familia Robles vivía ahora muy cerca de allí, en un piso de la calle Rosellón próximo al paseo de Gracia. En Barcelona, a los evacuados solían asignárseles viviendas de partidarios de la rebelión que habían sido socializadas. Así ocurrió con los Robles y el piso de Rosellón 271, y en una historia como ésta, en la que aparecen tantos nombres de escritores, no puede dejar de consignarse la coincidencia de que el piso fuera propiedad de José María Carretero, autor de mediocres novelas sicalípticas y folletinescas que utilizaba el seudónimo de «El Caballero Audaz» y que, tras significarse como un ardoroso defensor de la dictadura de Primo de Rivera, había abrazado con entusiasmo la causa franquista. Márgara y sus dos hijos no vivían solos en el piso de El Caballero Audaz. Lo compartían con una de las hermanas de aquélla, Concha Fernández de Villegas (éste era el apellido completo de Márgara) y su hija Paloma.

Los primeros meses en Barcelona fueron relativamente tranquilos. Miggie estudiaba en el Instituto Ausiàs March y participaba activamente en las campañas de las JSU: en dos ocasiones y a solicitud del Comisariado de Guerra, llegó a visitar con otras chicas de las Juventudes a los soldados de la Brigada Lincoln, cuya moral trataban de elevar con charlas, canciones y bailes. Coco, mientras tanto, seguía trabajando en la Oficina de Prensa, en la que también colaboraba ahora Márgara, y ambos disfrutaban de las muestras de cariño de Constancia de la Mora y de la protección de Álvarez del Vayo.

Las atenciones que éste dispensaba ahora a los Robles resultan hasta cierto punto sospechosas, y sólo las explica algún tipo de remordimiento o sensación de culpa: por fuerza, su incapacidad para salvar la vida del cabeza de familia tenía que seguir pesando en su conciencia. Pero es cierto que Coco, como más tarde declararía ante el instructor de su causa, era invitado con alguna frecuencia a comer en su domicilio particular y que Márgara acabaría haciendo buenas migas con la mujer de Álvarez del Vayo, Luisa, de nacionalidad suiza. De hecho, Márgara, Luisa y la mujer (ésta no suiza sino rusa) del presidente del Consejo de Ministros solían reunirse todas las tardes a tomar el té en la casa del matrimonio Negrín en el distinguido barrio de La Bonanova, y sin duda Márgara aprovechaba esos encuentros para sacar a colación el asunto del certificado de defunción. Sus cartas de la época vuelven una y otra vez sobre el tema. La compañía aseguradora seguía negándose a pagar, y su única concesión había sido la de considerar el caso de Robles como una desaparición, por lo que, «si ésta continuara al cabo de siete años, los beneficiarios podrían emprender acciones legales ante el juzgado para que se le declarara legalmente muerto». Siete años: ¿quién sabía dónde estarían Márgara y los suyos siete años después? Lancaster y Dos Passos, exasperados, pusieron el caso en manos de un abogado, y mientras tanto insistían a Márgara para que hiciera valer sus influencias. Éstas, sin embargo, no parecían servirle de mucho: aunque tanto Negrín como Álvarez del Vayo le prometían de forma reiterada expedir la ansiada certificación, al final siempre surgía algún problema legal que lo impedía.

Por aquellas fechas, Kate Mangan había vuelto ya a

Inglaterra. De las nuevas dependencias recuerda Constancia en sus memorias que las puertas eran de cristal, y cada vez que las sirenas anunciaban un bombardeo los empleados de la oficina se apiñaban detrás de sillones y sofás junto a los escasos tabiques, en los que no había ni puertas ni ventanas. Los bombardeos sobre Barcelona de la Aviación Legionaria Italiana con base en Baleares eran entonces intensos y continuados, porque en eso consistían las nuevas técnicas de terror aéreo: en una cadena ininterrumpida de ataques que obligaba a la población a huir al campo o recluirse en los más de mil trescientos refugios antiaéreos horadados en el subsuelo de la ciudad. Los días peores fueron el 17 y el 18 de marzo, en los que los aviadores italianos arrojaron cuarenta y cuatro toneladas de bombas y provocaron un millar de muertes. Mientras tanto, la ofensiva de las tropas nacionales sobre Cataluña parecía imparable. El 8 de abril, en pleno desmoronamiento del frente de Aragón, lograron tomar la localidad leridana de Tremp, donde estaba la mayor planta de energía eléctrica de Cataluña, y buena parte de Barcelona se quedó sin suministro: las calles a oscuras, los tranvías y los trenes eléctricos inutilizados.

Coco Robles acababa de cumplir dieciocho años y estaba a punto de ser llamado a filas. El 20 de abril, dos semanas antes de que esa llamada se produjera, acudió al cuartel Francesc Macià y se presentó voluntario. De acuerdo con sus posteriores declaraciones, lo hizo porque pensaba que de ese modo dispondría de alguna ventaja a la hora de elegir destino. Acogiéndose o no a esa presunta ventaja, fue destinado al XIV Cuerpo de Ejército, que, según un informe del Servicio de Información de la Policía Militar franquista, estaba «compuesto exclusivamente por guerrilleros». Paulina Abramson habla en *Mosaico roto* del XIV Cuerpo, comandado por el teniente coronel Domingo Ungría (un hombre poco «preparado teóricamente pero listo»), y recuerda los nombres de algunos de los instructores, entre los que había soviéticos pero también un polaco, un checo, un montenegrino, un serbio, un búlgaro... Durante un mes y medio, Coco recibió instrucción en la escuela de prácticas del XIV Cuerpo, situada en Valldoreix, en las proximidades de Barcelona, donde los especialistas le iniciaron en topografía y manejo de explosivos. La escuela, de acuerdo con el relato de Abramson, estaba lejos de los caminos más transitados, y los soldados conocían el centro como «la Casa Roja». Fue allí donde Miggie, en compañía de unas amigas de las JSU, acudió a visitar a su hermano poco antes de que, el 8 de junio, éste se incorporara a la Brigada 26 de la División 75 del XIV Cuerpo, que estaba acuartelada en Coll de Nargó, a unos treinta kilómetros al sur de la Seo de Urgel, y operaba en el Pirineo de Lérida.

La División 75 estaba compuesta por tres brigadas de unos ciento treinta hombres cada una. Su misión consistía en internarse por la noche entre las líneas enemigas y colocar explosivos (o, como ellos decían, petardos) en puntos estratégicos. Poco antes de intervenir en sus dos únicas acciones militares dejó claro en una carta a Esther Crooks lo orgulloso que se sentía de poder defender la República con las armas: «Soy un soldado del ejército republicano español que lucha contra un invasor extranjero.»

La primera acción tuvo lugar en los alrededores de Sort y concluyó en fracaso: consiguieron poner algún petardo pero su explosión no tuvo especiales consecuencias. En la segunda le fue aún peor. Las órdenes eran recuperar Tremp para restablecer el suministro de energía eléctrica a Barcelona, y la noche del 28 de julio, después de una marcha de más de cincuenta kilómetros por caminos de montaña, su brigada intentó atacar el destacamento que protegía las instalaciones. No sólo no consiguieron colocar ningún petardo sino que la retirada se realizó sin orden ninguno y acabó convirtiéndose en una auténtica desbandada. La oscuridad de la noche y lo accidentado del terreno contribuyeron sin duda al desbarajuste, y entre los diversos grupos de soldados que perdieron el contacto con el grueso de la brigada estaba el de Coco. Con él iban un andaluz de veintiséis años llamado Francisco García Durán, un aragonés de veintiocho llamado Julio Lasierra Banzo, y dos catalanes, Francisco Cerdá y Antonio Rigol, de veinte y treinta y un años respectivamente. Tras varias horas de caminar sin rumbo decidieron detenerse a descansar y acabaron quedándose dormidos. Y así, dormidos, fue como los encontró una unidad del ejército de Franco a las siete de la mañana del día 29. En el momento de su captura, Coco llevaba consigo un mosquetón de fabricación checa y cuatro bombas de mano.

Entre 1936 y 1939, cerca de quinientos mil prisioneros fueron internados en los más de cien campos de concentración franquistas. El cuartel general de Franco pretendió crear una red estable de campos, en la que encerrar a los «enemigos de España» y someterles a programas de reeducación ideológica, moral y religiosa. Sin embargo, la creciente afluencia de presos y la propia dinámica de la guerra pusieron el sistema al borde del colapso y facilitaron el triunfo de la improvisación, por lo que muy pocas veces se respetaban las garantías del

Convenio de Ginebra de 1929 al que en teoría se acogía. En muchos de esos campos el número de reclusos triplicaba su capacidad máxima, y no fueron pocos los casos en los que la propia Inspección de Campos de Concentración de Prisioneros recomendó el cierre de algunos de ellos por falta de agua y de letrinas. Las chinches y los piojos invadían los barracones en los que los presos se hacinaban, y éstos debían desinfectar la ropa lavándola en agua hirviendo. A las malas condiciones higiénicas había que sumar las alimentarias, que fueron la causa directa de la muerte de buen número de prisioneros. La dieta diaria solía consistir, junto a un minúsculo trozo de pan, en un caldo de mondas de patata o un par de latas de sardinas. Sólo los que recibían alimentos de su familia se libraban de la desnutrición, y el traslado a un campo alejado de la propia provincia equivalía en muchos casos a una condena a muerte. Quienes sobrevivían al hambre (y al tifus, que hacía estragos entre la población reclusa) permanecían a la espera de ser enviados al servicio militar, a la cárcel, a batallones de trabajo o al paredón de fusilamiento.

Junto a la ciudad de Zaragoza, debido a su proximidad con algunos de los frentes más activos y duraderos de la contienda, había dos grandes campos de concentración casi contiguos: uno en el término de San Juan de Mozarrifar y el otro en los terrenos de la Academia General Militar en San Gregorio. El de San Gregorio existía desde el comienzo de la guerra; el de San Juan, por el que pasaron más de ochenta mil prisioneros, entró en funcionamiento en febrero de 1938 debido a la saturación de aquél. Los dos estaban enclavados en una zona de vegetación escasa, sin árboles que aliviaran con su sombra el asfixiante calor del verano aragonés. Fue en el campo de San Gregorio en el que internaron a Coco el mismo día 29 y en el que, muy poco después, se le instruyó proceso de guerra sumarísimo.

Con la acostumbrada retórica de la fiscalía militar franquista, que consideraba rebeldes a quienes defendían el régimen republicano legalmente establecido, se le acusó de adhesión a la rebelión. El 13 de agosto se le tomó declaración. Coco, fiel a sus principios, manifestó que nunca había tenido la intención de pasarse a las filas de los nacionales y que creía firmemente en la victoria final del bando republicano. Después pidió que se informara de su detención a su buen amigo Julio Álvarez del Vayo, del que esperaba que iniciara las gestiones para un posible canje. No deja de ser un rasgo de ingenuidad: por un lado, porque los intercambios de prisioneros eran del todo excepcionales (Franco, de hecho, siempre manifestó su oposición a todo proyecto de canje que no fuera de alemanes e italianos, lo que sin duda respondía a exigencias de sus aliados); por otro, porque Álvarez del Vayo, que había sido incapaz de evitar el asesinato de su padre por personas supuestamente sometidas a la autoridad de su gobierno, difícilmente podría influir en el gobierno rival para mejorar la suerte de Coco.

La muerte de Robles Pazos, además, no sólo no iba a facilitar la defensa de su hijo sino que amenazaba con convertirse en un serio agravante: en un acta del 19 de agosto de la Comisión de Clasificación de Prisioneros y Presentados, redactada por lo demás en ruda prosa cuartelera, se consideraba a Coco «un poderoso auxiliar de la Rebelión, siendo paradógica [sic] esta colaboración después del asesinato de su padre, lo que le presenta de una moral denigrante». Dada la escasa relevancia política de Coco, este factor debió de ser determinante para que la comisión decidiera por unanimidad incluirle en el apartado C, que significaba «desafecto al régimen» y en el que se encuadraba a comisarios políticos, jefes o mandos del Ejército Republicano y cargos sindicales o del Frente Popular.

Las firmes convicciones republicanas que había tenido José Robles y ahora mostraba Coco eran asimismo compartidas por la menor de la familia. A mediados de ese mes de agosto, Miggie viajó a través de París y Le Havre hasta los Estados Unidos para participar en el II World Youth Congress, que se celebraba en el Vassar College, en Poughkeepsie, cerca de Nueva York. Era la más joven de la delegación, de la que también formaba parte Teresa Pàmies, que con el tiempo se convertiría en una destacada escritora en catalán. Con ellas, las únicas chicas, viajaron unos cuantos jóvenes, entre los que estaban Ricardo Muñoz Suay, más tarde prestigioso escri-

tor cinematográfico, y Manuel Azcárate, miembro de una ilustre familia de políticos republicanos vinculados a la Institución Libre de Enseñanza.

Una buena amiga que estaba al corriente de mis investigaciones, la traductora Anne McLean, me habló de un programa del Channel 4 británico sobre la guerra civil en el que se había recreado una de las intervenciones de Miggie Robles durante el congreso. La que en ese reportaje habló de Miggie fue Teresa Pàmies, que recordó el día en que recibieron la visita de la presidenta de honor del congreso, Eleanor Roosevelt. Ésta se había mostrado sinceramente preocupada por el bombardeo sobre ciudades indefensas y por la mala situación de los niños, y entre todos los jóvenes delegados que estaban sentados alrededor de la primera dama estadounidense fue la pequeña Miggie la que se decidió a tomar la palabra y le preguntó por qué su gobierno no levantaba el bloqueo contra la República española. «Hubo un largo silencio. Después, la señora Roosevelt, sonriendo como si esperara ser aplaudida, dijo que ella no era miembro del gobierno. Nadie aplaudió.»

El congreso se desarrolló a lo largo de la segunda mitad del mes de agosto. Junto a las delegaciones de los otros países, la española, de la que estaba excluida la sección juvenil del POUM pero no la de los anarquistas, llegó en barco al puerto fluvial de Poughkeepsie. Allí una banda de músicos aguardaba para darles la bienvenida tocando los respectivos himnos nacionales. Ocurrió, sin embargo, que los músicos tenían partituras anticuadas y se arrancaron con los primeros acordes de *La marcha real*: la indignación de los jóvenes españoles fue tal que, como recuerda Manuel Azcárate en sus memorias, «los músicos estuvieron a punto de sufrir un remojón en el Hudson». Acudía Azcárate en representación de las JSU, y su consigna era «hablar sólo de paz y de lucha contra el franquismo». El objetivo consistía en crear un amplio frente por la paz contra el fascismo, y para ello convenía no asustar a una opinión pública tan anticomunista como la norteamericana. Por eso los jóvenes comunistas no pusieron reparos a la adhesión al congreso de algunas organizaciones de carácter conservador, como la Young Men's Christian Association (YMCA).

Ricardo Muñoz Suay y Miggie Robles representaban a la Federación Universitaria Escolar (FUE), y Teresa Pàmies a las JSU de Cataluña. Los delegados se alojaban en las propias residencias universitarias y, además de participar en los diferentes coloquios y atender a los medios de comunicación, se reunían con los comités y asociaciones de solidaridad con la República: en uno de esos actos asistieron a la proyección de *Tierra española*, la película que, un año y medio antes, había motivado el viaje de Dos Passos a España. También entre sus misiones estaba, por supuesto, la de intentar recabar fondos para la causa. Una de las iniciativas consistió en vender unas cartillas de apoyo a los niños españoles. Los que la adquirían debían rellenarla pegando cada semana una pequeña estampa con la imagen de una niña y, a juzgar por la fecha de la última casilla, la resistencia de las tropas leales iba a prolongarse al menos hasta el siguiente mes de septiembre, lo que revela un optimismo que la realidad acabaría desmintiendo. La fotografía que ilustra la cartilla muestra a dos sonrientes chicas que en la cubierta de un barco sostienen una bandera republicana. Esas dos chicas eran Miggie Robles y Teresa Pàmies.

También ésta evocaría en un libro autobiográfico aquel episodio. Las esperanzas que los mandatarios republicanos habían depositado en su posible repercusión propagandística fueron expresadas por José Giral, entonces ministro sin cartera, quien declaró a la prensa que los jóvenes españoles debían llevar a América «la voz enérgica y dolorida de nuestra tragedia, el grito viril de nuestro entusiasmo». Poco antes de su partida, el presidente Azaña recibió a la delegación en su despacho de Pedralbes y, a su paso por París, Marcelino Pascua haría lo mismo en la sede de la embajada, de la que ahora era titular. En *Quan érem capitans* cuenta también Teresa Pàmies que, en la aduana de Puigcerdà, unas mujeres de la FAI sometieron a Miggie y a ella a un registro rigurosísimo y que, ya en el Vassar College, se armó cierto revuelo cuando «un periodista sudista» descubrió que el padre de su compañera había «desaparecido» en la España republicana. «La pobre Miggie», añade la escritora catalana, «era asediada por los periodistas con preguntas que no podía contestar.»

El descubrimiento de estos testimonios fue providencial para mi investigación. Gracias a Teresa Pàmies y a su hijo, el también escritor Sergi Pàmies, conseguí el número de teléfono de la familia de Manuel Azcárate, fallecido poco antes. Cuando llamé, su hija Carmen me habló de un tío suyo, Luis Azcárate, que hacía casi veinte años que vivía con una culta y encantadora mujer nacida en Baltimore. Se trataba por supuesto de Margarita Robles Villegas, Miggie, a quien yo había buscado tan afanosa como inútilmente entre los núcleos del exilio republicano en México y que desde hacía algún tiempo vivía en Se-

villa. Miggie y Luis se habían enamorado en 1939 en París. Aunque volvieron a verse poco después en México, sus destinos contrapuestos acabaron separándoles, y no volverían a encontrarse hasta 1983. Para entonces hacía dos años que Miggie había enviudado. Si ella tenía cuatro hijos, él tenía tres. Miggie y Luis reanudaron enseguida una historia de amor que había quedado aplazada cuarenta y cuatro años antes. Vivieron juntos en México D.F., en Sevilla, en un pueblecito de la Provenza, en Casablanca, hasta que en 1995 regresaron a Sevilla para establecerse de forma definitiva. Yo los visité por primera vez a comienzos de marzo de 2003, y huelga decir que parte de la información contenida en este libro procede directamente de la excepcional memoria de Miggie.

Volvamos de nuevo a 1938 y al proceso contra Coco Robles. Para entonces, el campo de San Gregorio no funcionaba ya como centro de internamiento sino de clasificación: en él, de acuerdo con lo que dice el historiador Javier Rodrigo en *Los campos de concentración franquistas*, «se realizaban los primeros interrogatorios, las primeras peticiones de avales, las primeras torturas, los primeros malos tratos». A mediados de septiembre, clasificado ya como desafecto al régimen, se le trasladó a San Juan de Mozarrifar. El edificio central de este campo era una antigua fábrica de papel y, al menos durante un tiempo, carecía de instalaciones sanitarias. Según testimonios de los vecinos del pueblo, los prisioneros bajaban en formación a asearse en aguas del río Gállego. En el camino de vuelta, tenían que trasladar unas piedras del río que posteriormente se utilizaban en las obras del campo. El trabajo de los presos consistía, por tanto, en construir su propia cárcel: colocaban ventanas, ponían la instalación eléctrica, rodeaban de alambradas el perímetro del campo. La obligación de formar no se limitaba a la hora del aseo: formaban también por la mañana para izar la bandera y al anochecer para arriarla, y otras dos veces más para la distribución de la comida y el recuento de presos. Los domingos, además, formaban para asistir a misa, y otros días, en los escasos ratos libres, para atender a las «conferencias patrióticas» con las que se buscaba conjurar el riesgo de la «ociosidad perjudicial», unas conferencias que versaban sobre temas tales como los errores de la lucha de clases, la criminalidad imperante antes del 18 de julio o los fines del judaísmo, la masonería y el marxismo. No eran éstas las únicas obligaciones que les imponía el proceso de reeducación: debían además saludar brazo en alto, cantar los himnos y dar los tres gritos de rigor. Un testimonio reproducido por Javier Rodrigo indica que en el campo de San Juan de Mozarrifar se insistía en que «en la España nacional los prisioneros saludarán con el brazo extendido saludando a Franco y descubiertos». Quienes desobedecían se exponían a las mayores crueldades y vejaciones, y otro testimonio referido a ese mismo campo habla de los castigos que se imponían, «castigos no comprendidos en el Código de Justicia Militar», como atar a los prisioneros de pies y manos a un árbol o un poste de electricidad, o tenerlos doce horas suspendidos del techo por una cuerda.

El 29 de septiembre, Coco Robles se ratificó en sus declaraciones e insistió en la solicitud de que se abrieran las negociaciones necesarias para el canje. El 4 de octubre pasó reconocimiento ante el alférez médico del campo, que certificó que no padecía «enfermedad o defecto físico alguno». El 16 de noviembre se le notificó que se pedía para él la pena de muerte. Coco, resignado a una suerte que era la de muchos de sus compañeros de adversidades, renunció a hacer alegaciones, y en efecto el 10 de diciembre se hizo pública la sentencia por la que el tribunal militar le condenaba a la pena de muerte, «con las accesorias correspondientes para caso de indulto y al pago de la responsabilidad civil sin determinación de cuantía».

Debió de ser por esas fechas cuando se le trasladó del campo de concentración, en el que el riesgo de fuga era elevado, a una prisión más segura. Sin previo aviso, fue atado a una cuerda de presos y conducido a la Prisión Provincial de Zaragoza, en el barrio de Torrero. Las condiciones higiénicas y sanitarias no eran mejores en las cárceles que en los campos de concentración. Gracias al sobrecogedor libro *En las prisiones de España* del anarquista aragonés Ramón Rufat, que durante dos años y medio convivió con Coco en Torrero, sabemos que el ochenta y tres por ciento de los presos tenía la sarna y que los enfermos más graves permanecían confinados en una galería inmunda, «con un olor terrible todo el día a una mezcla de azufre, que llamaban sulfureti y con la que les untaban todo el cuerpo». De todas formas, no era la sarna el mayor de los problemas. Durante el último año de la guerra y el primero de la posguerra, el hacinamiento en la cárcel zaragozana alcanzó extremos inimaginables. Aunque diseñada para albergar a doscientos cincuenta reclusos, en ella llegaron a convivir más de seis mil, y Rufat recuerda que, en el interior de la cárcel, «no existía la noción de espacio: nadie se podía mover sin tener que pisar y empujar a una docena más». En cada metro cuadrado de suelo dormían nada menos que cinco hombres, y «sobre los mismos retretes, con las puertas tumbadas, se habían hecho algunos sus camas». Ni siquiera cuando los sacaban al patio la situación mejoraba: también allí seguían siendo tantos que «no quedaba espacio ni para un alfiler», y daba lo mismo que les ordenaran romper filas porque carecían de sitio hasta para pasear o estirar las piernas.

Podría pensarse que el testimonio de Rufat peca de exageración si no fuera porque con él coincide el del capuchino navarro Gumersindo de Estella, que fue capellán de la cárcel zaragozana entre junio de 1937 y marzo de 1942 y cuya principal misión consistía en asistir espiritualmente a los reos que eran fusilados ante las tapias del cercano cementerio de Torrero. Por entonces, el padre Gumersindo de Estella, cuyo nombre real era Martín Zubeldía Inda, redactaba en secreto un diario en el que dejó escrito que «en muchas celdas individuales estaban encerrados dieciocho presos». El anarquista y el religioso coinciden también al señalar el trato extremadamente inhumano que los vigilantes dispensaban a los reclusos. Dice Rufat que la de Zaragoza era «la cárcel más dura por la fama y por los hechos», y lo que más llama la atención es que quienes pegaban no eran los escasísimos funcionarios (sólo once para toda la prisión) sino «los presos mismos constituidos en cabos de vara y los múltiples ayudantes de éstos». En este sentido, Gumersindo de Estella se lamenta de que las palizas «menudeaban a diario, propinadas cruelmente por los cabos, que solían ser reclusos condenados a muchos años de prisión por crímenes comunes». Uno de sus comentarios sobre el comportamiento de estos individuos resulta revelador de la atmósfera que reinaba en la prisión: «Cuanto más insensible y más cruel se mostraba uno, era considerado como más adicto a Franco.»

Para cuando Coco ingresó en la cárcel de Torrero, su confianza en la victoria militar debía de haber empezado a flaquear. A finales de noviembre concluyó la campaña del Ebro, en la que las fuerzas republicanas habían depositado sus últimas esperanzas, y las tropas de Franco se aprestaban para emprender la última ofensiva antes de la que denominaron «de la Victoria». Su madre y su hermana permanecían en Barcelona a la espera de acontecimientos, y éstos no podían ser más desmoralizadores. Los barceloneses, muchos de ellos refugiados que se habían habituado a escapar, veían pasar a las tropas republicanas en retirada, y el pánico generalizado hizo inútiles las llamadas a la resistencia. Las avanzadillas franquistas entraron en la ciudad la mañana del 26 de enero. Al día siguiente se ofició en la plaza de Cataluña una multitudinaria misa de campaña presidida por el general Yagüe. En ese momento, Márgara Villegas y su hija acababan de abandonar precipitadamente Barcelona junto a varios miles de personas más y recorrían a pie los ciento treinta kilómetros que las separaban de Figueras, efímera capital republicana.

Tardarían cuatro días en llegar. En Barcelona, antes de salir, acudieron a la sede de las JSU, en el Hotel Colón de la plaza de Cataluña, para conseguir sendas plazas en alguno de los trenes que partían hacia la frontera. En aquella atmósfera de improvisación y miedo nadie fue capaz de ayudarlas, y madre e hija, cada una de ellas con una pequeña maleta, echaron a andar por la carretera de Gerona. Cuando se hizo de noche les salió al paso un guardia de asalto, que les preguntó si habían comido algo. Sólo entonces se dieron cuenta de que no habían probado bocado en todo el día, y el hombre compartió con ellas unas lentejas secas que llevaba consigo: eso y un triste limón que alguien les daría al día siguiente fue todo lo que comieron hasta llegar a Figueras. La primera noche la pasaron a la intemperie, la segunda durmieron en el suelo de una masía, la tercera consiguieron hacerse un hueco en una casa de Gerona...

Se calcula que por esas fechas cerca de medio millón

de españoles tomó el camino del exilio. Las imágenes del éxodo son bien conocidas: mujeres que para salvar algo de su guardarropa llevaban puestos tres o cuatro vestidos, niños con la cabeza rapada a causa de los piojos, ancianos e inválidos que se ayudaban de bastones y muletas, hombres envueltos en mantas y capotes que arrastraban grandes fardos y que corrían en busca de cobijo en cuanto aparecían los bombarderos alemanes e italianos... En medio de aquella marea humana se veían carros cargados de colchones, muebles, bultos de ropa. Las caballerías avanzaban despacio. Muchas de ellas venían de lejos, de más allá de Tarragona. De vez en cuando algún coche o camión atestado de gente conseguía abrirse paso, y al poco rato lo volvían a encontrar en la cuneta de la carretera, estropeado o sin combustible o reventado por un bomba. Los fugitivos, extenuados, iban abandonando sus pertenencias por el camino: maletas, baúles, aparatos de radio, máquinas de coser y de escribir. El frío era intenso. Algunos acampaban en las montañas y encendían hogueras para calentarse y preparar comida. Cuando la lluvia arreciaba, tendían mantas entre los árboles para resguardarse.

Todo eran penalidades para los que huían, y sin embargo, en mitad de aquel dramatismo, todavía quedaban resquicios para la comicidad. Uno de los hombres con los que las desfallecidas Márgara y Miggie coincidieron en la casa de Gerona se apiadó de ellas y les consiguió dos plazas en lo que él llamó «el carromato». Siguiendo sus instrucciones, acudieron al lugar donde les esperaba el carromato, que no era sino un tractor al que con unos cables habían enganchado unos cuantos automóviles averiados. A las Robles les fue adjudicado un deslumbrante descapotable rojo. Cuando el tractor echó a andar, la resistencia que oponían los remolques era tal que el estrafalario convoy sólo podía avanzar a paso de tortuga. Márgara y Miggie, desde su descapotable, veían cómo hasta los ancianos que escapaban a pie iban más deprisa que ellas en esa especie de tiovivo y, sintiéndose ridículas, optaron por bajarse y caminar. Llegaron a Figueras cuando ya en su castillo se había celebrado la última reunión de las Cortes de la República. Con el hambre apenas aliviada por una lata de sardinas hubieron de ponerse nuevamente en marcha el 3 de febrero, el día del gran bombardeo sobre la capital ampurdanesa, y Miggie recuerda que esa noche durmieron en una casa ocupada por unos soldados republicanos que cantaban con amargura su derrota.

Así fue la huida de España de Márgara y su hija, así también su llegada a Francia un día después. Antes de cruzar la frontera tuvieron que pasar, junto a varios cientos de personas más, una noche en un tren detenido en mitad de un túnel. Ya en Cerbère, sólo el pasaporte estadounidense de Miggie las libró de ser internadas en un campo de concentración. Llegaron a Perpiñán, una ciudad entonces ocupada por españoles que se escondían de las redadas de los gendarmes que pedían *les papiers*. En la estación de Perpiñán tomaron un tren para París, donde por unos días se alojaron en la habitación de hotel de un pintor amigo de Márgara. Un cheque de la Johns Hopkins y otro de Dos Passos las libraron, según ella, de ser internadas «en uno de esos horribles campos de concentración donde viven muriendo miles de nuestros compañeros».

Aquellos primeros días en París, Márgara y Miggie los pasaron «rotas, sucias, destrozadas física y moralmente, vagando entre la indiferencia de la gente», y a la desazón de la madre por su propio estado se unía la ausencia de noticias de su hijo, que hacía que su ansiedad aumentara según pasaban los días y la sumía en una postración casi absoluta: «Despierta tengo alucinaciones que me asustan y dormida pesadillas terribles.» Más tarde, Márgara tuvo que domiciliarse en Chelles, un pueblo cercano a París, porque el gobierno francés no permitía a los refugiados españoles establecerse en la capital. Miggie, gracias a su libertad de movimientos, logró ponerse en contacto con sus compañeros de las JSU, que le encargaron que colaborara con el Rassemblement Mondial des Étudiants, y se instaló en el Hotel Dacia del bulevar Saint Michel, en una habitación compartida con dos compañeras del Rassemblement, una de ellas holandesa y la otra indonesia.

El Rassemblement Mondial des Étudiants reunía a numerosas organizaciones estudiantiles de distintos países, todas de carácter antifascista. Su secretario era James Klugmann, que había sido el líder juvenil de los comunistas de Cambridge. Por amistad con Klugmann entró a colaborar en el Rassemblement el conocido historiador marxista Eric Hobsbawm, quien en sus memorias menciona a «la menuda Miggie Robles, que tanto trabajaba en la multicopista». A su lado recuerda Hobsbawm a un tal Pablo Azcárate, que en realidad era Luis Azcárate. Éste, secretario de Agitación y Propaganda de las JSU de Barcelona y miembro de la Unión Federal de Estudiantes Hispanos, era hijo de un destacado militar republicano y sobrino del embajador en Londres. Un día del mes de marzo, Luis Azcárate se había presentado en la sede del Rassemblement, en el bulevar Arago, y ofrecido para trabajar en la asistencia a los estudiantes españoles encerrados en los campos de concentración. La joven que se encargaba de eso era Miggie.

El trabajo de Luis, según él mismo ha escrito en unas memorias inéditas, consistía en «ir a comprar libros, hacer paquetes y enviarlos por correo a los estudiantes». Además, les escribían cartas de apoyo y les mandaban un boletín informativo que ellos mismos tiraban en la multicopista, y recurrían a muy distintas personalidades en solicitud de ayuda. Un día llegó una carta de Washington con el membrete de la Casa Blanca. Era de Eleanor Roosevelt, quien, respondiendo a otra anterior de Miggie, deseaba buena suerte a los estudiantes españoles. Mandaba asimismo un saludo personal a su joven corresponsal: la primera dama de los Estados Unidos todavía se acordaba del aprieto en el que ésta la había puesto en agosto del año anterior.

Entre Luis y Miggie, él de diecisiete años, ella de quince, no tardó en surgir el amor. Paseaban por el jardín de Luxemburgo, se besaban en las escaleras de la estación de metro de Saint-Michel... El estallido de la Segunda Guerra Mundial vino a interrumpir abruptamente el idilio. El 1 de septiembre el ejército alemán invadió Polonia, y Francia e Inglaterra se vieron obligadas a declarar la guerra a las potencias del eje: la línea Maginot, que tan endeble acabaría revelándose, debía proteger a los franceses de la previsible invasión alemana. A mediados de octubre, Luis, de regreso de un viaje, acudió al Hotel Dacia a ver a Miggie. En uno de los bulevares cercanos, a oscuras debido a las restricciones, se encontró cara a cara con Miggie y su madre. Se presentó con la voz entrecortada por la timidez, y Márgara se echó a reír y le dio un beso. Luego los dos jóvenes se fueron a pasear junto al Sena. Debió de ser entonces cuando Miggie le comunicó su propósito de dejar Francia.

Madre e hija emprendieron la enésima huida a finales de ese mismo mes. Ya en abril Márgara había estudiado la posibilidad de viajar a los Estados Unidos, y en verano había comprado pasajes para un transatlántico de una compañía alemana que debía zarpar el 3 de septiembre y que, debido al estallido de la guerra, canceló la travesía. Al enterarse de lo ocurrido, Coindreau escribió a Lancaster: «¡Y ahora les ha caído encima otra guerra! Nunca he oído hablar de una suerte tan mala, y mucho me temo que puedan mandarlas a un campo de concentración.»

Lo cierto es que ese mes de octubre sus penalidades estaban a punto de acabar. Desde París Márgara y Miggie viajaron hasta Burdeos, y allí, no sin cierto suspense (Márgara había olvidado en un taxi el pasaje y la documentación, que al final logró recuperar), embarcaron en un buque de la Ward Line con destino a Nueva York. La desolación de Márgara era absoluta: el marido acusado de traición y fusilado, el hijo recluido en prisión y condenado a muerte, su propio país clausurado quién sabía por cuánto tiempo, ella y su hija forzadas a una fuga constante... Mientras subía al barco que debía llevarlas de vuelta a América, Márgara recordaba con lágrimas en los ojos la última vez que había cruzado ese mismo océano: ¡y pensar que entonces sólo se proponían pasar unas simples vacaciones en España!

El 12 de noviembre llegaron a Baltimore, donde durante un par de semanas fueron huéspedes del profesor Henry Carrington Lancaster. En Baltimore, al menos, pudo Márgara cobrar los derechos de autor y la póliza del seguro de su marido, cuya muerte por ejecución había sido, por fin, confirmada oficialmente. La certificación había llegado a la Universidad Johns Hopkins en agosto junto a una carta de Márgara que decía: «Adjunto le envío este documento, prueba de nuestra desgracia, que por fin el ex gobierno de la República ha tenido a bien concederme.» Al cabo de tanto tiempo, parece ser que Juan Negrín había firmado el documento a instancias de Marcelino Pascua. Con ese dinero, Márgara y su hija saldaron las deudas que tenían pendientes en los Estados Unidos y compraron sendos billetes para el autobús de la Greyhound que, a finales de ese mismo mes de noviembre, debía llevarlas a México D.F. Se habían convertido en dos más de los treinta mil republicanos españoles a los que el presidente Lázaro Cárdenas acogió.

Concluida la guerra, las condiciones de vida en las cárceles españolas no habían cambiado. Sí cambió la situación penal de Coco. El 23 de octubre de 1939, la pena de muerte le fue conmutada por otra de treinta años de reclusión mayor. El modo en que le fue notificada la conmutación es fácil de imaginar a partir del relato de Ramón Rufat, que escribió: «¡Hay que ver de qué manera más simple y menos aparatosa pasaba uno de la muerte a la vida! Te llamaban a un cuarto chiquitín, ni siquiera a la sala de jueces, y allí un soldado o lo más un cabo te leía cierto papel que decía que era un decreto, te escribía unas líneas con su buena o mala letra y te las hacía firmar para justificar él que te lo había comunicado y que te dejaba por enterado.»

Al parecer, la revisión de la condena de Coco se debió a la intervención personal de un influyente hombre del nuevo régimen, el segoviano Juan Contreras y López de Ayala, marqués de Lozoya, que había sido buen amigo de José Robles y durante el franquismo se convertiría en un renombrado historiador del arte. La intercesión asimismo de la embajada estadounidense es algo que no puede descartarse, y está documentado que la Johns

Hopkins insistió ante su titular en la solicitud de ayuda para Coco. En una carta de agosto de 1940, el embajador Alexander Weddell pedía a Lancaster que valorara «la dificultad de ayudar, salvo de un modo informal y extraoficial, a alguien que no es ciudadano americano» y aseguraba que su propia mujer le había enviado «comida y ropa cada cierto tiempo». No es de extrañar que, poco antes, el propio Coco hubiera escrito a Lancaster para felicitarle por un homenaje que iban a rendirle sus antiguos alumnos y también para agradecerle la «valiosa ayuda» prestada a su familia. Otra de sus benefactoras de Baltimore era Esther Crooks, que en mayo había escrito al Departamento de Estado para que tratara de conseguir su puesta en libertad y se había comprometido a ocuparse de él: «No tendría inconveniente en traerlo a vivir conmigo y responsabilizarme de todos sus gastos. Estaría incluso dispuesta a adoptar legalmente al chico si tal cosa pudiera servir de algo.» También Dos Passos y Katy se ofrecieron a adoptarle. Coco lo supo por una carta de su madre recibida a comienzos de julio y, halagado, no tardó en escribir al matrimonio Dos Passos para expresarles su gratitud. Pero la iniciativa tenía pocas probabilidades de prosperar, y en su respuesta a Márgara el propio Coco auguraba: «Se conseguirá muy poco por ese conducto.»

A partir de estas fechas, las informaciones sobre el itinerario de Coco por instituciones penitenciarias del franquismo son bastante difusas, pero es seguro que el 26 de marzo de 1943, fecha en la que la Comisión de Examen de Penas dio su conformidad a la condena, se encontraba todavía en la cárcel de Torrero. Aunque en unas condiciones deplorables, había sobrevivido al terror de las «sacas», al hacinamiento, a las palizas, a la falta de higiene, a la desnutrición. Había también sobrevivido a la nada desdeñable amenaza de la enfermedad. Según Ramón Rufat, a la sarna generalizada de los primeros meses sucedieron en la prisión zaragozana los forúnculos, el ántrax, la ictericia, la tuberculosis, una avitaminosis casi constante y, finalmente, una plaga de «piojo verde» o tifus exantemático que mantuvo a todos los presos sometidos a cuarentena: «Nadie entró ni salió de la cárcel en estos cuarenta días. Sólo salieron los cadáveres.»

De las actividades de Coco en el interior de la prisión conocemos lo poco que quiso (o pudo) contar en sus cartas: que daba clases a otros reclusos («le he cogido gusto a la enseñanza»), que consagraba al estudio y la lectura sus horas de ocio («acabo de empezar a leer a Séneca»). Según algunas fuentes, la entrada de paquetes estuvo restringida hasta 1942. Debió de ser entonces cuando comenzó a recibir las visitas periódicas de una joven que se interesaba por él y le llevaba comida: era lo que se llamaba una madrina. Esas visitas fueron lo único que, durante el tiempo que permaneció en la cárcel de Zaragoza, le procuró alguna alegría. Entre Coco y la chica llegó a establecerse una relación forzosamente platónica, y sin duda hicieron planes para cuando él estuviera en libertad. Pero para eso faltaba mucho tiempo, y entre tanto, para desesperación de Coco, la chica contrajo tuberculosis y murió.

Antes de recuperar la libertad, Coco aún tenía que pasar por dos cárceles más. El 25 de agosto de 1943 fue nuevamente maniatado y conducido a la estación, donde montó en un tren con destino a Burgos. En la Prisión Central de esa ciudad debió de estar al menos hasta que, el 4 de enero del año siguiente, los treinta años de reclusión mayor le fueron conmutados por veinte de reclusión menor, lo que (previo examen de catecismo, necesario para el preceptivo informe del capellán) le abría las puertas a la libertad condicional. Ésta le sería notificada el 16 de abril, pero para entonces no se encontraba ya en la prisión de Burgos sino en la de Lora del Río, en la provincia de Sevilla, última etapa de su largo periplo carcelario.

En todo este tiempo, no intercedió por Coco el único familiar que estaba en disposición de hacerlo, su tío Ramón, que había ascendido a teniente coronel por méritos de guerra y que a las numerosas condecoraciones ganadas en la contienda sumaba las recibidas cuando, entre abril de 1942 y el mismo mes del año siguiente, combatió en el frente ruso con la División Azul. Quien sí le ayudó fue su tía Mari, que, al menos desde que Coco fue internado en la prisión burgalesa, le visitaba de vez en cuando y le llevaba paquetes de comida.

María Robles Pazos, al igual que Ramón y sus otras dos hermanas, formaba parte de la España de los vencedores, pero su naturaleza caritativa y generosa la llevó a olvidar las diferencias políticas y ofrecerle su protección. Esa protección se había iniciado hacia mediados del período de cinco años que Coco pasó en la cárcel de Torrero. Su primera petición de indulto data del mes de octubre de 1942, y en ella la tía Mari alegaba, entre otras razones, el hecho de que su sobrino no hubiera llegado a ostentar «en el ejército rojo la más pequeña graduación jerárquica», así como su «acendrada vocación por el estudio» (Coco, en efecto, había estudiado en un colegio para niños superdotados) y el respeto y la admiración unánimes que se había granjeado entre condiscípulos y profesores del «católico Maryland de los Estados Unidos». En ese mismo docu-

mento aludía María Robles a «su afiliación circunstancialmente forzada y resueltamente trágica a la causa
enemiga», lo que podría interpretarse como el reconocimiento de la pasada militancia de Coco en el Partido
Comunista, una militancia poco entusiasta y más bien
accidental, si hemos de creer los términos en que está
redactada la solicitud.

Fue también la tía Mari la que, en abril de 1944, le
acogió en su piso del número 100 de la madrileña calle
de Alcalá. Coco era entonces un hombre física y moralmente magullado, si no deshecho, y aparentaba bastantes más años que los veinticuatro que acababa de cum-

plir. En la opresiva atmósfera de la primera posguerra, Coco sólo pensaba en salir de España, un país en el que el destino le había deparado las experiencias más ingratas. La cosa, sin embargo, no se presentaba sencilla. Solicitó una beca a la Universidad Johns Hopkins. De forma espontánea y con los avales de John Dos Passos y Elliot Paul (el mismo que algún tiempo después provocaría un pequeño incidente entre Quintanilla y Dos Passos), la propia Johns Hopkins le había ofrecido una beca similar en 1940, cuando todavía Coco estaba encerrado en la prisión zaragozana, lo que hacía pensar que su petición sería acogida favorablemente. Así ocurrió, en efecto, y con sorprendente rapidez la beca le fue concedida en mayo. Debido sin embargo a su situación de libertad condicional, se le denegó el pasaporte y hubo de renunciar a ella.

Durante ese verano de 1944, acompañado por su benefactora, pasó una temporada reponiéndose en una casa que la familia tenía en Villajuán, junto a la pontevedresa ría de Arosa. El 30 de junio escribió a Dos Passos para decirle que había «vuelto a una vida casi normal»: se bañaba, pescaba, leía. Coco, por otro lado, no había cumplido con sus obligaciones militares con la España de Franco, y muy poco después hubo de incorporarse al ejército. Aunque su destino no está del todo claro, de las fotos que entonces envió a su madre y su hermana se deduce que realizó el servicio militar en alguna localidad próxima a los Pirineos. Lo que sí es seguro es que no se licenció hasta finales de noviembre del año siguiente.

Un par de semanas antes de esa fecha había escrito una carta a la embajada estadounidense ofreciéndose para trabajar en la propia embajada o en la Casa Americana. Coco se mantenía firme en su propósito de salir cuanto antes de España, y en esa carta pedía también ayuda para obtener la autorización para abandonar el país. Su condición, no obstante, de antiguo militante comunista constituía un serio obstáculo para sus aspiraciones. En febrero de 1946 volvió a solicitar el indulto, que le fue denegado el 13 de junio. También entonces su pasada militancia le perjudicó. En una de las diligencias que acompañan la instancia en la que solicitaba el indulto, alguien escribió a lápiz las siguientes palabras: «Comunista. Se tiene que retractar.»

En la biblioteca de la Casa Americana leyó Coco algunas de las novedades literarias estadounidenses. Entre ellas estaban las últimas obras de Dos Passos, al que escribía para comunicarle sus impresiones y comentarle la situación española: «Vivir en España durante los últimos años ha sido (y sigue siendo) como vivir en otro planeta.» Instalado de nuevo en el piso de la tía Mari, había comenzado a buscar empleo. Lo único que consiguió fueron, sin embargo, unos cuantos alumnos a los que dar clases particulares de inglés. Una de sus alumnas, hija de una prima de Márgara, se llamaba Dolores Cebrián, Loli. Coco y ella se enamoraron e hicieron planes de boda. Pero el nuevo estado civil no iba a alterar sus planes de abandonar España. En otoño de 1947, apenas una semana después de la ceremonia, viajó al País Vasco en compañía de su amigo Ricardo Ortiz y consiguió pasar a Francia en un barco de pescadores. El 14 de noviembre, una ansiosa Márgara se sinceraba por carta con Dos Passos: «Estoy como idiota con la idea de que tal vez vuelva a verle pronto después de casi nueve años.» Las dificultades de Coco para conseguir un pasaje dilataban la espera, y hasta finales de enero no escribió a Dos Passos para decirle que el 7 de ese mes había podido por fin reunirse con Márgara y Miggie en su domicilio del número 300 de la calle Lerma, no muy lejos del paseo de la Reforma de la capital mexicana. Algún

tiempo después viajó también su mujer. Coco viviría en México hasta su fallecimiento en 1990, y sólo en sus últimos años, muerto ya Franco, volvería a pisar suelo español.

Entre 1942 y 1944, Miggie había estudiado la carrera de Romance and Languages en el Swarthmore College de Pennsylvania, gracias a una pequeña beca y sobre todo a la ayuda económica de su padrino, Maurice Coindreau, que seguía dando clases en la Universidad de Princeton. En homenaje a Coindreau, el segundo de sus cuatro hijos, que con el paso de los años acabaría convirtiéndose en escritor, llevaría su nombre. Miggie se casó con Anselmo Ortiz en 1945. Anselmo pertenecía también a una familia de exiliados españoles, y lo más llamativo del caso es que su hermano Ricardo, compañero de fuga de Coco, se casaría pocos años después con

Nora Nin, una de las dos hijas que Andreu Nin había tenido con Olga Taeeva y con las que había tenido que escapar de la URSS en el verano de 1930: por esas extrañas vueltas que da la vida, dos de las víctimas principales del estalinismo en España acabaron emparentando póstumamente.

De aquella etapa de la vida de Márgara y Miggie se conservan bastantes fotos. En una de ellas, tomada en 1943 en un paseo por el campo, madre e hija aparecen abrazadas con el volcán Iztlaccíhuatl al fondo. Más de medio siglo después, esa foto inspiraría un bello texto del hijo escritor de Miggie, Mauricio Ortiz, quien evocaba de esta manera a Márgara: «La abuela lo había tenido todo en el amor, el joven abuelo asesinado unos años antes, y el resto de sus días los pasaría sin más ocupación que tejer los recuerdos en colchas coloridas.» Cuando se produjo el reencuentro con Coco, Márgara había vuelto a trabajar como traductora, actividad que había abandonado en 1932. Aún hoy se reedita de vez en cuando su versión de *Rocinante vuelve al camino*, y la mexicana Fondo de Cultura Económica, para la que tradujo nueve libros, mantiene en su catálogo varios de ellos. Márgara (que ahora, rindiendo sin duda homenaje a su marido, firmaba como Margarita Villegas de Robles) no moriría hasta 1983, pero su pista se pierde en 1965, año de la publicación de la última de sus traducciones, un ensayo sobre arqueología cretense.

La que nunca ha dejado de reeditarse ha sido la versión que José Robles Pazos hizo de *Manhattan Transfer* para Cenit. Hasta la década de los setenta apareció siempre con su nombre y sus dos apellidos. En las ediciones de comienzos de los ochenta, los duendes de la imprenta le despojaron curiosamente del segundo apellido. Esos mismos duendes, sin embargo, le tenían reservado un destino bastante peor. En las reediciones posteriores a 1984 José Robles pasó a llamarse José Robles Piquer, y así sigue figurando en algunas de las más recientes. No cabe humorada más siniestra: por arte de birlibirloque, el mayor derrotado entre los derrotados ha acabado incorporándose a una de las más ilustres estirpes del franquismo victorioso.

APÉNDICE

Si la noticia más temprana que se tuvo en España de la literatura de Hemingway la dio José Robles en junio de 1927 con su elogiosa reseña de *Fiesta*, la primera de sus obras que se tradujo al español fue el relato «Los asesinos», uno de los más conocidos de su primera etapa. No con ese título sino con el de «Los matones», estaba incluido en el volumen *10 novelistas americanos* que Zeus publicó en 1932. Zeus era, como Cenit, una de las más destacadas editoriales izquierdistas de la época. Por eso no puede extrañar que el responsable de la selección, Julián Gorkin, declarara en el prefacio su propósito de dar a conocer una literatura «independiente y de inspiración social, cuyos representantes tienen que mantener una lucha titánica con los plutócratas del dinero, los tartufos prohibicionistas y lectores de la Biblia». La nómina de autores incluía a los más conspicuos entre los escritores norteamericanos considerados próximos al socialismo, y en ella no faltaba John Dos Passos, cuya obra era ya conocida en nuestro país gracias a las traducciones de José Robles y Márgara Villegas.

De Dos Passos, con quien en aquella época no debía de tener ningún trato personal, dice el antólogo que «es, indiscutiblemente, uno de los novelistas más modernos que existen». Si entonces no se conocían, es seguro que en algún momento llegaron a establecer cierta relación de amistad y que ésta se prolongó a lo largo de varias décadas, como sugiere el texto que Dos Passos escribió para prologar la novela de Gorkin *La muerte en las manos*, publicada en Argentina en 1956. ¿Puede ser que su primer encuentro tuviera lugar a finales de abril de 1937, cuando el norteamericano visitó la sede barcelonesa del POUM, de cuyo Comité Ejecutivo era miembro Gorkin? Se trata de una simple conjetura pero no parece descabellada.

Para cuando apareció la antología, Julián Gorkin, cuyo verdadero nombre era Julián Gómez García, había publicado un par de obras de teatro político (la puntualización es suya), una novela titulada *Días de bohemia* y unas cuantas traducciones. Más destacado, sin embargo, como activista de izquierdas que como literato, no es casualidad que su autobiografía lleve el título de *El revolucionario profesional*. Gorkin, refugiado en París desde 1921, viajó a Moscú en marzo de 1925, y Andreu Nin, secretario adjunto del Profintern, le previno contra la atmósfera de intrigas y sospechas que se había generalizado tras la muerte de Lenin y las consiguientes luchas por el poder. No mucho después, Gorkin se enteró de que la correspondencia que había dirigido a su mujer, «cartas llenas de reservas respecto de la URSS y de la Internacional», había sido intervenida y estaba en poder de la GPU, y antes de abandonar el país hizo una visita al mausoleo en el que se exhibía el cadáver embalsamado de Lenin y mantuvo con éste un diálogo imaginario: «He entrevisto por doquier el terrorífico perfil del monstruo: la burocracia ascendente, la corrupción y el arribismo ávidos y maniobreros, la intriga ponzoñosa, una mentalidad y unos métodos policíacos... ¿Ha surgido todo eso después de tu muerte o hay que buscar el mal de origen en el propio bolchevismo?»

Su ruptura con el Comintern no acabó de producirse hasta 1929. Para provocar su exclusión sólo tuvo que traducir el ensayo *La revolución desfigurada*, en el que Trotski condenaba la burocratización del régimen soviético. A partir de entonces, Gorkin se ganó la vida colaborando desde París con las principales editoriales españolas de izquierdas, y en septiembre de 1935 intervino en la fundación del POUM, producto de la fusión del Bloque Obrero y Campesino de Joaquín Maurín y la Izquierda Comunista Española de Andreu Nin. El nuevo partido, aunque habitualmente tildado de trotskista, se había creado en realidad contra el parecer de Trotski, que en vano había dado instrucciones a sus partidarios españoles para que ingresaran en el PSOE. Trotskistas o no, Julián Gorkin y sus compañeros del POUM no tardarían en sufrir una persecución semejante a la que en la URSS se había ya desatado contra los opositores a Stalin.

Tres años después, en 1938, aparecería un libro titulado *Espionaje en España*, que recogía y elevaba a verdad irrefutable las falsas pruebas que implicaban a los dirigentes del POUM en una conspiración falangista. Si sus traductores, Lucienne y Arturo Perucho, son poco conocidos, su supuesto autor, un improbable Max Rieger, no lo es en absoluto. No puede decirse lo mismo de su prologuista, el poeta católico y comunista José Bergamín, quien tenía por fuerza que sospechar que el contenido del libro no eran sino viles patrañas y, a pesar de todo, no tuvo empacho en afirmar que «los hechos que aquí se refieren manifiestan, por ser extremos, la verdadera índole de una labor contrarrevolucionaria y fascista». En un momento como aquél y unas circunstancias como aquéllas, declarar, como hizo Bergamín, que el partido de Nin no era «una organización en convivencia [sic] con el enemigo, sino del enemigo mismo» equivalía a legitimar la brutal represión de la que los hombres del POUM eran objeto. Ni siquiera llama demasiado la atención el hecho de que aprovechara la ocasión para arremeter contra los «angustiados» intelectuales franceses que habían enviado un telegrama reclamando para los encausados las debidas garantías procesales. ¿Garantías procesales?, se pregunta un sarcástico Bergamín, ¿cómo se pueden pedir tales cosas «a un gobierno que prácticamente las lleva con extremo y que en este caso concreto lo viene demostrando, diríamos que exageradamente»?

En *Tras las huellas de un fantasma*, el profesor Gonzalo Penalva dice que Bergamín, entonces presidente de la Alianza de Intelectuales Antifascistas, aceptó prologar el libro porque se lo pidió Juan Negrín y porque creía sinceramente en la veracidad de las acusaciones. Esta segunda razón parece más que discutible, dado que Bergamín, aunque comunista de nuevo cuño, conocía la irreprochable trayectoria revolucionaria de Nin, Gorkin y compañía, y es de suponer que alguien como él albergaría alguna reticencia ante la disparatada teoría de una conspiración de falangistas y gente del POUM. Pero tal reticencia nunca fue expresada y, años después, en lugar de reconocer el error de haber redactado ese prólogo, seguía afirmando «de modo terminante que, en las mismas circunstancias, lo escribiría cien veces». No se equivoca Gonzalo Penalva cuando, frente a la cobardía del enmascarado autor del libro, elogia a Bergamín por tener al menos la valentía de estampar su firma en el prólogo. ¿Quién se ocultaba detrás del seudónimo Max Rieger? Por un informe de abril de 1939 de Stepanov, delegado del Comintern en España, sabemos que se trata de una obra colectiva y que el propio Stepanov colaboró en su redacción. En *Queridos camaradas* Antonio Elorza y Marta Bizcarrondo sugieren que también pudo intervenir el escritor comunista francés Georges Soria, autor de unos artículos en *La Correspondencia Internacional* que revelan grandes coincidencias con el texto de *Espionaje en España*. Sin embargo, según numerosos testimonios nunca desmentidos, el principal coordinador del libro fue un antiguo amigo de José Robles, el profesor de Derecho Romano y traductor Wenceslao Roces.

Escribir textos para otras personas debía de ser una de sus actividades habituales pues, según el ex jefe del Quinto Regimiento Enrique Castro Delgado, Roces era el autor de algunos de los discursos del entonces ministro de Instrucción Pública, el comunista Jesús Hernández. En aquel momento Roces ocupaba la subsecretaría del ministerio y, si hemos de creer a Antonio Machado, tanto al subsecretario como al ministro debía «la instrucción en España más que a un siglo de sus predecesores». De Wenceslao Roces, un asturiano bajito de aspecto apocado, son algunas de las traducciones más manejadas de Hegel y de Marx y, hasta esa fecha, el hecho más destacado de su biografía era el violento ataque que, en el verano de 1933 y en la oficina madrileña de la Asociación de Amigos de la URSS, había sufrido por parte de miembros de las protofascistas Juntas de Ofensiva Nacional Sindicalista de Ramiro Ledesma Ramos.

Su perfil era el de un hombre gris y sin carisma, que se ponía siempre a la sombra de figuras más rutilantes. Mientras duró el Congreso de Escritores en Defensa de la Cultura, organizado por la Alianza de Intelectuales Antifascistas en colaboración estrecha con el Ministerio de Instrucción Pública (es decir, por Bergamín y por Roces, pero también por el omnipresente Koltsov), una de esas figuras fue precisamente Bergamín. Éste, «delgado, de piel oscura, con aspecto de pájaro», como lo describió Malcolm Cowley, dictó la línea oficial de pensamiento del congreso y acaparó el protagonismo con su condena pública de los dos libros en los que su ex amigo André Gide criticaba la atmósfera de persecución y falta de libertad que había percibido en su último viaje a la URSS. Mientras tanto, Roces, ordenancista y amante de las jerarquías, detentaba el poder en la sombra y era, según el testimonio de Arturo Serrano Plaja, quien nombraba a los secretarios de organización y aceptaba o rechazaba sus iniciativas.

De la relación de Wenceslao Roces con los escritores participantes han quedado algunos episodios en los que su intervención no fue muy airosa. El más repetido es el de su censura del poema «A un poeta muerto», con el que Luis Cernuda quiso homenajear en la revista *Hora de España* a Federico García Lorca y del que Roces obligó a suprimir una estrofa que aludía explícitamente a la homosexualidad del granadino. Menos conocido es lo que la entonces mujer de Octavio Paz cuenta en *Memorias de España, 1937*. Según Elena Garro, que de Roces «sólo sabía que era miembro del Partido y que hablaba ruso», el poeta León Felipe se sentía perseguido por él, que primero le expulsó de la vivienda que le habían asignado en Valencia y más tarde llegó a amenazarle de muerte. «¡Me quería matar el muy sinvergüenza...!, ¡matar...!», repetía León Felipe, ya fuera de España y algo más tranquilo.

Si le quería matar o no, es algo que no puede saberse. Sí sabemos que en el número 5 de *Hora de España* León Felipe publicó un largo fragmento de su poema «La insignia», y que Roces le sometió a un duro interrogatorio acerca de los versos que denunciaban los casos de latrocinio cometidos por algunos republicanos. También sabemos que, en julio, Wenceslao Roces optó por la disolución de la «Casa de los Sabios», en la que Dos Passos se había alojado en el mes de abril. Ya se ha dicho que la Casa de la Cultura servía de residencia para eminentes científicos, artistas y escritores republicanos. Uno de ellos era León Felipe. Otro, el doctor Gonzalo R. Lafora, que había sido director del Instituto de Psiquiatría y que, en un artículo publicado en el diario *Fragua Social*, órgano de la CNT local, protestó enérgicamente contra tal medida. En ese artículo, Lafora atribuía el cierre a «la gestión lamentable del señor Roces», al que criticaba por sus métodos «de venganza personal, de opresión política y de vejámenes sobre los que no siguen dócilmente sus indicaciones, no atendiendo ni respetando nombres ni largas historias de actuación democrática». La prensa comunista contraatacó diciendo que no se trataba de la disolución de la Casa de la Cultura sino de su transformación en un centro de trabajo e investigación, y entre los defensores de Roces estaban algunos de los residentes y también Antonio Machado, quien, pese a encontrarse gravemente enfermo, aceptó presidir el patronato de la nueva institución.

Otro que por aquella época se sintió agraviado por las maneras autoritarias de Roces fue Francisco Ayala, quien, sin ser consultado, fue escogido por aquél para ocupar el decanato de la Facultad de Derecho. Temeroso de que su designación pudiera exponer a represalias a su familia de Burgos, Ayala llamó al «imbécil» de Roces, que le amenazó con enviarle al frente y le ordenó que, si debía dirigirse a él, «lo hiciera por el conducto jerárquico correspondiente». La conversación telefónica concluyó con un exabrupto de Ayala. «Mire, Roces —le dije—, ¡váyase a la mierda!» La verdad es que, al margen de alguna que otra adhesión protocolaria y forzada, los testimonios sobre la figura del subsecretario de Instrucción Pública animan poco a la simpatía, y algunos tenían razones más poderosas que las de Ayala para detestarle. Aunque sin aportar pruebas, Julián Gorkin afirma en *El proceso de Moscú en Barcelona* que fue él, Wenceslao Roces, quien, junto a un sobrino del general Miaja y a varios hombres de confianza de Alexander Orlov, falsificó el plano que debía servir para implicar a los dirigentes del POUM en la trama de espionaje del falangista Golfín.

En su prólogo, aseguraba Bergamín que *Espionaje en España* «ofrece, al lado de una documentación precisa, por sí sola evidente, la exacta relación de unos hechos». La realidad, por el contrario, parece ser muy otra: lo que allí se presentaba era una documentación falseada que aspiraba a probar un complot delirante y por completo carente de fundamento. El libro, publicado en España por Ediciones Unidad, apareció en otros países en editoriales igualmente controladas por el Comintern. Preparado con urgencia para la ocasión, a sus evidentes objetivos propagandísticos hay que añadir una finalidad probatoria que no fue desaprovechada en los interrogatorios del proceso al que el Tribunal de Espionaje y Alta Traición sometió a los hombres del POUM. Lo más curioso es que, cuando fueron llamados a declarar los testigos de la defensa, el ex embajador en París Luis Araquistáin también aportó como prueba un libro. No se trataba de un libro que hubiera sido editado a toda prisa para desmentir las afirmaciones de *Espionaje en España*. Se trataba de un libro de Trotski titulado *Mis peripecias en España* que, en 1929 y en traducción de Andreu Nin, había sido publicado por la editorial España, en aquel momento dirigida por el propio Araquistáin, Juan Negrín y Julio Álvarez del Vayo. Este último (cuñado, por cierto, de Araquistáin) era además el autor del prólogo, una semblanza de Trotski en la que se vertían encendidos elogios sobre su figura. La pregunta que ante ese tribunal planteaba el libro que Araquistáin sostenía en la mano no podía ser más contundente: siendo Negrín presidente del Consejo de Ministros y Álvarez del Vayo ministro de Estado, ¿cómo podían los gobernantes del momento acusar a nadie de trotskista y declararse ellos mismos antitrotskistas? Algo parecido se le habría podido plantear al antitrotskista Roces si, en lugar de mantenerse en la sombra, hubiera comparecido en el juicio. Porque no es *Mis peripecias en España* el único libro de Trotski que se había publicado en español. De los cuatro títulos suyos que aparecen en el catálogo de Cenit, dos están traducidos por Nin y uno por Gorkin. El traductor del cuarto es Wenceslao Roces, nada menos que Wenceslao Roces. ¿Caben más contradicciones?

El Comité Ejecutivo del POUM se había reunido la mañana del 16 de junio del 37 en su sede del Palacio de la Virreina, entonces llamado Instituto Joaquín Maurín. Tras discutir la cuestión de si Gorkin debía comparecer en el proceso que se le seguía como director de *La Batalla*, se trasladaron a otro edificio del partido situado también en las Ramblas barcelonesas. Fue allí donde dos agentes de paisano detuvieron a Nin. Por la tarde, los restantes miembros del comité recibieron varias noticias alarmantes: sus domicilios habían sido asaltados, sus mujeres detenidas, los locales del partido ocupados. Hacia las once de la noche ellos mismos eran detenidos por guardias de asalto. Gorkin y sus compañeros pasaron por diferentes celdas de Valencia y Madrid hasta que, enterados ya de la acusación de espionaje y alta traición que pesaba sobre ellos, fueron devueltos a Barcelona, donde se les internó en un convento de clarisas de la calle Deu i Mata convertido en Prisión de Estado. Para principios de junio del año siguiente, el juez especial encargado de instruir el proceso dio por terminado su trabajo. La vista se celebró a mediados de octubre y duró once días, y el tribunal tardó otros diez en redactar la sentencia, que absolvía a Gorkin y sus compañeros de las acusaciones principales pero los consideraba culpables de las secundarias.

Entre los miembros del Comité Ejecutivo que también peregrinaron por cárceles y checas estaba Juan Andrade, «alto y huesudo, rostro larguirucho y boca desdentada, madrileño parco de palabra y de gestos», según la descripción del propio Gorkin. Curiosamente, en su aproximación al comunismo había intervenido John Dos Passos, aunque fuera de forma indirecta. La historia se remonta a 1919, cuando llegó a España el norteamericano Charles Phillips, uno de los dos emisarios que la Internacional Comunista había enviado con la misión de crear una sección española de la organización. Phillips hablaba español con acento mexicano y se hacía llamar Jesús Ramírez. Los primeros contactos establecidos en Madrid habían fracasado cuando se dejó caer por la biblioteca del Ateneo y conoció a un joven rubio con gafas y libros en inglés. El joven rubio era Dos Passos, que le presentó a dos socialistas españoles que leían junto a él en sendos pupitres. Uno de ellos era Fernando de los Ríos, el ministro de cuyo mitin santanderino de 1933 dejaría constancia Dos Passos en «La república de los hombres honrados»; el otro, el concejal Mariano García Cortés. A través de éste, Phillips entabló relación con los que serían sus principales apoyos en la fundación del PCE. Entre ellos, según Elorza y Bizcarrondo, destacaba el joven Juan Andrade.

Tras su encuentro con el comunista norteamericano, la biografía de Andrade es la de un revolucionario arquetípico. Fundador del PCE en 1920, el viraje estalinista de la revolución soviética le llevó siete años después a abandonar todos los cargos. Al igual que en el caso de Gorkin y de tantos otros, su conversión puede ser explicada, como propone François Furet, en términos religiosos: «Después del entusiasmo del creyente viene, un buen día, la mirada crítica, y los mismos acontecimientos que iluminaban una existencia han perdido lo que les daba su luz.» En 1930, Andrade intervino en la constitución de Izquierda Comunista Española, uno de los dos partidos que en 1935 se integrarían en el POUM. Autodidacta formado en la biblioteca del Ateneo, dirigió Andrade varias publicaciones marxistas, y su enorme capacidad de trabajo hacía de él un elemento indispensable en muchas de las empresas revolucionarias de la época. Editoriales izquierdistas como Oriente u Hoy difícilmente habrían existido sin él, y lo mismo podría decirse de Cenit, que fundó junto a Graco Marsá y Rafael Giménez Siles. Según Pelai Pagès, habría sido Andrade, y no este último, el verdadero autor del prólogo, firmado por Valle-Inclán, al primer libro de Sender, hipótesis que también defiende el profesor Gonzalo Santonja en *Los signos de la noche*.

Tres de las figuras más relevantes del POUM habían estado, por tanto, estrechamente vinculadas a Cenit: Andrade como fundador, Nin como traductor de siete obras, Gorkin como traductor de cinco. Por supuesto, ellos no son los únicos personajes de esta historia que colaboraron con la editorial. Recordemos que fue Cenit la que publicó las traducciones de José Robles y Márgara Villegas de títulos de John Dos Passos y otros autores. Recordemos asimismo que de Ramón J. Sender apareció en Cenit su libro falsamente prologado por Valle-Inclán pero también otros tres más. Y recordemos que, además de a Trotski, Wenceslao Roces tradujo para Cenit a Marx, a Engels, a Zweig, a Remarque y a otros siete autores.

La historia de Cenit, junto a la de otras editoriales izquierdistas de la época, ha sido estudiada por Santonja en *La República de los libros*. Todo comenzó a finales de la dictadura de Primo de Rivera. Existía entonces un régimen de censura previa del que estaban exentos los libros que superaran las doscientas páginas. Para burlar esa censura, varios jóvenes revolucionarios reunidos en torno a la revista *Post-Guerra* optaron por publicar libros y para ello fundaron Ediciones Oriente. Las previsiones más optimistas les auguraban una supervivencia precaria, cuando no el cierre, y el inesperado éxito de los primeros ocho títulos les descubrió un público potencial hasta entonces ignorado. Entre esos ocho títulos había uno de Malraux, otro de Trotski, otro de Juan Andrade... Éste y Rafael Giménez Siles, antiguos miembros del grupo de *Post-Guerra*, decidieron prescindir de sus otros socios y aprovechar por su cuenta las posibilidades del recién descubierto filón. Para el nuevo proyecto editorial contaban también con Graco Marsá, al que Giménez Siles había conocido en febrero de 1928 en la Cárcel Modelo de Madrid, donde ambos cumplían condena por actividades contrarias a la monarquía. Marsá era un abogado republicano de tendencia radical que poco antes había heredado de su abuelo la nada despreciable cantidad de treinta mil pesetas. Las conversaciones para la constitución de la sociedad tuvieron lugar en la propia prisión, a la que Andrade acudía con frecuencia a visitarles, y para diciembre de ese mismo año estaba ya en las librerías *El problema religioso en Méjico*, primer libro de Cenit.

Al año siguiente apareció *Un notario español en Rusia*, del radical Diego Hidalgo, que más tarde obtendría el acta de diputado por Badajoz y llegaría a ser ministro de la Guerra con el gobierno Lerroux. En el propio libro cuenta Hidalgo cómo, en septiembre de 1928, mientras realizaba interminables gestiones para obtener el visado de entrada en la URSS, conoció en París a Julián Gorkin y cómo, ya en Moscú, conoció también al todavía periodista Álvarez del Vayo, que había sido invitado a las celebraciones del centenario de Tolstoi y era acogido con familiaridad en los más diversos despachos oficiales. La obra de Hidalgo, de la que se vendieron cuatro ediciones antes del 36, fue uno de los mayores éxitos de Cenit, pero el principal apoyo económico de su autor a la editorial consistió en asegurarle liquidez con su fortuna personal. No fue, ni mucho menos, el de Hidalgo el único libro que Cenit publicó sobre la URSS. En un catálogo en el que predominan las obras que celebran los logros de la revolución destaca la presencia de *Rusia al desnudo*, de Panaït Istrati. El libro, traducido bajo seudónimo por Julián Gorkin y publicado en 1930, tan sólo un año después de su aparición en Francia, pasa por ser el primero de un comunista decepcionado por lo que vio en la Unión Soviética, y ha sido definido por Furet como un antídoto «contra los relatos de viaje soviéticos con agua de rosas». *Rusia al desnudo* motivó en su momento la ruptura entre Giménez Siles y Andrade. El primero, aunque nunca militó en ningún partido, se encontraba mucho más cerca de la ortodoxia comunista que el segundo, trotskista declarado, que abandonó Cenit para proseguir con Ediciones Hoy su propia andadura editorial. Graco Marsá no tardó en seguir los pasos de Andrade, y en el verano de 1930 dejó a Giménez Siles para fundar Zeus.

La actividad de Cenit se prolongaría hasta un mes antes de la guerra civil. En esos ocho años, Giménez Siles publicó más de doscientos libros repartidos en veinticinco series, entre las que destacaban las colecciones La Novela Proletaria, Novelistas Nuevos y Crítica Social, la Biblioteca Carlos Marx, los Cuentos Cenit para niños... Entre estos últimos, por cierto, se publicó en 1931 uno de L. Panteleiew titulado *El reloj o las aventuras de Petika* que llevaba impresa una dedicatoria del editor a Coco y Miggie Robles. Fue Giménez Siles uno de los grandes editores españoles de aquellos años. A su actividad al frente de Cenit hay que sumar su condición de promotor de diferentes revistas e impulsor de iniciativas tales como la Feria del Libro de Madrid o los camioneslibrería, que acercaban la cultura a los rincones más apartados de la geografía peninsular. La capacidad organizativa de Giménez Siles es casi legendaria. El caso de Cenit lo muestra a las claras, pues no en vano fue él quien, prácticamente en solitario, sacó adelante la editorial desde las tempranas renuncias de Andrade y Marsá.

Aunque, en realidad, durante algunos de esos años no se encontraba totalmente solo. A su lado estaba Wenceslao Roces, con el que había colaborado en la revista *El Estudiante* del mismo modo que con Andrade lo había hecho en *Post-Guerra*. Un simple vistazo al catálogo de la editorial basta para comprobar que tanto Roces como Gorkin y Nin trabajaron para Cenit desde su fundación. La intensa contribución de estos dos últimos se interrumpe, sin embargo, bastante pronto: la última traducción de Gorkin se publicó en 1931 y la última de Nin en 1932. No es aventurado suponer que en esa interrupción tuvo algo que ver la ruptura de Giménez Siles y Andrade, del que ni siquiera se llegaría a publicar una obra que se anunciaba como de próxima aparición. Andrade no tardaría en fundar, junto a los otros dos, el POUM, y su marcha de Cenit coincidió con un significativo aumento de la influencia de Roces. Éste, sin renunciar a otros cometidos dentro de la editorial, pasó a dirigir la recién creada Biblioteca Carlos Marx y, si durante el llamado bienio negro Giménez Siles tuvo que prescindir temporalmente de su contribución, no fue por propia voluntad. A finales de 1934, como consecuencia de la represión desatada tras la insurrección de los mineros en Asturias, Wenceslao Roces fue detenido y encarcelado y, tras obtener, gracias a Diego Hidalgo, la libertad provisional, se apresuró a buscar refugio en Rusia.

En una entrevista de 1929 citada por Santonja, Giménez Siles había anunciado la publicación de *La revolución desfigurada*, «estudio que, por las graves acusaciones que en él se contienen contra las figuras directoras del actual comunismo ruso, no pudo publicar y ni siquiera enviar Trotski a sus amigos residentes fuera de Rusia hasta no salir él mismo del territorio de la URSS». El libro se publicó, efectivamente, pero al poco tiempo fue suprimido del catálogo de la editorial, y la misma suerte corrió *Rusia al desnudo*. La obediencia de Cenit a la ortodoxia soviética creció hasta tal punto que el Comintern la eligió en febrero del 36 como la editorial que debía canalizar en España sus publicaciones de propaganda: para tal fin, el órgano de gobierno del Comintern destinó la nada desdeñable cantidad de cincuenta mil pesetas, que Cenit compartiría con una revista cultural de nueva creación. Dice Santonja que la marcha de Andrade «no admite la explicación simplista de caracterizar a Siles o a Roces, o a ambos, con tópicas valoraciones de manual antiestalinista». Lo que no dice es que la caída de Andrade y el ascenso de Roces reflejaban en el seno de la editorial la misma fractura que venía produciéndose en el ámbito de la izquierda revolucionaria española y que, a su vez, era un reflejo de la política de aplastamiento de la disidencia que se estaba desarrollando en la URSS: una fractura, en todo caso, que no cesaría de crecer y que acabaría dejando a unos en el lado de los perseguidos y a otros en el de los perseguidores. La historia de Cenit se erige así en aviso y metáfora de esa otra persecución, más vasta y sangrienta, que no tardaría en desatarse al socaire de la guerra civil.

La víctima más ilustre de esa persecución fue, por supuesto, Andreu Nin. Difícilmente podrá encontrarse un retrato más completo que el que Josep Pla nos dejó del Nin que encontró en Moscú a mediados de 1925, «un hombre de estatura media, corpulento pero en absoluto obeso, fuerte, construido, con unas facciones muy bien dibujadas: la nariz curva, boca y orejas pequeñas, normales, admirable dentadura blanca, ojos grandes del mismo color castaño que el pelo, piel pálida tirando a gris que a veces se teñía de unas manchas levísimamente rosadas, mentón y mejillas poco carnosas. De muslos y piernas algo cortas pero muy bien musculadas, plantaba los pies en el suelo con una estabilidad considerable...». La amistad entre ambos se fraguó durante las seis semanas que el escritor ampurdanés pasó en el país de los soviets como enviado especial del diario *La Publicitat*. Treinta y tres años después de ese viaje, Pla dedicaría a Nin un texto de la segunda serie de *Homenots*, y sus palabras transmiten bastante poca simpatía por un personaje al que en otro lugar califica de «infortunado e inolvidable amigo». Dando por sentados sus méritos como traductor de Tolstoi y Dostoyevski al catalán y reconociéndole algunas virtudes políticas, Andreu Nin nos es presentado como un hombre dogmático y resentido, alguien a quien la experiencia soviética ha convertido en «un agitador frío, glacial, egoísta, ambicioso».

Nin fue el español que más poder llegó a tener en la URSS. Cuando Pla lo conoció, unía a su condición de secretario adjunto del Profintern la de diputado del Soviet de Moscú. Wilebaldo Solano, que durante la guerra sería secretario general de la organización juvenil del POUM, ha destacado el amor que Nin sentía por el pueblo ruso, por «su espontaneidad, su humanidad, su sencillez y su entusiasmo revolucionario». En Moscú se casó con una joven militante local, y sólo las represalias de Stalin contra quienes como él se habían adherido al grupo opositor liderado por Trotski le llevaron a cambiar de lugar de residencia. Desposeído de sus cargos y expulsado del partido a finales de 1928, apartado de toda actividad política y vigilado durante 1929, logró escapar de la URSS en el verano de 1930, y con él escaparon también sus dos hijas, Ira y Nora, y su mujer, Olga Taeeva, que consiguió la autorización para salir del país tras escribir una carta en la que amenazaba con quitarse la vida.

Su posterior evolución política en España ha sido estudiada por Francesc Bonamusa en *Andreu Nin y el movimiento comunista en España*: su profusa y al final tirante relación epistolar con Trotski, sus frecuentes discrepancias con Joaquín Maurín, la fundación del POUM tras la fusión de Izquierda Comunista Española con el Bloque Obrero y Campesino... Durante esos años, su actividad como traductor de literatura rusa al castellano y al catalán constituyó su principal (y a veces única) fuente de ingresos: nada menos que veintiséis traducciones publicadas, a las que habría que añadir alguna inédita, como una de una serie de escritos de Vladimir Antonov Ovseenko sobre el Ejército Rojo que al parecer se perdió a finales de 1936.

Iniciada la guerra, Antonov Ovseenko, miembro de la vieja guardia bolchevique y supuesto líder del asalto al Palacio de Invierno en 1917, fue nombrado cónsul general de la URSS en Barcelona, ciudad a la que llegó el 1 de octubre del 36. Para entonces, la ausencia de Maurín, al que la guerra había atrapado en Galicia, había convertido a Nin en líder indiscutible del POUM, y como representante de este partido ocupaba el Comisariado de Justicia y Derecho en el recién formado gobierno de la Generalitat. Nin y Antonov Ovseenko habían sido amigos en Moscú e incluso habían colaborado en la misma plataforma de oposición a Stalin. Ahora, sin embargo, Antonov Ovseenko estaba lejos de toda veleidad trotskista, y el primer encuentro entre ambos (en el que, como único miembro del gobierno que conocía la lengua rusa, correspondió a Nin pronunciar el discurso de bienvenida) debió de ser tenso y protocolario: de hecho, Antonov Ovseenko fingió no reconocer a Nin. Dos semanas después coincidieron en otro acto oficial, y también en esa ocasión tuvo Nin que ejercer de intérprete. Ninguno de los dos ignoraba, sin embargo, que se hallaban en bandos enfrentados: no en vano, Antonov Ovseenko había dejado claro que el posible incremento de la ayuda soviética a Cataluña estaba condicionado a la expulsión de los supuestos trotskistas del gobierno de la Generalitat. Sus presiones no tardaron en obtener el fruto apetecido, y Nin fue destituido de su consejería a mediados de diciembre, cuando apenas llevaba dos meses y medio en el cargo.

El cónsul soviético fue también uno de los principales impulsores de la represión del POUM, pero los inductores más visibles fueron las secciones española y catalana del Comintern (es decir, el PCE y el PSUC) a través de sus órganos oficiales. Representantes en España de la política de Hitler, trotskistas a las órdenes del fascismo internacional, quintacolumnistas financiados por los servicios secretos de Alemania e Italia...: así era como en esas publicaciones se calificaba a los poumistas. Proliferaban además las caricaturas en las que se representaba al POUM despojándose de una careta con la hoz y el martillo para dejar al descubierto una espantosa cara con la esvástica grabada o en las que se mostraba a Nin y a Franco amistosamente cogidos de la mano, y el propio Nin denunció que en las publicaciones del PSUC se dijera de él que «no ha tenido que trabajar porque siempre ha cobrado de Hitler».

La campaña contra los llamados trotskistas españoles sucedía en el tiempo al primero de los procesos de Moscú, de agosto de 1936, y coincidía con el segundo, de enero de 1937, y la nueva retórica de los medios comunistas se limitaba a reproducir los términos de las acusaciones estalinistas contra la vieja guardia bolchevique, acusaciones que consideraban probada la existencia de tramas trotskistas que habrían pretendido derribar el régimen soviético con el apoyo de gobiernos fascistas extranjeros. En sus mítines, Andreu Nin respondía diciendo que se les había podido eliminar del gobierno pero que, para eliminarles de la vida política, «precisarían matar a todos los militantes del POUM». Sin embargo, ni él ni sus correligionarios se tomaban en serio la posibilidad de que la persecución alcanzara en España los sangrientos niveles de Rusia. María Teresa García Banús, mujer de Juan Andrade, recordaría muchos años después que el norteamericano Louis Fischer les había aconsejado que tuvieran cuidado, «pues tenía la seguridad de que había propósito en la URSS de exterminar al POUM, advertencia que nos parecía en aquellos momentos increíble y a la cual se prestó poca atención».

También fue escasa la atención que Andreu Nin prestó a una advertencia muy similar que a finales de abril le hizo Liston Oak en presencia de John Dos Passos. Y, sin embargo, lo peor de la represión estaba a punto de llegar. La tarde del 3 de mayo, sólo un día después de que Oak y Dos Passos abandonaran España, un amplio contingente de guardias de asalto intentó arrebatar a sindicalistas de la CNT el control de la Telefónica en Barcelona. Durante los tres días siguientes, las calles del centro de la ciudad fueron el escenario de los enfrentamientos armados que acabarían provocando la caída de Largo Caballero. Esos combates, presentados como una insurrección de quintacolumnistas organizada por el POUM, debían justificar la acción del nuevo gobierno contra el partido de Nin. Entre la llegada de Juan Negrín a la presidencia y la detención de sus dirigentes, arreciaron los ataques de la propaganda comunista contra los «provocadores trotskistas», y *Mundo Obrero* aludía a las organizaciones vinculadas al POUM para calificarlas de «verdaderas guerrillas de nuestra retaguardia» y de «nidos de fascistas a sueldo de los centros de espionaje alemanes». Con estas acusaciones se terminaba de preparar el terreno para lo que estaba a punto de ocurrir, y muy poco después, el 16 de junio, el POUM fue ilegalizado y los miembros de su Comité Ejecutivo detenidos.

A partir de los datos contenidos en el dossier de Alexander Orlov, los periodistas de la televisión autonómica catalana Dolors Genovès y Llibert Ferri reconstruyeron en *Operació Nikolai* el asesinato de Nin: su ingreso en la Prisión de Alcalá, su negativa a ratificar las acusaciones, el falso rescate por miembros de la Gestapo... Los nombres de los verdaderos secuestradores, españoles los tres, figuran en el original del dossier, pero en la copia que fue entregada a Genovès y Ferri sólo pueden leerse las iniciales: L., A. F., I. M. Fueron ellos quienes sacaron a Nin de la prisión para conducirlo a una checa de la misma localidad. La checa estaba situada en un chalet que a comienzos de la guerra había sido incautado a sus propietarios. En él vivía Ignacio Hidalgo de Cisneros, jefe de las Fuerzas Aéreas de la República y marido de Constancia de la Mora, quien por esas fechas trabajaba en Valencia en la Oficina de Prensa Extranjera y tenía entre sus subordinados a Coco Robles. Ahí fue donde Nin resistió heroicamente las sesiones de tortura con las que, imitando procedimientos entonces habituales en la URSS, se pretendía extraer de él una confesión «voluntaria» que facilitara la condena de los dirigentes poumistas encarcelados.

En su libro *Unión Soviética, comunismo y revolución en España*, Stanley G. Payne ha revelado que fue el mismo Stalin quien redactó «de su puño y letra la orden (que se conserva en los archivos de la KGB) de matar a Nin». Stalin aparece así como el primer interesado en extender a España el clima de terror que ya imperaba en la URSS. La imposición final de unas cuantas condenas menores a los dirigentes del POUM demuestra la resistencia de las instituciones republicanas a la presión estalinista. Al mismo tiempo, la suerte de los más destacados enviados soviéticos, a los que difícilmente podían amparar las garantías legales republicanas, confirma que la tempestad de purgas y depuraciones desencadenada en la URSS se extendió en alguna medida hasta España. El embajador, Marcel Rosenberg, fue llamado a Moscú en febrero de 1937 y ejecutado poco después. Su sucesor sería el consejero de la embajada, León Gaikis, que permanecería en el cargo durante tres meses y sería también llamado a Moscú y ejecutado. El mismo destino esperaba a otros importantes miembros de la legación diplomática, como el agregado comercial, Artur Stashevski, o como el cónsul general en Barcelona, Vladimir Antonov Ovseenko. Tampoco escaparon a ese final los principales militares soviéticos enviados como consejeros, y entre ellos estaban Yan Berzin, veterano de las revoluciones de 1905 y 1917 y ex director del GRU, y Vladimir Gorev (lo que motivó un intento de suicidio de su compañera e intérprete, Emma Wolf). Idéntica suerte correrían el poderoso corresponsal Mijail Koltsov (cuyo *Diario de la guerra española*, publicado parcialmente en 1938, fue elogiado por Stalin y bendecido por *Pravda* pocos días antes de que fuera detenido para ser llevado ante el pelotón de fusilamiento) y muchos otros cuyos nombres no han sido mencionados en este libro. De todo este grupo, uno de los pocos que se salvaron fue precisamente el hombre que había gestionado el terror en España, Alexander Orlov, quien, tras ser llamado a Moscú en julio de 1938, viajó a Francia a recoger a su mujer y su hija, y de allí consiguió huir a los Estados Unidos. La implacable maquinaria estalinista imponía a sus peones la doble condición de víctimas y verdugos, y de ese modo se aseguraba la máxima operatividad posible. Todos eran sospechosos a los ojos de todos, y sólo esmerándose en la preceptiva represión de la disidencia podían confiar en sustraerse a los efectos del terror, a los que de todas formas acababan sucumbiendo. Ante unos rivales así, ¿por qué iba a pensar la gente del POUM que le aguardaba un destino mejor que a los condenados en los procesos de Moscú?

Alimentaba esos temores la brutal cacería que se había desatado contra los supuestos trotskistas españoles. Pueden encontrarse algunos testimonios en los libros autobiográficos del poeta Stephen Spender, del crítico literario Antonio Sánchez Barbudo, de la escritora Elena Garro, del pintor Carles Fontserè... Pero seguramente el testimonio más conocido es el que ofrece Orwell en *Homenaje a Cataluña*. Casi una semana después del inicio de la represión, los periódicos de Barcelona (los únicos que llegaban al frente de Huesca) aún no habían informado de lo que ocurría. Las milicias del POUM seguían funcionando como una unidad independiente y, sin duda, fueron «muchos los que murieron a manos del enemigo sin saber que los periódicos de la retaguardia los llamaban fascistas». A los milicianos que estaban de permiso en Barcelona se les detenía para impedir que volvieran al frente con la noticia, y ese mismo destino parecía esperar a Orwell cuando, recuperándose de sus heridas de guerra, regresó a la ciudad después de cinco días de ausencia. Eileen, cuya habitación había sido concienzudamente registrada, le esperaba en el salón del hotel y, en cuanto le vio aparecer, le rodeó el cuello con el brazo y le susurró al oído: «¡Vete! ¡Sal de aquí inmediatamente!» Así fue como se enteró de la ilegalización del partido en cuyas milicias se había alistado para luchar contra el fascismo. Las noches siguientes las pasó tratando de dormir entre las ruinas de edificios bombardeados, mientras que durante el día procuraba confundirse con las muchedumbres de Barcelona. En su deambular, no cesaba de preguntarse por qué iban a querer detenerle a él: ¿qué había hecho? Eileen le explicó que no importaba lo que hubiera hecho o dejado de hacer: «No era una redada de delincuentes, era simplemente el imperio del terror. Yo no era culpable de ningún acto concreto, sino de "trotskismo". El hecho de que hubiera estado en las milicias del POUM bastaba para que me encerraran.» Tras destruir la documentación que les vinculaba al POUM, George y su mujer consiguieron cruzar la frontera. Ninguno de los dos llegaría nunca a saber lo cerca que habían estado del peligro. Salieron de España el 23 de junio, sólo un día después de que el gobierno de Negrín publicara el decreto ley por el que se creaba el Tribunal Especial de Espionaje y Alta Traición. En un libro de 1989 titulado *El proceso del POUM*, Víctor Alba sacó a la luz el informe que sobre ambos se había preparado para el mencionado tribunal. En ese informe, fechado el 13 de julio, están documentadas las conexiones del matrimonio Orwell con el POUM y el ILP, lo que quiere decir que, si su huida se hubiera demorado un poco más, nada ni nadie les habría salvado de compartir la desdichada suerte de cientos o miles de sus correligionarios.

De los escritores con los que Dos Passos se relacionó en España durante la primavera del 37, no fue Orwell el único que se vio en serios aprietos. En *La llama*, tercera parte de la trilogía autobiográfica *La forja de un rebelde*, recuerda Arturo Barea la implacable persecución de la que Ilsa y él fueron objeto. A finales de 1936, cuando ya se había incorporado a la Oficina de Prensa Extranjera de Madrid, Ilsa viajó a Valencia, donde fue detenida por «un agente de la policía política». Denunciada como espía trotskista, tuvo que afrontar un largo interrogatorio, después del cual fue puesta en libertad gracias a las presiones de Rubio Hidalgo. Pasado algún tiempo, el mismo agente que la había detenido la avisó de que Constancia de la Mora y el propio Rubio Hidalgo habían decidido prescindir de ella y de Barea, contra los que existían «muchas quejas y muchas denuncias», y poner en su lugar a una mujer recomendada por María Teresa León, una tal Rosario. Para entonces, Constancia se había apoderado ya del control de la oficina de Valencia y maniobraba para librarse de los colaboradores que no eran de su agrado, empezando por Rubio Hidalgo. A Barea y su compañera les aconsejó que se tomaran unas largas y merecidas vacaciones, y él en un primer momento no receló de la sinceridad de la oferta. Sólo fue consciente de sus verdaderas intenciones cuando recibió una carta en la que se le comunicaba que esas vacaciones se habían convertido en un «permiso ilimitado». Ocurría esto en septiembre de 1937, y algún tiempo después, en un texto del 12 de julio de 1940 recogido en *Palabras recobradas*, afirmaría que su cese había sido «consecuencia de la lucha sorda que sostenía contra la burocracia de Valencia, a mi juicio fascistoide bajo capa revolucionaria». Barea no tardó en presentarse en Madrid y ponerse a las órdenes del general Miaja, y hasta el mes de noviembre trabajó en las emisiones radiofónicas para América Latina, en las que bajo el seudónimo «Una voz de Madrid» daba unas charlas de carácter literario y propagandístico.

En torno a Barea, sin embargo, «se estaba cerrando una tupida red», y todo eran denuncias y sospechas contra él y contra su compañera: ésta, o era «una trotskista y por lo tanto una espía, o había cometido actos imprudentes, pero de todas maneras se la arrestaría de un momento a otro». Pese a las constantes presiones, se resistieron a dejar Madrid hasta el día en que dos agentes de policía se presentaron para registrar su habitación. No se llevaron gran cosa: la pistola, la licencia de armas, los manuscritos, las cartas, las fotografías y... el ejemplar de *El paralelo 42* que Dos Passos les había regalado en su visita a la oficina. En *La llama*, Barea dice que se lo llevaron «porque estaba dedicado a nosotros por el autor y Dos Passos se había declarado a favor de los anarquistas y del POUM catalanes». Ese ejemplar fue la principal prueba que encontraron para acusarles de simpatías por el trotskismo, y lo curioso es que el episodio llegó a oídos de Dos Passos antes de que el propio Barea lo relatara en su libro. En su carta de julio de 1939 a Dwight Macdonald, Dos Passos le dice que acaba de enterarse de las dificultades de Barea para escapar de España y añade: «Cuando los agentes del Partido Comunista asaltaron su habitación, encontraron algún volumen de [la editorial] Taschen que le había dedicado y se lo llevaron como prueba de trotskismo (o de lo que se le acusara, fuera lo que fuese). En cualquier otro contexto, sería verdaderamente cómico.» Lo mismo debió de pensar Barea, quien, según dejó escrito, «no sentía simpatía ni por el POUM ni por su persecución». Su frágil equilibrio nervioso volvió a resquebrajarse, y Miaja le concedió un permiso especial para que viajara a Alicante a recuperarse. Ilsa y él permanecieron un mes en la playa de San Juan, donde estuvieron bajo control de agentes del SIM, y de allí se trasladaron a Barcelona. No sin dificultades obtuvieron un permiso para salir de España y, la noche del 22 de febrero de 1938, cinco minutos antes de que el permiso expirara, cruzaron la frontera en un coche cedido por la embajada británica.

Todavía está por hacerse el recuento de las detenciones de supuestos trotskistas tras la llegada de Negrín a la presidencia del gobierno, y únicamente disponemos de testimonios inconcretos como el de la mujer de Orwell, que había oído decir que en los primeros días de la represión se había detenido «a unos cuatrocientos sólo en Barcelona». Pero parece evidente que tal estimación se quedó corta, y el propio Orwell rectifica a renglón seguido para decir que «tiempo después se me ocurrió que incluso entonces debieron de ser muchos más» y que las detenciones prosiguieron durante meses y «se contaron por miles». Tampoco se ha establecido la cifra de los asesinatos y, aunque la mayoría de las víctimas eran anónimos poumistas españoles, trascendieron sobre todo los nombres de algunos ilustres antifascistas extranjeros: el checo Erwin Wolff, el ruso Marc Rhein, el británico Bob Smilie, el austríaco Kurt Landau. Sus nombres, unidos por supuesto al de Nin, sirvieron para que una serie de intelectuales extranjeros de izquierdas pusiera en marcha una campaña que exigía para los dirigentes del POUM un proceso judicial con plenas garantías legales, campaña a la que no se adhirió ninguna de las principales figuras de la intelectualidad republicana.

Conviene aquí recordar las dificultades que Orwell encontró para publicar *Homenaje a Cataluña*, que su editor habitual, Victor Gollanz, rechazó sin llegar siquiera a leer y que obtuvo una áspera acogida en los medios izquierdistas: para el crítico del *New Statesman*, por ejemplo, «su apetito por la verdad lisa y llana era "perverso"». La nula repercusión del libro, del que hasta finales de la década de los cuarenta sólo se vendieron unos centenares de ejemplares, habla a las claras de la soledad de Orwell en la defensa de una visión antitotalitaria en el seno de la izquierda. En *La victoria de Orwell*, Christopher Hitchens ha escrito que, para la izquierda oficial, el autor británico cometió el pecado definitivo de «dar municiones al enemigo». Sin duda, una acusación similar amenazaba (y atenazaba) a los intelectuales españoles, sobre todo en unas fechas como aquéllas, mediados de 1937, en las que la consigna dominante era la de «primero ganar la guerra».

Que la represión de los poumistas no fuera aún más encarnizada y sangrienta se debió a que, en los momentos más duros, muchos sindicalistas de la CNT les auxiliaron y dieron cobijo. No fueron los únicos: Wilebaldo Solano recuerda que, «incluso en la época de la clandestinidad, había militantes del PSUC que nos informaban de lo que se nos venía encima, que nos alertaban». Así pues, la incendiaria propaganda de aquellos días, que animaba directamente a la delación, no siempre lograba sus objetivos, si bien es cierto que su mensaje principal, repetido hasta el hartazgo en titulares de periódicos, pintadas callejeras y carteles que recorrían Barcelona pegados a los autobuses, consiguió movilizar a buena parte de la militancia comunista. La censura, de la que estaban exentas las publicaciones del PSUC, se encargaba por otro lado de redondear el trabajo, acallando con diligencia las voces discrepantes. Ante tal panorama de intoxicación informativa, fueron numerosos los antifascistas honestos que aplaudieron la represión, si no contribuyeron a ella: ¿cómo no aceptar la tesis oficial y justificar los procesos y encarcelamientos de los traidores trotskistas que se habían sublevado en la retaguardia para ayudar a Franco? ¿Y por qué las denuncias que llegaban del extranjero tenían que merecer más verosimilitud que los reiterados mensajes de una propaganda omnipresente y escasamente contestada?

Hace falta un esfuerzo mayor de imaginación para tratar de entender los motivos que llevaron a ciertos políticos e intelectuales revolucionarios, conocedores de la verdadera naturaleza del POUM, a colaborar en su aniquilación. Para ello habría que recomponer la imagen que de la Unión Soviética se había extendido en sus veinte años de existencia. La URSS había nacido como la patria del socialismo y del proletariado, el país en el que se estaba forjando un mundo nuevo poblado por hombres nuevos y gestando una civilización sin precedentes. En esa civilización, en contraste con las sociedades capitalistas, todos los males estarían resueltos, y quienes visitaban la URSS tenían la sensación de estar participando en una inmensa epopeya colectiva y viviendo una utopía liberadora radicalmente novedosa. El carácter científico del marxismo, avalado por la experiencia de la revolución del 17, garantizaba la victoria futura de la revolución mundial, a la que todo comunista deseaba contribuir. Del Andreu Nin de 1925 escribió Pla con socarronería que, «cuando hablaba de la sociedad futura, se ponía un poco pesado». Quienes mataron a Nin lo hicieron precisamente en nombre de esa sociedad futura, en nombre de esa revolución internacional que tan cercana se intuía tras el «inevitable» triunfo del comunismo en España. Pero no sólo en nombre de eso: también en nombre del antifascismo. Desde el ascenso de Hitler al poder, la URSS se había erigido en principal potencia antifascista, y su solitario apoyo a la República española la elevaba a la categoría de mito.

Lo más terrible de esta historia es que las víctimas y los verdugos de la España del 37 compartían lo esencial: la fe marxista en el futuro y la urgencia por combatir el fascismo. Pero para los verdugos eso era irrelevante al lado de la auténtica cuestión: la aceptación o no de la ortodoxia, la sumisión o no al dogma según el cual era verdadero aquello que servía a los intereses de la URSS (y, por tanto, de Stalin) y falso lo que los perjudicaba. Admitir este principio constituía el primer paso para todo lo demás: para justificar las deficiencias en la construcción del socialismo, para tolerar la persecución de las desviaciones, para consentir los crímenes.

François Furet escribió en *El pasado de una ilusión*: «Quien critica a Stalin está a favor de Hitler. El genio del georgiano consiste en haber hecho caer a tantos hombres razonables en esa trampa, tan simple como aterradora.» En la España de 1937 fueron numerosos los hombres razonables que cayeron en la trampa.

NOTAS

CAPÍTULO 1

Sólo la muerte de Robles... Una traducción parcial de *The Theme is Freedom* que incluye el texto sobre el caso Robles aparece en el libro de Carlos Rojas *Por qué perdimos la guerra*. La carta de Dos Passos a Robles, del 17 de febrero de 1917, forma parte de la colección de la familia Ortiz Robles (a partir de ahora, «OR»).

En 1918, tras licenciarse... Las instancias manuscritas de José Robles dirigidas a la Junta para la Ampliación de Estudios se conservan en el Archivo de la Residencia de Estudiantes (Madrid).

En marzo de 1920, mientras... Las cartas del 8 de octubre y 20 de junio de 1920 de Dos Passos a Robles, en «OR».

A juzgar por la correspondencia... Carta del 3 de febrero de 1926 de Robles a Dos Passos, en «The Papers of John Dos Passos», Biblioteca Alderman de la Universidad de Virginia (a partir de ahora, «PJDP»). También en «PJDP» las cartas que aluden a Unamuno, Valle-Inclán, Borges (23 de febrero de 1924) y los hermanos Álvarez Quintero.

Ambas obras serían publicadas... José Robles agregó a *Babbitt* un unamuniano prólogo en el que, para averiguar algo sobre el autor de la obra, simulaba entrevistar a su protagonista.

También Robles, aunque nunca... Francisco Ayala: *Recuerdos y olvidos*. En este libro aparece una foto de grupo en la que, pese a lo que se asegura en el texto, no está José Robles.

Durante el siguiente... José Robles: *Tertulias españolas*.

A los cafés solía Pepe... Sobre la verdadera autoría del prólogo de *El problema religioso en Méjico*, ver apéndice.

De vuelta a Norteamérica... Edmund Wilson: *Letters on Literature and Politics. 1912-1972* y *The Thirties.* Jeffrey Meyers: *Edmund Wilson. A Biography.*

A finales de ese año y... Carta del 26 de diciembre de 1934 de Dos Passos a Robles, en «OR».

El historiador Daniel... En el curso de mis investigaciones tuve ocasión de entrevistar a dos intérpretes de los consejeros militares soviéticos, Clara Rosen y Lydia Kúper, quienes (debido seguramente a sus destinos en el frente) no habían oído hablar de lo ocurrido a José Robles. Sobre Lydia Kúper y otros intérpretes publiqué en el suplemento *Culturas* del periódico *La Vanguardia* el artículo «El periplo de Lydia Kúper».

Vladimir Gorev hablaba... Carta del 20 de octubre de 1936 de Robles a Lancaster en la «José Robles Pazos Collection», Biblioteca Milton S. Eisenhower de la Universidad Johns Hopkins de Baltimore (a partir de ahora, «JRPC»).

Hombre despreocupado y... Los documentos desclasificados están incluidos en el libro de Ronald Radosh, Mary R. Habeck y Grigory Sevostianov (editores): *España traicionada. Stalin y la guerra civil.*

A principios de noviembre... Julián Zugazagoitia: *Guerra y vicisitudes de los españoles.*

En Valencia, José Robles... Max Aub: *Campo abierto.* Esteban Salazar Chapela: *En aquella Valencia.* La referencia a la amistad de Robles con Matthews aparece en un documento anónimo encontrado entre las pertenencias familiares por Cristina Allott, sobrina nieta de Robles.

Fue aquél un triste... Eugenio F. Granell: «Los silencios de Alberti», en *Ensayos, encuentros e invenciones.* Benjamín Prado: *A la sombra del ángel. 13 años con Alberti.*

Más constancia tenemos... La respuesta del 28 de enero de 1937 del Departamento de Estado, en «JRPC».

En una de las cartas dirigidas... Cartas de Coco Robles (6 de enero de 1937) y Coindreau (11 de febrero de 1937), en «JRPC».

CAPÍTULO 2

Los itinerarios de Dos... Townsend Ludington: *John Dos Passos. A Twentieth-Century Odissey.* John Dos Passos: *The Fourteenth Chronicle. Letters and Diaries of John Dos Passos* (edición de Townsend Ludington). Cartas del 13 de noviembre y 4 de diciembre de 1916 de Dos Passos a Rumsey Marvin, en *The Fourteenth Chronicle*.

No volvería a España... Carta sin fecha, en «OR». Carta del 20 de septiembre de 1919 de Dos Passos a Rumsey Marvin, en *The Fourteenth Chronicle*.

Dos seguía teniendo... Carta del 8 de diciembre de 1919 de Dos Passos a Stewart Mitchell, en *The Fourteenth Chronicle*. Carta de enero de 1920 de Dos Passos a Thomas P. Cope, en *The Fourteenth Chronicle*.

En marzo viajó... Carta sin fecha, en «OR».

Justo un año después... Carta sin fecha, en «OR».

También en bastantes de... El manuscrito de la traducción, con fecha 3 de febrero de 1921, en «PJDP». Catalina Montes: *La visión de España en la obra de John Dos Passos*.

Su rechazo del capitalismo... John Dos Passos: «El visado ruso», en *En todos los países*.

En febrero de 1930... Carta del 25 de mayo de 1933 de Dos Passos a Hemingway, en *The Fourteenth Chronicle*.

El matrimonio Dos Passos había... Carta de Edmund Wilson del 26 de noviembre de 1966, en *Letters on Literature and Politics*. La reconstrucción de este viaje está hecha a partir de *Años inolvidables* y «La república de los hombres honrados» (en *En todos los países*).

Fiel a su gente... Casas Viejas era una aldea del municipio de Medina Sidonia, en la provincia de Cádiz. La propiedad de sus tierras, muchas de las cuales permanecían sin cultivar, estaba concentrada en muy pocas manos, y sus habitantes confiaban en la tantas veces prometida reforma agraria como única solución a un hambre y una miseria seculares. El 10 de enero de 1933 tuvieron noticia de que en España se había declarado el comunismo libertario, y el hombre que, según Sender, detentaba la autoridad en el seno del sindicato anarquista local, un septuagenario apodado Seisdedos, creyó llegado el momento de adueñarse de los municipios y repartir la tierra. Sus informaciones eran erróneas, pero ellos no lo supieron hasta algo más tarde, y para entonces ya habían comunicado sus intenciones a la guarnición de la Guardia Civil. Ésta declaró que moriría antes que rendirse. Hubo un intercambio de disparos, y resultaron heridos dos guardias civiles, que fallecerían al cabo de poco tiempo. Cuando Seisdedos supo que la rebelión estaba condenada al fracaso, cinco hombres, dos mujeres y su pequeño nieto se encerraron con él en una choza. Los guardias no tardaron en recibir refuerzos. De madrugada, un capitán de la Guardia de Asalto tomó el mando de la plaza, y los doscientos hombres de su compañía rodearon la choza. El asedio tardaba en dar fruto, y el delegado del gobierno dio la orden de arrasar la choza. Los guardias le prendieron fuego. Antes de que cayera el techo, una de las mujeres y el niño salieron corriendo. Luego lo intentaron la otra mujer y un hombre, pero fueron barridos por las descargas de fusilería. No tardó en extenderse por la localidad una encarnizada represión, y varios hombres que no habían tenido relación alguna con los hechos fueron detenidos y directamente fusilados. Sus cadáveres fueron arrojados a las llamas junto a los de los cercados. En total, aunque las cifras de Sender y Dos Passos no coinciden, los guardias habían matado a veintidós personas.

Para dar publicidad... Amanda Vaill: *Everybody Was So Young. Gerald and Sara Murphy.*

El catálogo incluía sendos... Una copia de la *petition*, dirigida a Niceto Alcalá-Zamora, ha sido encontrada por el hijo del artista, Paul Quintanilla, en los archivos de la galería Pierre Matisse. Carta del 13 de noviembre de 1934 de Dos Passos a Malcolm Cowley, en *The Fourteenth Chronicle*. Carta de 26 de diciembre de 1934 de Dos Passos a Robles, en «OR». Alusión a Lerroux en carta del 24 de noviembre de 1934 a Cowley, en *The Fourteenth Chronicle*.

Para su sorpresa, las cosas... Carta del 5 de febrero de 1935 de Dos Passos a Wilson, en *The Fourteenth Chronicle*. Carta del 30 de mayo de 1935 de Quintanilla a Dos Passos, en «PJDP».

CAPÍTULO 3

La preocupación de Dos Passos... Virginia Spencer Carr: *Dos Passos. A Life*. También el nombre de Mary McCarthy, que poco después se casaría con Edmund Wilson, figuraba sin su consentimiento entre los de los miembros del comité.

En esta ocasión, Dos no... La mayoría de los escritos sobre la guerra civil incluidos en *Journeys Between Wars* componen el volumen titulado *La guerra civil española*.

Siguiendo un consejo que... Carlo Tresca aparece en *Century's Ebb* como Ugo Salvatore.

Cuando llegaron a Valencia... La cita de Salazar Chapela en el ya citado *En aquella Valencia*.

La Oficina tenía su sede... Todas las citas de Arturo Barea, salvo indicación en contra, proceden de *La forja de un rebelde*. Constancia de la Mora: *Doble esplendor*.

No es la primera vez que... La referencia de Dos Passos al saber y la sensibilidad de Robles, procedente de *The Theme is Freedom*, está reproducida en el libro de Carlos Rojas *Por qué perdimos la guerra*.

Esa misma tarde acudió... Carta del 28 de marzo de 1937 de Coindreau a Lancaster, en «JRPC».

Al día siguiente acudió... Álvarez del Vayo (al que Rafael Cansinos-Assens, en *La novela de un literato*, describe como un revolucionario frívolo y sibarita, amigo «de la buena cerveza, el buen marisco y las buenas hembras», ataviado siempre con una «elegancia algo chillona») era asiduo a algunas de las principales tertulias madrileñas. Entre ellas estaba la de La Granja del Henar, donde muy probablemente debió de coincidir con Dos Passos.

En algún momento se produjo... La mayor experta en la vida y la obra de Quintanilla, la profesora Esther López Sobrado, ha demostrado que Quintanilla se encontraba en España en el mes de abril: muy poco después, el uno de mayo, se produjo la rendición de una compañía de la Guardia Civil que se había hecho fuerte en el monasterio de Santa María de la Cabeza, acontecimiento del que el pintor fue testigo y que le inspiró una serie de dibujos. En *Century's Ebb* Quintanilla aparece como Alfredo Posada, un pianista que ha vivido en París y que en ese momento colabora con el ministro, fácilmente reconocible en la figura de Juan Hernández del Río.

Tras su encuentro con el santanderino... El famoso periodista francés podría ser Antoine de Saint-Exupéry, que por esas mismas fechas viajó a Madrid. Algunos han dicho que se trataba de André Malraux, pero la cronología establecida por Olivier Todd en su biografía del escritor *(André Malraux. Una vida)* permite descartarlo. Ver también *Malraux en España* de Paul Nothomb.

Dos Passos no tardó en reanudar... Paul Quintanilla: *Waiting at the Shore*.

No muy lejos del Hotel Florida... Arthur Koestler: *Autobiografía*.

Cuando escribió esto... Arturo Barea: *Palabras recobradas. Textos inéditos*.

En su libro autobiográfico dejó... En *Century's Ebb* Hemingway aparece como George Elbert Warner.

Recordemos que, antes de... La carta de 12 de mayo de 1934 con la alusión de Dos Passos a Alberti, en «OR».

La foto de la que habla... Josephine Herbst: *The Starched Blue Sky of Spain and Other Memoirs.* Ernest Hemingway: *La guerra de España.*

Ambos hechos están... Elinor Langer: *Josephine Herbst.*

Por lo visto, las patrañas... Elinor Langer: «The Secret Drawer».

Dos años después... Carta del verano de 1939 de Dos Passos a Herbst, en *The Fourteenth Chronicle.* Carta de julio de 1939 al *New Republic,* en *The Fourteenth Chronicle.*

Dos Passos salió de... Las palabras de Hemingway, citadas por Stanley Weintraub en su prólogo a *La guerra civil española* de John Dos Passos. Carta de julio de 1939 de Dos Passos a Dwight Macdonald, en *The Fourteenth Chronicle.*

Pasados los primeros momentos... Stanley G. Payne: *Unión Soviética, comunismo y revolución en España.*

Quizás sea éste... Carta del 5 de noviembre de 1937 de Dos Passos a Lancaster, en «JRPC». Carta del 24 de julio de 1937 de Márgara a Lancaster, en «JRPC».

Probablemente, las razones... Hoja de servicios del general Ramón Robles Pazos, en Archivo General Militar (Segovia).

Hubo otro bulo... La referencia de Koch a Joris Ivens, en el ya citado *El fin de la inocencia.*

De acuerdo con... Las palabras de Ayala, en el ya citado *Recuerdos y olvidos.*

Informes confidenciales... El informe de Gorev, en el libro de Radosh, Habeck y Sevostianov. Stanley Weintraub, en el prólogo a *La guerra civil española* de Dos Passos.

CAPÍTULO 4

Las cosas ocurrieron... Trapiello es autor de *Las armas y las letras,* la ya clásica monografía sobre el tema de la guerra civil y la literatura.

Pero Sandoval había... La Causa General está depositada en el Archivo Histórico Nacional (Madrid). Con el título *Causa General. La dominación roja en España* se publicó un volumen con parte de la información instruida por el ministerio público.

Otra versión, la del... Francisco Agramunt: «La memoria oscura de las checas».

Daniel Kowalsky, que ha dedicado... Más adelante, tras dirigir la represión del POUM en Barcelona, se unirá a Justin, Cobo y

Vázquez el manco Eusebio Rodríguez Salas, cuya crueldad, de acuerdo con Sandoval, sólo era comparable a la del propio Apellániz: «Individuo que caía en sus manos era hombre muerto o salía lisiado de sus manos.»

Como veremos, la vacilación... John Costello y Oleg Tsarev: *Deadly Illusions.*

Los interrogatorios, como sabemos... Algún funcionario de la Causa General intentó, de forma bastante aventurada, identificar a este Leo con el embajador Rosenberg. En cuanto a Muller, según Germán Sánchez («El misterio Grigulevich»), habría colaborado estrechamente con Yosif Grigulevich en diferentes «actividades irregulares»

Mis conversaciones con... Paulina Abramson asegura en *Mosaico roto* que Berzin «recibió de uñas» a Orlov.

Dentro de la lógica estalinista... Stalin mandó fusilar a muchos de los militares soviéticos que lucharon por la República, entre ellos a Grigorii Shtern, Manfred Stern (el general Kleber), Yakov Smushkevich (el general Douglas), Butyrski, Pumpur, Ptukhin, Rychagov...

CAPÍTULO 5

A su llegada a la ciudad... En abril de 1937, Julio Álvarez del Vayo tenía cuarenta y siete años y compatibilizaba sus responsabilidades al frente del Ministerio de Estado con la dirección del Comisariado General de Guerra. Mijail Koltsov, al que le unía una amistad que venía de antiguo, lo describió entonces como un hombre «desgarbado, con su mono caqui, inclinando su cabeza grande de intelectual, con las gafas caladas». La suya era la biografía de un cosmopolita. Estudiante primero en Londres y Leipzig, más tarde traductor en los Estados Unidos y corresponsal del diario *El Sol* en Ginebra, en la década de los veinte había hecho varios viajes a Rusia, fruto de los cuales fueron tres libros en los que cantaba los logros de la revolución. Con el advenimiento de la República, el radical Alejandro Lerroux entró en el gobierno provisional para hacerse cargo del Ministerio de Estado y repartió algunas de las principales embajadas entre figuras de la intelectualidad: Ramón Pérez de Ayala, Salvador de Madariaga, Gabriel Alomar. A Álvarez del Vayo le correspondió la de México. Según cuenta él mismo en *La guerra empezó en España*, en 1933 fue designado para la embajada en Moscú pero, cuando se hallaba camino de Rusia, se enteró de la caída del gobierno y presentó la dimisión. Afiliado al partido socialista y afín al sector liderado por Largo Caballero, ocupó escaño de diputado en las legislaturas del 33 y el 36. Tras la insurrección de Asturias de octubre de 1934 dirigió el Comité Nacional de Ayuda a las Víctimas, que había sido creado por el Comintern: para entonces, según dice Payne en *Unión Soviética, comunismo y revolución en España*, Álvarez del Vayo era ya considerado un «comunista encubierto». De la rebelión militar se enteró por la *Gazette de Biarritz* mientras veraneaba con su familia en una playa francesa cercana a la frontera. No sin dificultades logró llegar a Madrid, y el 5 de septiembre Largo Caballero lo incorporó a su gobierno. Era, de hecho, uno de sus hombres de confianza, y Largo Caballero se sintió traicionado cuando él se adhirió a la reprobación del general Asensio propuesta por los ministros comunistas, cuyo partido había organizado una campaña para desacreditarle y le calificaba de «el general de las derrotas». En el libro mencionado, Álvarez del Vayo se limita a decir que Largo Caballero «se resintió profundamente de que yo tomara por primera vez una posición diferente de la suya; y desde ese día, con gran pesar por mi parte, dejé de ser el ministro con quien tenía mayor confianza». Su afinidad con los comunistas se había ya manifestado en el Comisariado General de Guerra con el nombramiento de una amplia mayoría de comisarios políticos procedentes del PCE, lo que en la práctica entregaba a éste el control del ejército. En su *Diario de la guerra española* Koltsov cita con frecuencia a Álvarez del Vayo. Se vieron al poco de llegar el enviado especial de *Pravda* a Madrid, cuando Álvarez del Vayo le visitó en su hotel, el Florida, y seguirían viéndose con asiduidad hasta que, en noviembre de 1937, Koltsov regresó a Moscú. Durante el mes de octubre del 36 su relación fue particularmente estrecha. A las seis de la tarde, el Comisario General se reunía en uno de los despachos del Ministerio de la Guerra con sus cinco subcomisarios, dos colaboradores más y el propio Koltsov. La participación de éste en esas reuniones desborda las atribuciones propias de un simple corresponsal, y abona las hipótesis más generalizadas sobre las verdaderas lealtades políticas de Álvarez del Vayo. Los elogios que le dedican Koltsov en su *Diario* y André Marty en sus informes confidenciales ayudan a explicar la opinión que tenían de él socialistas como Indalecio Prieto, para quien Álvarez del Vayo era un hombre «servil» hacia la URSS, mero «peón de la diplomacia soviética». Fuera por convicción o por pusilanimidad, lo cierto es que los enviados soviéticos encontraron en él a un colaborador inestimable, o acaso a un pelele que no tuvieron dificultades en manejar. El grado de colaboración que, según Payne, existía entre Álvarez del Vayo y Alexander Orlov era tal que los agentes de la NKVD estaban autorizados a acceder libremente a las comunicaciones del ministerio, incluidos los criptogramas que enviaban y recibían las legaciones extranjeras en España. Obediente a las consignas del Comintern, Álvarez del Vayo era, por otra parte, el más destacado de los políticos del PSOE que se habían manifestado a favor de la unificación entre comunistas y socialistas, unificación que para éstos se presentaba como una simple absorción por parte de aquéllos. En el verano del 37 asistiría a un pleno del Comité Central del PCE: su entrada fue acogida con ovaciones, y Dolores Ibárruri le hizo objeto de los más encendidos elogios. Entonces hacía dos meses que había dejado de ser ministro, y Koltsov recoge las burlas que Largo Caballero hacía sobre su persona: «Pobre Del Vayo, no le han dado ninguna recompensa por haberme abandonado.» Volvería a dirigir un ministerio en la primavera del año siguiente. Los consejos de ministros presididos por Largo Caballero siempre le habían parecido innecesariamente largos. Para su desgracia, también en la etapa de Negrín se prolongaban demasiado y, frente al «excesivo interés en examinar cada caso» que demostraba el ministro Irujo, comprendía el disgusto del presidente «al perder tres o cuatro horas en la discusión de una sentencia de muerte».

Éste es el momento en... Para conocer la historia de Kate Mangan, ver capítulo 7.

Unos días después... La carta del 8 de junio de 1937 de Orwell a Connolly, en *Orwell en España*. La cita de Trotski aparece en el escrito del 29 de agosto de 1937 titulado «Estalinismo y bolchevismo. Sobre las raíces históricas y teóricas de la IV Internacional» (incluido en el CD *Escritos de Leon Trotsky*, Centro de Estudios, Investigaciones y Publicaciones Leon Trotsky, Buenos Aires, 2001).

Dos Passos, por su parte... Cartas de Dos Passos a Lancaster, en «JRPC». Carta de julio de 1939 de Dos Passos a Dwight Macdonald, en *The Fourteenth Chronicle*.

Que a través de Álvarez del Vayo... La fugaz visita de Marcelino Pascua a Márgara está documentada en una carta del 27 de mayo de 1937 del embajador a Dos Passos, en «PJDP». Carta del 28 de mayo de 1937 de Coindreau a Lancaster, en «JRPC».

Me he permitido... La reconstrucción del encuentro en la estación, basada en un fragmento de *Century's Ebb*, está tomada de la biografía de Dos Passos por Townsend Ludington.

CAPÍTULO 6

El riesgo que Dos... Un extracto de «Farewell to Europe!», en *John Dos Passos* de Townsend Ludington.

Atacado por publicaciones... La carta del otoño de 1937 de Dos Passos a John Howard Lawson, en *The Fourteenth Chronicle*. Las citas del artículo, tomadas de *John Dos Passos* de Townsend Ludington.

La postura del... Referencias a Hemingway, en capítulo «Chosen Country» de *The Fourteenth Chronicle*.

No le faltaban... Episodio citado por Stanley Weintraub en el prólogo a *La guerra civil española* y por Townsend Ludington en *John Dos Passos*.

Tras el regreso de... La carta del 26 de marzo de 1938 de Hemingway a Dos Passos, en *Dos Passos* de Virginia Spencer Carr.

Cabe la posibilidad... Existe una traducción del artículo en *La guerra de España* con el título «Rememoración de una patraña».

Por quién doblan... Para la identificación de los personajes, ver *Mosaico roto* de las Abramson. Para la del personaje de María, ver *Hemingway* de Fernanda Pivano. Para otros detalles de la vida de Hemingway he empleado los libros de Michael Reynolds *Hemingway. The 1930s* y *Hemingway. The Final Years* y el de Eric Nepomuceno *Hemingway: Madrid no era una fiesta*.

A diferencia de lo... Las reacciones de los antiguos brigadistas, en el prólogo de Stanley Weintraub a *La guerra de España* de Hemingway.

En París, Hemingway... La acogida crítica de la novela ha sido estudiada por Townsend Ludington en *John Dos Passos*.

Valga como ejemplo... La carta del verano de 1939 de Dos Passos a Farrell, en *The Fourteenth Chronicle*.

De las críticas que... La carta de julio de 1939 de Dos Passos al *New Republic*, en *The Fourteenth Chronicle*. Entre los autores que han escrito sobre el caso Robles hay que citar a Manuel Broncano Rodríguez («José Robles Pazos: primer traductor de John Dos Passos») y Juan José Coy («El compromiso ético en la literatura norteamericana»). En un contexto más amplio, la historia de Robles aparece también en el interesante artículo de Marcos Rodríguez Espinosa «Rusos blancos, bolcheviques, mencheviques y trotskistas en la historia de la traducción en España». Juan Manuel Bonet, por su parte, dedicó a Robles una entrada de su ya clásico *Diccionario de las vanguardias en España*. La carta del 25 de enero de 1940 de Wilson a Cowley, en *Letters on Literature and Politics*.

En su réplica a... Carta de julio de 1939 de Dos Passos a Dwight Macdonald, en *The Fourteenth Chronicle*.

Parece evidente que muchas... Carta del 16 de julio de 1939 de Wilson a Dos Passos, en *Letters on Literature and Politics*. Dos Passos bromeaba a menudo sobre el trotskismo de Wilson, y en fecha tan tardía como el 6 de febrero de 1964 le seguía atribuyendo una «fama de trotskista destructor» (carta en *The Fourteenth Chronicle*). Carta del 16 de julio de 1939 de Ilsa a Dos Passos, citada por Townsend Ludington en *John Dos Passos*.

La literatura de Dos... Carta del 15 de marzo de 1947 de Dos Passos al *Times*, en *The Fourteenth Chronicle*.

Seguía sosteniendo... La declaración del 22 de enero de 1953, en *The Fourteenth Chronicle*.

Al creciente aislamiento... Carta del 8 de septiembre de 1948 de Dos Passos a Sara Murphy y carta del 23 de junio de 1949 de Dos Passos a Hemingway, en *The Fourteenth Chronicle*.

En esa época... Cartas del 19 de julio de 1950 y 14 de septiembre de 1952 de Dos Passos a Wilson, en *The Fourteenth Chronicle*. Carta del 14 de noviembre de 1953 de Dos Passos a Van Wyck Brooks, en *The Fourteenth Chronicle*.

La noticia del suicidio... Postal de agosto de 1961 de Dos Passos a Sara Murphy, en *The Fourteenth Chronicle*.

También en 1937... Julián Gorkin: *La muerte en las manos*. En «PJDP» se conserva una carta sin fecha de Quintanilla a Dos Passos con un autorretrato y la frase: «Preparado para hacerte el retrato.» También en «PJDP», cartas de Pepe Giner desde su exilio parisino y de Márgara desde México. Tras el reencuentro con Coco, las de Márgara (la última de las cuales es del 26 de diciembre de 1968) se centran en las novedades familiares: viajes, muertes, nacimientos. La carta del 7 de octubre de 1969 a Joseph Blotner en la que alude a Madariaga, en *The Fourteenth Chronicle*.

La última vez que, aunque... La visita de Dos Passos a Lisboa se explica por el hecho de que por entonces estaba trabajando en la redacción de *The Portugal Story*. La necrológica de *Arriba* está reproducida íntegramente en el libro de Héctor Baggio, *John Dos Passos: Rocinante pierde el camino*.

CAPÍTULO 7

Su extraordinaria facilidad... Con respecto al posible destino de Coco en Rusia, en «PJDP» se conserva una carta del 27 de mayo de 1937 de Marcelino Pascua a Dos Passos en la que, enigmáticamente, el embajador escribió que «resultaría verdaderamente difícil, casi imposible, pero sobre todo, lo que es más importante, *no creo que debamos hacerlo*. Ya se lo explicaré algún día».

A lo largo de la primavera... Carta del 13 de mayo de 1937 de Solalinde a Lancaster, en «JRPC». Carta de junio de 1937 de Coindreau a Lancaster, en «JRPC».

A esas alturas, sin embargo... Pedro Salinas y Jorge Guillén: *Correspondencia (1923-1951)*. Otro poeta que se refirió de forma poco simpática a Robles fue José Moreno Villa, quien, al poco de llegar a México, fue entrevistado por la revista *Universidad* (septiembre de 1937). Preguntado acerca de Robles, al que recordaban de su estancia veraniega en 1932, su respuesta fue: «Robles se volvió loco al estallar la guerra. Aseguraba que nadie más que su hijo hacía los planes para la defensa de Madrid y para continuar la guerra. Cuando yo salí, estaba en la cárcel. Ahora dicen que murió; si de muerte natural, no sé.» No he encontrado ningún testimonio que confirme, siquiera mínimamente, la acusación. En todo caso, de acuerdo con lo que él mismo escribió en *Vida en claro. Autobiografía*, Moreno Villa pasó por Valencia cuando Robles había sido ya encarcelado y seguramente asesinado, por lo que no pudo tener un conocimiento cercano de los acontecimientos.

Lo que parece fuera... Stanley Weintraub, en el prólogo a *La guerra civil española* de John Dos Passos.

El testimonio de... Oak, citado por Héctor Baggio en *John Dos Passos: Rocinante pierde el camino*.

El estado de ánimo de Coco... Kate Mangan dice textualmente que Constancia estuvo «*under a temporary political cloud*».

Por las cartas de... Cartas de Márgara a Coindreau, Crooks y Dos Passos, en «JRPC».

La póliza del... Toda la documentación del seguro y los derechos de *Cartilla española*, en «JRPC».

Éste y Lancaster... La carta del 5 de noviembre de 1937 de Nathaniel P. Davis (Departamento de Estado), en «JRPC».

Los primeros meses en... Carta del 20 de julio de 1937 de la Continental American Life Insurance Company, en «JRPC».

Coco Robles acababa de... La información sobre las actividades de Coco como soldado y sus consecuencias jurídicas y penitenciarias, extraída del procedimiento sumarísimo de urgencia n.º 620/38 del Juzgado Togado Militar Territorial n.º 32 (Zaragoza).

La división 75... La carta de Coco Robles a Esther Crooks, en «JRPC».

Una buena amiga que... David Mitchell: *The Spanish Civil War (Based on Television Series).*

El Congreso se desarrolló... Manuel Azcárate: *Derrotas y esperanzas. La República, la Guerra Civil y la Resistencia.*

Podría pensarse que... Gumersindo de Estella: *Fusilados en Zaragoza. 1936-1939. Tres años de asistencia espiritual a los reos.* Ver también Julián Casanova: *La Iglesia de Franco.*

Así fue la huida... Carta del 10 de marzo de 1939 de Márgara a Esther Crooks, en «JRPC».

Aquellos primeros días... Carta del 10 de marzo de 1939 de Márgara a Esther Crooks, en «JRPC».

El Rassemblement... Eric Hobsbawm: *Años interesantes. Una vida en el siglo xx.*

El trabajo de Luis... Las memorias de Luis Azcárate, de próxima publicación en Taurus.

Madre e hija emprendieron... Carta del 6 de septiembre de 1939 de Coindreau a Lancaster, en «JRPC».

El 12 de noviembre... Carta del 24 de agosto de 1939 de Márgara a Lancaster, en «JRPC».

Al parecer, la revisión... En «PJDP» se conservan varias cartas de Márgara a Dos Passos en las que insiste en pedir ayuda a la embajada norteamericana para Coco. Carta del 29 de agosto de 1940 de Alexander Weddell a Lancaster, en «JRPC». Carta del 28 de abril de 1940 de Coco a Lancaster, en «JRPC». Carta del 1 de mayo de 1940 de Esther Crooks al Subsecretario de Estado Summer Welles, en «JRPC». Las cartas del 5 de julio de 1940 de Coco a Dos Passos agradeciendo la propuesta de adopción y de Coco a Márgara manifestando su escepticismo están también en «PJDP».

De las actividades de Coco... Carta del 5 de julio de 1940 de Coco a Márgara, en «PJDP».

María Robles... Una copia de la petición de indulto se conserva entre los papeles encontrados por la sobrina nieta de Robles, Cristina Allott.

Durante ese verano de 1944... Carta del 30 de junio de 1944 de Coco a Dos Passos, en «PJDP».

En la biblioteca de la Casa... Carta del 15 de febrero de 1946 de Coco a Dos Passos comentando la lectura de *State of the Nation*, en «PJDP». Carta del 14 de octubre de 1946 de Márgara a Dos Passos, en «PJDP» (hay otras cartas parecidas en las que Márgara expresa su ansiedad ante el reencuentro con Coco).

De aquella etapa de... Mauricio Ortiz: *Del cuerpo*.

APÉNDICE

En *Tras las*... Stoyan Minev Stepanov: *Las causas de la derrota de la República española*.

Escribir textos para otras... Enrique Castro Delgado: *Hombres made in Moscú*. Antonio Machado: *La Guerra. Escritos: 1936-39*.

Su perfil era... Manuel Aznar Soler y Luis Mario Schneider (eds.): *II Congreso Internacional de Escritores para la Defensa de la Cultura (1937)*.

Si le quería matar o no... El poema incluye versos como los siguientes: «Sobre la tierra prístina y eterna del mundo / y en la presencia misma de Dios / aquí, / vamos a hablar aquí / del NEGOCIO ESPAÑOL REVOLUCIONARIO». Hay edición facsímil de *Hora de España* (Topos Verlag Ag – Editorial Laia. Vaduz Liechtenstein – Barcelona, 1977). Manuel Aznar Soler y otros: *València capital cultural de la República (1936-1937). Antologia de textos i documents*.

Tras su encuentro con... Juan Andrade: *Recuerdos personales* y *Notas sobre la guerra civil. Actuación del POUM*. Pelai Pagès, en el prólogo a *Recuerdos personales* de Juan Andrade.

Tres de las figuras más relevantes... Incluso Julio Álvarez del Vayo y su cuñado Luis Araquistáin colaboraron con Cenit escribiendo sendos prólogos, el primero para la novela *El cemento* de Fiodor Vasilievich Gladkov, el segundo para dos obras de «teatro de la Revolución» de Romain Rolland.

Al año siguiente apareció... En realidad, aunque firmado sólo por Panaït Istrati, *Rusia al desnudo* estaba escrito por éste, Victor Serge y Boris Souvarine.

La actividad de Cenit... Durante la guerra, Giménez Siles dirigiría la editorial Nuestro Pueblo y, ya en el exilio mexicano (donde se casó con una hija del filólogo Tomás Navarro Tomás, que había sido profesor de Dos Passos en el otoño de 1916), pondría en marcha nuevos proyectos editoriales, así como la cadena Librerías de Cristal, en su momento el mayor complejo librero de Latinoamérica.

En una entrevista de 1929... La elección de Cenit por el Comintern la demuestra un documento que Daniel Kowalsky descubrió en el Archivo Estatal Ruso de Historia Sociopolítica y al que alude en *La Unión Soviética y la guerra civil española*.

La víctima más ilustre... Josep Pla: *Viatge a Rússia el 1925* y *Homenots. Segona sèrie*.

Nin fue el español... Wilebaldo Solano: *Vida, obra y muerte de Andreu Nin*.

La campaña contra los... María Teresa García Banús, en prólogo a *Recuerdos personales* de Juan Andrade.

A partir de los datos... Llibert Ferri: «"Nikolai": claror, ombra i penombra». El documental ha sido comercializado en DVD con el título *Operació Nikolai. El segrest i assassinat d'Andreu Nin* (Enciclopèdia Catalana-Televisió de Catalunya, Barcelona, 2003).

Alimentaba esos temores la brutal... En *Un mundo dentro del mundo*, el poeta Stephen Spender recuerda a un conductor comunista que se jactaba de haber matado a sangre fría a seis miembros del POUM, y él mismo, tan poco sospechoso entonces de desviacionismo ideológico, llegó a ser acusado de haberse comunicado con su «enemigo de clase» por haber mantenido una conversación con un empleado de la embajada británica. En *Ensayos y recuerdos*, el crítico literario Antonio Sánchez Barbudo narra un episodio similar, en el que sintió su «pellejo en peligro» tras ser detenido por haber respondido con altanería a la pregunta impertinente de un inspector ruso que quería saber qué hacía él «en la lucha contra el trotskismo». En *Memorias de España, 1937*, la también escritora Elena Garro evoca la tensión que experimentó cuando fue acusada de espionaje por haber compartido su cajetilla de Lucky Strike con unos soldados («¡Es una espía inglesa! ¡La hemos visto repartir cigarrillos a los soldados para sacarles secretos militares!»). La entonces jovencísima Elena Garro había viajado a España acompañando a su marido, Octavio Paz, invitado para participar en el II Congreso de Escritores en Defensa de la Cultura. Un día, el poeta mexicano debía leer su poema «¡No pasarán!», dedicado a la memoria de Juan Bosch, que había iniciado a Paz en el marxismo y al que se creía muerto en combate. Estaban en un teatro de Barcelona, y Elena vio en primera fila a un joven «de piel rojiza, expresión angustiada y tricot muy viejo». Cuando también Paz lo vio, se le demudó el rostro, y sólo después de unos instantes prosiguió la lectura del poema sin pronunciar el nombre de Bosch, «el camarada muerto en el ardiente amanecer del mundo». Cuenta

Elena Garro cómo Bosch les siguió luego hasta el Hotel Majestic y, oculto tras unas gruesas cortinas, se las arregló para decirles que era del POUM y que le andaban cazando: «Han matado a todos mis compañeros...» La zozobra en la que aquel encuentro sumió a Octavio Paz persistió durante el resto de su estancia en España, y años más tarde se reprocharía a sí mismo el no haber alzado la voz contra esa situación. Como recuerda Guillermo Sheridan («Un no en Valencia»), Paz tuvo ocasión de hacerlo durante las sesiones de debate del congreso. El poeta José Bergamín actuaba en ellas como portavoz de las delegaciones española y latinoamericana, y en nombre de Paz y de todos los demás condenó en público toda disidencia, pese a que habían sido varios los delegados que se habían abstenido u opuesto en las reuniones previas. No habló Paz entonces para contradecir a ese Bergamín convertido en «procurador del tribunal del infierno», y eso fue algo que nunca llegaría a perdonarse: «Contribuimos a la petrificación de la revolución, por callar.» Por su parte, el barcelonés Carles Fontserè, autor de algunos carteles del POUM y la FAI, cuenta en *Memòries d'un cartellista català* cómo la casualidad le salvó de morir fusilado después de que André Marty le condenara a muerte por una falsa acusación de espionaje. El informe sobre George y Eileen Orwell para el Tribunal Especial de Espionaje y Alta Traición aparece reproducido en el libro *Orwell en España*.

De los escritores con los que... No está de más decir que el libro de Barea fue calificado de extraordinario por el propio George Orwell en el artículo que le dedicó en el *Observer* en marzo de 1946.

En torno a Barea... Carta de julio de 1939 de Dos Passos a Dwight Macdonald, en *The Fourteenth Chronicle*.

Que la represión de los... Wilebaldo Solano y Llibert Ferri: *Diàlegs a Barcelona*.

BIBLIOGRAFÍA

(En los casos en que existe, se cita la traducción española.)

ABRAMSON, Paulina y Adelina: *Mosaico roto.* Compañía Literaria. Madrid, 1994.

AGRAMUNT, Francisco: «La memoria oscura de las checas», en *Historia 16*, n.º 313. Madrid, mayo de 2002.

ALBA, Víctor: *Sísif i el seu temps.* Laertes. Barcelona, 1990.

ÁLVAREZ DEL VAYO, Julio: *La guerra empezó en España.* Séneca. México D.F., 1940.

ANDRADE, Juan: *Recuerdos personales.* Prólogos de María Teresa García Banús y Pelai Pagès. Ediciones del Serbal. Barcelona, 1983.

—: *Notas sobre la guerra civil. Actuación del POUM.* Ediciones Libertarias. Madrid, 1986.

AUB, Max: *Campo abierto* [1951]. Suma de Letras. Madrid, 2003.

—: *Campo de los almendros* [1968]. Alfaguara. Madrid, 1981.

AYALA, Francisco: *Recuerdos y olvidos.* Alianza. Madrid, 1982.

AZCÁRATE, Manuel: *Derrotas y esperanzas. La República, la Guerra Civil y la Resistencia.* Tusquets. Barcelona, 1994.

AZNAR SOLER, Manuel, y SCHNEIDER, Luis Mario (eds.): *II Congreso Internacional de Escritores para la Defensa de la Cultura (1937).* Generalitat Valenciana. Valencia, 1987.

AZNAR SOLER, Manuel, y otros: *València capital cultural de la República (1936-1937). Antología de textos i documents.* Generalitat Valenciana. Valencia, 1986.

BAGGIO, Héctor: *John Dos Passos: Rocinante pierde el camino.* Altalena. Madrid, 1978.

BAREA, Arturo: *La forja de un rebelde* [1944]. Turner. Madrid, 1977.

—: *Palabras recobradas. Textos inéditos.* Edición de Nigel Townson. Debate. Madrid, 2000.

BLASCO, Ricard: «Vida quotidiana», en catálogo de la exposición *Valencia, capital de la República.* Ayuntamiento de Valencia. Valencia, 1986, pp. 15-25.

BONAMUSA, Francesc: *Andreu Nin y el movimiento comunista en España (1930-1937).* Anagrama. Barcelona, 1977.

BONET, Juan Manuel: *Diccionario de las vanguardias en España.* Alianza. Madrid, 1998.

—: «El surrealista errante. (Conversación con Eugenio F. Granell)», en *Syntaxis*, n.º 16-17. Santa Cruz de Tenerife, invierno-primavera de 1988, pp. 135-158.

BRONCANO RODRÍGUEZ, Manuel: «José Robles Pazos: primer traductor de Dos Passos y Lewis», en *Livius. Revista de Estudios de Traducción*, n.º 2. León, 1992, pp. 233-242.

CANSINOS-ASSENS, Rafael: *La novela de un literato.* Alianza. Madrid, 1996.

CARR, Virginia Spencer: *Dos Passos. A Life.* Doubleday & Company. Nueva York, 1984.

CASANOVA, Julián: *La Iglesia de Franco.* Temas de Hoy. Madrid, 2001.

CASTRO DELGADO, Enrique: *Hombres made in Moscú.* Luis de Caralt. Barcelona, 1963.

Causa General. La dominación roja en España. Prólogo de Eduardo Aunós. Ministerio de Justicia. Madrid, 1944.

COINDREAU, Maurice-Edgar: *Mémoires d'un traducteur. Entretiens avec Christian Giudicelli.* Prólogo de Michel Gresset. Gallimard. París, 1974.

COSTELLO, John, y TSAREV, Oleg: *Deadly Illusions.* Crown Publishers, Inc. Nueva York, 1993.

COY, Juan José: «El compromiso ético en la literatura norteamericana», en *Suplementos Anthropos*, n.º 10, febrero de 1989, pp. 65-69.

DOS PASSOS, John: *Rocinante vuelve al camino*. Traducción de Márgara Villegas. Cenit. Madrid, 1930.

—: *Manhattan Transfer*. Prólogo y traducción de José Robles Pazos. Cenit. Madrid, 1930.

—: *Aventuras de un joven*. Traducción de José María Claramunda Bes. En *Obras completas, III. Novelas y viajes*, pp. 19-337. Planeta. Barcelona, 1962.

—: *En todos los países*. Traducción de Jesús Pascual. En *Obras completas, III. Novelas y viajes*, pp. 1269-1453. Planeta. Barcelona, 1962.

—: *Un lugar en la tierra* [1951]. Traducción de Juan G. de Luaces. En *Obras completas, II. Novelas*, pp. 9-516. Planeta. Barcelona, 1957.

—: *De brillante porvenir* [1954]. Traducción de Carlos Peralta. Emecé. Buenos Aires, 1956.

—: *The Theme Is Freedom*. Dodd, Mead & Co. Nueva York, 1956.

—: *Años inolvidables* [1966].Traducción de José Luis López Muñoz. Alianza, 1974.

—: *Journeys Between Wars*. Constable & Company, Ltd. Londres, 1938.

—: *La guerra civil española*. Prólogo de Stanley Weintraub. Traducción de Irene Geiss. La Salamandra. Buenos Aires, 1976.

—: *The Fourteenth Chronicle. Letters and Diaries of John Dos Passos*. Edición de Townsend Ludington. Gambit. Boston, 1973.

—: *Century's Ebb*. Gambit. Boston, 1975.

EHRENBURG, Ilya. *Gentes, años, vida. Memorias, 1921-1941*. Introducción de Víctor Alba. Traducción de Josep Maria Güell. Planeta. Barcelona, 1986.

ELORZA, Antonio, y BIZCARRONDO, Marta: *Queridos camaradas. La Internacional Comunista y España, 1919-1939*. Planeta. Barcelona, 1999.

ESTELLA, Gumersindo de: *Fusilados en Zaragoza. 1936-1939. Tres años de asistencia espiritual a los reos.* Mira Editores. Zaragoza, 2003.

FERRI, Llibert: «"Nikolai": claror, ombra i penombra», en *L'Avenç*, n.º 166. Barcelona, enero de 1993, pp. 34-37.

FISCHER, Louis: *Men and Politics.* Duell, Sloan & Pearce. Nueva York, 1941.

FONTSERÈ, Carles: *Memòries d'un cartellista català (1931-1939).* Pòrtic. Barcelona, 1995.

FURET, François: *El pasado de una ilusión. Ensayo sobre la idea comunista en el siglo XX.* Traducción de Mónica Utrilla. Fondo de Cultura Económica. Madrid, 1995.

GARCÍA-ALIX, Carlos: *Madrid-Moscú. El cuento de nunca acabar.* T Ediciones. Madrid, 2003.

GARRO, Elena: *Memorias de España, 1937.* Siglo XXI Editores. México D.F., 1992.

GAZUR, Edward P.: *Secret Assignment: The FBI's KGB General.* St Ermin's Press. Londres, 2001.

GORKIN, Julián (ed.): *10 novelistas americanos.* Zeus. Madrid, 1932.

GORKIN, Julián: *La muerte en las manos. Novela del drama de España.* Prólogo de John Dos Passos. Claridad. Buenos Aires, 1956.

—: *El proceso de Moscú en Barcelona. El sacrificio de Andrés Nin.* Aymá. Barcelona, 1974.

—: *El revolucionario profesional. Testimonio de un hombre de acción.* Aymá. Barcelona, 1975.

GRANELL, Eugenio F.: *Ensayos, encuentros e invenciones.* Huerga & Fierro. Madrid, 1998.

GUZMÁN, Eduardo de: *Nosotros, los asesinos.* G. del Toro. Madrid, 1976.

HEMINGWAY, Ernest: *La guerra de España.* Prólogos de Stanley Weintraub y Aldo Garosci. Traducción de Carlos María Gutiérrez y Mario Schijman. Proceso Ediciones. Buenos Aires, 1973.

—: *Cuentos de guerra.* Traducción de Félix della Paolera. Bruguera. Barcelona, 1980.

—: *Tener y no tener.* Traducción de Pedro Ibarzábal. Edhasa. Barcelona, 1989.

—: *La Quinta Columna.* Traducción de Félix della Paolera. Bruguera. Barcelona, 1978.

—: *Por quién doblan las campanas.* Traducción de Lola de Aguado. Planeta. Barcelona, 1997.

—: *París era una fiesta.* Traducción de Gabriel Ferrater. Seix Barral. Barcelona, 1983.

HERBST, Josephine: *The Starched Blue Sky of Spain and Other Memoirs.* Prólogo de Elizabeth Francis. Northeastern University Press. Boston, 1999.

HIDALGO DE CISNEROS, Ignacio: *Cambio de rumbo* [1964]. Ikusager Ediciones. Vitoria, 2001.

HITCHENS, Christopher: *La victoria de Orwell.* Traducción de Eduardo Hojman. Emecé. Barcelona, 2003.

HOBSBAWM, Eric: *Años interesantes. Una vida en el siglo XX.* Traducción de Juan Rabasseda-Gascón. Editorial Crítica. Barcelona, 2003.

IGLESIAS, Ignacio: *León Trotski y España (1930-1939).* Júcar. Madrid, 1977.

IVENS, Joris: *The Camera and I.* International Publishers. Nueva York, 1969.

KOCH, Stephen: *El fin de la inocencia. Willi Münzenberg y la seducción de los intelectuales.* Traducción de Marcelo Covián. Tusquets. Barcelona, 1997.

KOESTLER, Arthur: *Autobiografía.* Traducción de J. R. Wilcock y Alberto Luis Bixio. Debate. Madrid, 2000.

KOLTSOV, Mijail: *Diario de la guerra española.* Traducción de José Fernández Sánchez. Akal Editor. Madrid, 1978.

KOWALSKY, Daniel: *La Unión Soviética y la guerra civil española. Una revisión crítica.* Prólogo de Stanley G. Payne. Traducción de Teófilo de Lozoya y Juan Rabasseda-Gascón. Editorial Crítica. Barcelona, 2004.

LAFOZ, Herminio: «Prisionero en San Juan de Mozarrifar», en *Trébede*, n.º 74. Zaragoza, abril de 2003, pp. 45-47.

LANGER, Elinor: *Josephine Herbst.* Little, Brown & Co. Boston-Toronto, 1984.

—: «The Secret Drawer», en *The Nation*. Nueva York, 30 de mayo de 1994, pp. 752-757.

LEÓN, María Teresa: *Memoria de la melancolía* [1970]. Bruguera. Barcelona, 1982.

LEWIS, Sinclair: *Babbitt*. Prólogo y traducción de José Robles Pazos. Cenit. Madrid, 1931.

LÓPEZ SOBRADO, Esther: «Luis Quintanilla. Entre Santander y París», en *Revista de Santander*, n.º 61, octubre-diciembre de 1990, pp. 37-43.

—: «El pintor Luis Quintanilla, espía en la Embajada», en *Pluma y pincel*, n.º 9. Santander, 2002.

LUDINGTON, Townsend: *John Dos Passos. A Twentieth-Century Odyssey*. Carroll & Graff Publishers, Inc. Nueva York, 1998.

MACHADO, Antonio: *La Guerra. Escritos: 1936-39*. Edición de Julio Rodríguez Puértolas y Gerardo Pérez Herrero. Emiliano Escolar Editor. Madrid, 1983.

MARTÍN GARCÍA, Eutimio: «El turismo penitenciario franquista», en *Historia 16*, n.º 236. Madrid, marzo de 1996, pp. 19-25.

MARTÍNEZ DE PISÓN, Ignacio: «El periplo de Lydia Kúper», en suplemento *Culturas* del periódico *La Vanguardia*. Barcelona, 4 de febrero de 2004.

MARTÍNEZ AMUTIO, Justo: *Chantaje a un pueblo*. G. del Toro. Madrid, 1974.

MEYERS, Jeffrey: *Edmund Wilson. A Biography*. Houghton Mifflin. Nueva York, 1995.

—: *Orwell, la conciencia de una generación*. Traducción de María Dulcinea Otero. Javier Vergara Editor. Barcelona, 2002.

MITCHELL, David: *The Spanish Civil War (Based on Television Series)*. Granada. Londres, 1982.

MONTES, Catalina: *La visión de España en la obra de John Dos Passos*. Ediciones Almar. Salamanca, 1980.

MORA, Constancia de la: *Doble esplendor* [1939]. Editorial Crítica. Barcelona, 1977.

MORENO VILLA, José: *Vida en claro. Autobiografía*. El Colegio de México. México D.F., 1944.

NEPOMUCENO, Eric: *Hemingway: Madrid no era una fiesta*. Altalena. Madrid, 1978.

NOTHOMB, Paul: *Malraux en España*. Prólogo de Jorge Semprún. Traducción de José Carlos Cataño. Edhasa. Barcelona, 2001.

OAK, Liston M.: «Behind Barcelona Barricades», en *The New Statesman and Nation*, Londres, 15 de mayo de 1937, pp. 801-802.

ORTIZ, Mauricio: *Del cuerpo*. Prólogo de Antonio Tabucchi. Tusquets Editores México. México D.F., 2001.

ORWELL, George: *Orwell en España. «Homenaje a Cataluña» y otros escritos sobre la guerra civil española*. Edición de Peter Davison. Prólogo de Miquel Berga. Traducción de Antonio Prometeo Moya. Tusquets. Barcelona, 2003.

PÀMIES, Teresa: *Quan érem capitans*. Proa. Barcelona, 1984.

PARSHINA, Elizaveta: *La brigadista. Diario de una dinamitera de la Guerra Civil*. Traducción de Dimitri Fernández Bobrovski. La Esfera. Madrid, 2002.

PAYNE, Stanley G.: *Unión Soviética, comunismo y revolución en España (1931-1939)*. Traducción de Francisco J. Ramos. Plaza & Janés. Barcelona, 2003.

PENALVA, Gonzalo: *Tras las huellas de un fantasma. Aproximación a la vida y obra de José Bergamín*. Turner. Madrid, 1985.

PIVANO, Fernanda: *Hemingway*. Traducción de Carmen Artal. Tusquets. Barcelona, 1986.

PLA, Josep: *Viatge a Rússia el 1925*. En *Obras completas. Volumen V*. Destino. Barcelona, 1967.

—: *Homenots. Segona sèrie*. En *Obras completas. Volumen XVI*. Destino. Barcelona, 1970.

PRADO, Benjamín: *A la sombra del ángel. 13 años con Alberti*. Aguilar. Madrid, 2002.

QUINTANILLA, Luis: «*Pasatiempo». La vida de un pintor*. Edición de Esther López Sobrado. Ediciós do Castro. La Coruña, 2004.

QUINTANILLA, Paul: *Waiting at the Shore (Art, Revolution, War and Exile in the Life of the Spanish Artist Luis Quintanilla)*. Lulu Press. Carolina del Norte, 2003.

RADOSH, Ronald; HABECK, Mary R. y SEVOSTIANOV, Grigory (eds.): *España traicionada. Stalin y la guerra civil.* Traducción de Juan Mari Madariaga. Planeta. Barcelona, 2002.

RAYFIELD, Donald: *Stalin y los verdugos.* Traducción de Amado Diéguez Rodríguez y Miguel Martínez-Lage. Taurus. Madrid, 2003.

REYNOLDS, Michael: *Hemingway. The 1930s.* W. W. Norton & Company. Nueva York, 1977.

—: *Hemingway. The Final Years.* W. W. Norton & Company. Nueva York, 1999.

RIEGER, Max: *Espionaje en España.* Prólogo de José Bergamín. Ediciones Unidad. Madrid, 1938.

ROBLES, José: sección titulada «Libros yankis», en *La Gaceta Literaria,* números 8 (15 de abril de 1927), 11 (1 de junio de 1927), 18 (15 de septiembre de 1927), 22 (15 de noviembre de 1927) y 26 (15 de enero de 1928). Topos Verlag Ag. Vaduz – Liechtenstein, 1980, pp. 46, 64, 109, 132 y 162.

—: *Cartilla española.* F. S. Crofts & Co., Inc., 1935.

—: *Tertulias españolas.* Appleton-Century-Crofts, Inc., 1938.

RODRIGO, Javier: *Los campos de concentración franquistas. Entre la historia y la memoria.* Siete Mares. Madrid, 2003

RODRÍGUEZ ESPINOSA, Marcos: «Rusos blancos, bolcheviques, mencheviques y trotskistas en la historia de la traducción en España», en GARCÍA PEINADO, M. A. y ORTEGA ARJONILLA, E.: *Panorama actual de la investigación en traducción e interpretación,* vol. II, pp. 65-73. Atrio Editorial. Granada, 2002.

ROJAS, Carlos: *Por qué perdimos la guerra.* Ediciones Nauta. Barcelona, 1971.

RUBIO CABEZA, Manuel: *Diccionario de la guerra civil española.* Planeta. Barcelona, 1987.

RUFAT, Ramón: *En las prisiones de España* [1966]. Edición de José Ramón Villanueva Herrero. Fundación Bernardo Aladrén. Zaragoza, 2003.

SALAZAR CHAPELA, Esteban: *En aquella Valencia.* Edición de

Francisca Montiel Rayo. Biblioteca del Exilio. Sevilla, 2001.

SALINAS, Pedro y GUILLÉN, Jorge: *Correspondencia (1923-1951)*. Edición de Andrés Soria Olmedo. Tusquets. Barcelona, 1992.

SÁNCHEZ, Germán: «El misterio Grigulevich», en *Historia 16*, n.º 233. Madrid, septiembre de 1995, pp. 115-122.

SÁNCHEZ BARBUDO, Antonio: *Ensayos y recuerdos*. Laia. Barcelona, 1980.

SANTONJA, Gonzalo: *La República de los libros. El nuevo libro popular de la II República*. Anthropos. Barcelona, 1989.

—: *Los signos de la noche. De la guerra al exilio. Historia peregrina del libro republicano entre España y México*. Castalia. Madrid, 2003.

SENDER, Ramón J.: *Casas Viejas*. Prólogo de Ignacio Martínez de Pisón. Prensas Universitarias de Zaragoza. Zaragoza, 2004.

—: *Álbum de radiografías secretas*. Destino. Barcelona, 1982.

SHERIDAN, Guillermo: «Un no en Valencia», en *Letras libres*, n.º 24. Madrid, septiembre de 2003, pp. 12-17.

SOLANO, Wilebaldo: *Vida, obra y muerte de Andreu Nin*. Vicente Álvarez Editor. Barcelona, 1977.

SOLANO, Wilebaldo y FERRI, Llibert: *Diàlegs a Barcelona*. Ayuntamiento de Barcelona. Barcelona, 1994.

SPENDER, Stephen: *Un mundo dentro del mundo*. Traducción de Ana Poljak. Muchnik. Barcelona, 1993.

STEPANOV, Stoyan Minev: *Las causas de la derrota de la República española*. Edición y traducción de Ángel L. Encinas Moral. Miraguano. Madrid, 2003.

TODD, Olivier: *André Malraux. Una vida*. Traducción de Encarna Castejón. Tusquets. Barcelona, 2002.

TRAPIELLO, Andrés: *Las armas y las letras. Literatura y Guerra Civil (1936-1939)*. Península. Barcelona, 2002.

VAILL, Amanda: *Everybody Was So Young. Gerald and Sara Murphy: A Lost Generation Love Story*. Broadway Books. Nueva York, 1999.

WILSON, Edmund: *Letters on Literature and Politics. 1912-1972*. Edición de Elena Wilson. Prólogo de Daniel Aaron. Prefacio de Leon Edel. Farrar, Straus & Giroux. Nueva York, 1977.

—: *The Thirties*. Edición de Leon Edel. Farrar, Straus & Giroux. Nueva York, 1980.

ZUGAZAGOITIA, Julián: *Guerra y vicisitudes de los españoles*. Tusquets. Barcelona, 2001

OTROS DOCUMENTOS:

José Robles Pazos Collection [«JRPC»], colección de cartas y documentos custodiados por la Biblioteca Milton S. Eisenhower de la Universidad Johns Hopkins (Baltimore).

The Papers of John Dos Passos [«PJDP»], depositados en la Biblioteca Alderman de la Universidad de Virginia.

Colección de cartas de John Dos Passos a José Robles, propiedad de la familia Ortiz Robles [«OR»].

Procedimiento sumarísimo de urgencia n.º 620/38 (Francisco Robles Villegas) del Juzgado Togado Militar Territorial n.º 32 (Zaragoza).

Hoja de servicios del general Ramón Robles Pazos (Archivo General Militar, Segovia).

Instancias manuscritas de José Robles Pazos depositadas en el Archivo de la Residencia de Estudiantes (Madrid).

Declaraciones del archivo de la Causa General (Archivo Histórico Nacional, Madrid).

Colección de periódicos de la guerra civil del Centre d'Estudis Històrics Internacionals (Barcelona).

Colección de periódicos de la Hemeroteca Municipal de Madrid y la Biblioteca de Catalunya.

KURZKE, Jan y MANGAN, Kate: *The Good Comrade* (memorias inéditas).

AZCÁRATE, Luis: memorias inéditas.

NOTA DEL AUTOR

Quiero dedicar este libro a Miggie Robles, sin cuya generosa colaboración habría sido distinto y, por supuesto, peor.

También a José Luis Melero y Félix Romeo, mis interlocutores habituales siempre pero muy especialmente durante el tiempo que he tardado en escribirlo.

Hay otras personas e instituciones que facilitaron mi labor de documentación. Confío en no dejarme ningún nombre: Francisco Agramunt, Cristina Allott, Asunción Almuiña, Archivo General de la Guerra Civil Española (Salamanca), Archivo General Militar (Segovia), Luis Azcárate, María José Belló, Biblioteca Alderman de la Universidad de Virginia, Biblioteca de Catalunya, Biblioteca Milton S. Eisenhower de la Universidad Johns Hopkins (Baltimore), Juan Manuel Bonet, Causa General (Archivo Histórico Nacional, Madrid), Ricardo Cayuela, Centre d'Estudis Històrics Internacionals (Barcelona), Carlos García-Alix, Fernando García-Mercadal, Fundación Andreu Nin, Hemeroteca Municipal de Madrid, Juzgado Togado Militar n.º 32 (Zaragoza), Charlotte Kurzke, Esther López Sobrado, Mónica Martín, Anne

McLean, Antoni Munné, Mauricio Ortiz, Mario Ortiz Robles, Javier Rodrigo, Germán Sánchez, Antonio Pérez Lasheras, Residencia de Estudiantes, Andrés Trapiello y Juan Villoro. A todos ellos, muchas gracias.

La caricatura de Álvarez del Vayo y la foto de Dos Passos con Liston Oak son, respectivamente, obra de Maside y Agustí Centelles. Las viñetas de José Robles están extraídas de su libro *Tertulias españolas*, a excepción de la que ilustró su reseña de *Manhattan Transfer* para *La Gaceta Literaria*. El título del cuadro de Carlos García-Alix es *Los invisibles (María Cristina Bar)*.

ÍNDICE ONOMÁSTICO

Lawson, John Howard, 130-131, 242
Lederbaum, Leo (Leverbau), 104
Ledesma Ramos, Ramiro, 206
Lenin, Vladimir Ilich, 109, 125, 202
León, María Teresa, 68, 70, 72, 225, 254
Lerroux, Alejandro, 49, 213, 236, 239
Lewis, Sinclair, 17, 48, 250, 254
Líster, Enrique, 68
Lladó (fotógrafo), 163
López Sobrado, Esther, 237, 254-255, 259
Lozoya, marqués de, 191
Ludington, Townsend, 38, 44, 52, 129, 148, 152, 234-235, 242-243, 251, 254
Luisa (mujer de Álvarez del Vayo), 170

Macdonald, Dwight, 125, 227, 238, 241, 243, 248
Machado, Antonio, 45, 205, 207, 246, 254
Maclean, Donald, 99
MacLeish, Archibald, 51
Madariaga, Salvador de, 151, 239, 243
Mallory, Louise, 158
Malraux, André, 48, 213, 237, 255, 257
Mamsurov, Jadzhi, 137
Mangan, Kate, 116-117, 157, 163, 166, 170, 241, 244, 258
Mann, Thomas, 48
Maragall, Joan, 40

March, Juan, 50
Marsá, Graco, 212-215
Martín García, Eutimio, 254
Martínez Amutio, Justo, 92-97, 101, 254
Marty, André, 27-29, 138-139, 240, 248
Marvin, Rumsey, 235
Marx, Karl, 125, 205, 212, 214-215
Matisse, Henri, 48
Matthews, Herbert L., 31, 234
Maura, Antonio, 159
Maurín, Joaquín, 203, 210, 218
McCarthy, Joseph, 145-146
McCarthy, Mary, 236
McLean, Anne, 177, 260
Melis Saera, José María, 101, 103
Menéndez Pidal, Ramón, 12
Mercader, Ramón, 99
Merriman, Robert, 137
Meyer, Adolph, 22
Meyers, Jeffrey, 234, 254
Miaja, José, 66, 68, 85, 208, 226-227
Mink, George, 123-124
Mironov, Lev, 100, 106
Mitchell, David, 245, 254
Mitchell, Stewart, 235
Molina Bautista, Juan, 137
Molina Conejero, 96
Montes, Catalina, 42, 235, 254
Mora, Constancia de la («Connie»), 56-57, 159, 161-162, 165-166, 169, 222, 225, 237, 254
Moreno Villa, José, 244, 254
Muñoz Suay, Ricardo, 176, 178
Murphy, Gerald, 49, 133, 140, 153, 236, 257

Murphy, Sara, 49, 133, 140, 147, 149, 153, 236, 243, 257
Mussolini, Benito, 146

Navarro Tomás, Tomás, 10, 246
Negrín, Juan, 30, 170, 191, 204, 209, 221, 225, 227, 241
Negrín, Rómulo, 30
Nepomuceno, Eric, 242, 255
Nieto, José, 96
Nin, Andreu, 119-124, 141, 199, 202-204, 209-210, 212, 215-222, 228, 230, 247, 250, 252, 257, 259
Nin, Ira, 218
Nin, Nora, 199, 218
Nin, Olga, 199, 218
Nothomb, Paul, 237, 255

Oak, Liston, 116-117, 119-121, 123-125, 158, 160, 166, 220-221, 244, 255, 260
Orlov, Alexander (Lev Feldbine), 80, 89, 93, 95, 99-101, 103, 105-110, 208, 221, 223, 239, 241
Ortiz, Anselmo, 198
Ortiz, Mauricio, 199, 246, 255, 260
Ortiz, Ricardo, 197
Orwell, George, 121-123, 125, 224-225, 227-228, 241, 248, 253-255
Osten, María, 138
Ovseenko, Antonov, 218-219, 223

Pagès, Pelai, 212, 246, 249
Pàmies, Sergi, 180

Pàmies, Teresa, 176-178, 180, 255
Panteleiew, L., 214
Parshina, Elizaveta, 25, 255
Pascua, Marcelino, 126, 161, 179, 191, 241, 244
«Pataqueta», el (agente del SIM), 97-98
Paul, Elliot, 147, 165, 196
Pavloski Luboff, Jorge, 104-105
Pavón, Pastora («La Niña de los Peines»), 68
Payne, Stanley G., 80, 87, 222, 238, 240-241, 253, 255
Paz, Octavio, 206, 247-248
Penalva, Gonzalo, 204-205, 255
Pérez de Ayala, Ramón, 239
Perucho, Arturo, 203
Perucho, Lucienne, 203
Peterkin, Julia, 17
Philby, Kim, 99
Phillips, Charles (Jesús Ramírez), 210-211
Pivano, Fernanda, 242, 255
Pla, Josep, 217, 230, 247
Poe, Edgar Allan, 32
Politi Caresi, Félix, 102-105
Porter, Katharine Anne, 76-77
Pound, Ezra, 153
Prieto, Indalecio, 240
Primo de Rivera, Miguel, 93, 169, 212
Prado, Benjamín, 234, 255
Ptukhin (militar soviético), 239
Pumpur (militar soviético), 239

Quintanilla, José (Pepe), 62-64, 78, 136
Quintanilla, Luis, 47, 49-50,

ÍNDICE